Marah Woolf

MondSilberZauber

Über die Autorin:

Marah Woolf wurde 1971 in Sachsen-Anhalt geboren, wo sie auch heute noch mit ihrem Mann, ihren drei Kindern und einer Zwergbartagame lebt. Sie studierte Geschichte und Politik und erfüllte sich mit der Veröffentlichung ihres ersten Romans 2011 einen großen Traum. "MondSilberZauber" ist die Fortsetzung der MondLichtSaga. Der dritte Teil ist unter dem Titel "MondSilberTraum" erhältlich.

Marah Woolf

MondLichtSaga

Teil II

MondSilberZauber

Roman
2.Auflage

Deutsche Erstausgabe März 2012 als E-Book
erschienen

Umschlaggestaltung: Carolin Liepins

Impressum:
Körner, Lorenzweg 42, 39124 Madeburg
marah.woolf@googlemail.com
Facebook: Marah Woolf
Blog: www.mondsilberlicht.blog.de
Twitter: Mondsilberlicht

ISBN-13: 978-1477641835
ISBN-10: 1477641831

Für Nicki,

meinem Lieblingssohn, der schon jetzt so wunderschöne Geschichten schreibt

Wie meine Träume nach dir schrein.
Wir sind uns mühsam fremd geworden,
jetzt will es mir die Seele morden,
dies arme, bange Einsamsein.

Kein Hoffen, das die Segel bauscht.
Nur diese weite, weiße Stille,
in die mein tatenloser Wille
in atemlosem Bangen lauscht.

Rainer Maria Rilke, 1875-1926

Prolog

Draußen fuhr der Wind um das Haus. Er riss und zerrte an den Fensterläden, als wolle er mit aller Macht in das Haus eindringen. Sein Pfeifen klang wie der Ruf eines Vogels.

Nur selten entfaltete der Sturm im Frühsommer so große Kraft.

Der Gong der Standuhr in der Ecke dröhnte in meinem Kopf und es schien, als wollte das Schlagen nicht aufhören.

Wie betäubt saß ich auf dem Sofa und starrte auf einen Krümel, der auf dem Boden lag. Kekskrümel, dachte ich. Hannah und Amber mussten Kekse gegessen haben, obwohl Bree verboten hatte, im Wohnzimmer zu naschen.

Ich versuchte mich zu rühren, um aus dem Albtraum zu erwachen, der mich gefangen hielt. Doch ich konnte mich nicht bewegen. Es fühlte sich an, als wäre ich eingefroren. Meine Glieder waren steif und gehorchten mir nicht.

»Trink das, Emma.«

Brees Stimme kämpfte sich ihren Weg durch den Nebel und den Lärm in meinem Kopf. Mit unendlicher Langsamkeit setzten sich ihre Worte dort in der richtigen Reihenfolge zusammen. Die dunkelblaue Tasse, mit den kleinen gelben, etwas schief geratenen Blümchen, die meine kleine Cousine Hannah bemalt und mir zu Weihnachten geschenkt hatte, tauchte in meinem Blickfeld auf. Ich trank einen Schluck von dem dampfenden Getränk. Es war heiß und schmeckte nach ein bisschen Kakao und viel zu viel Whisky.

Ich schüttelte mich und versuchte gleichzeitig, mich zu erinnern. Etwas Schreckliches war geschehen, so viel stand fest. Ich wusste nur nicht mehr, was es gewesen war.

Es fiel mir schwer, einen klaren Gedanken zu fassen. Immer wieder entglitt ich ins Nirgendwo. Über meinen Beinen lag eine Wolldecke und um meine Schultern hatte jemand einen dicken Pullover gebreitet.

Trotzdem eroberte die Kälte Stück für Stück meinen Körper. Sie legte sich um mein Herz und breitete sich weiter bis in den letzten Winkel aus. Ich legte meine Finger fester um die Tasse und schloss die Augen.

Was war da draußen geschehen? Bruchstückhafte Erinnerungen bahnten sich einen Weg. Ich war auf den Klippen gewesen. Sophie hatte mich vom Boden hochgezogen…

Ich musste ohnmächtig gewesen sein, anders ließ sich diese Lücke in meinem Kopf nicht erklären.

Merkwürdigerweise schwankte der Raum, als ich die Augen aufschlug und aufschaute. Ich versuchte mich festzuhalten und krallte meine Finger in den Stoff von Sophies Kaftan, die neben mir saß. Sie fasste meine Hand und hielt sie fest. Der vertraute Griff beruhigte mich und das Schwanken ebbte ab, obwohl es nicht vollständig aufhörte.

»Ich glaube, sie steht unter Schock, Dad«, hörte ich Amelie sagen. »Was sollen wir tun? Emma hört nicht auf zu zittern.«

Ich zitterte?

Ich zitterte. Die Tasse schwankte in meinen Händen. Hilfesuchend schaute ich Amelie an.

»Wo ist Calum?«, fragte ich und selbst für mich hörte sich meine Stimme fremd an.

Als Antwort blickte ich in entsetzte Gesichter.

In diesem Moment riss der Schleier in meinem Kopf auf. Endlich erinnerte ich mich, erinnerte mich an jede Kleinigkeit des Nachmittags - erst an sein Lächeln, an seine Küsse und dann an den Abschied.

Ich krümmte mich zusammen, als hätte mir jemand einen Schlag in den Magen verabreicht. Keuchend rang ich nach Luft.

Ich hatte ihn verloren.

Er war fort.

Er hatte mich allein zurückgelassen.

Sein letzter Blick hatte sich in mein Herz gebrannt.

»Wir wissen nicht genau, was passiert ist, Emma«, erklärte Ethan in die Stille hinein. Dann räusperte er sich und schwieg. Gab es nicht mehr zu sagen?

Ahnte er, dass nichts, was er sagte, mich trösten würde?

»Elin hat Ares getötet.« Ich flüsterte um dem Grauen, dem wir zugesehen hatten, seinen Schrecken zu nehmen.

»Hat er Calum verschont oder ihn auch umgebracht?«

Ich hoffte, dass jemand eine Antwort hatte, die meine Ängste fortwischen würde. Bree schluchzte auf und nahm mir die mittlerweile leer getrunkene Tasse aus der Hand. Dann stand sie auf und verließ mit Sophie das Zimmer.

»Du solltest versuchen, das alles zu vergessen. Calum zu vergessen. Er wird nicht zurückkommen. Es wäre besser für dich«, sagte Dr. Erickson.

Ihn hatte ich bisher nicht bemerkt. Er stand an den Kaminsims gelehnt und sah mich seltsam unbeteiligt an.

Wovon redete er? Calum vergessen?

Er war mein Leben gewesen, seit ich nach dem Tod meiner Mutter zu der Familie meines Onkels nach Schottland gekommen war. Erst durch ihn hatte ich begonnen, mich hier zu Hause zu fühlen. Er hatte die Lücke geschlossen, die der Tod meiner Mutter gerissen hatte. Wie sollte ich ihn vergessen können? Schon der Gedanke war unerträglich.

Ich schüttelte den Kopf und stand auf. Noch wacklig auf den Beinen, flüchtete ich in mein Zimmer. Niemand folgte mir und dafür war ich dankbar.

1. Kapitel

Wolkenberge zogen über den Himmel und verdunkelten den Mond, der mit aller Kraft versuchte, die Finsternis der Nacht zu erhellen. Das Rauschen des Waldes übertönte jedes andere Geräusch. Wind peitschte durch die Wipfel der hohen Bäume. Gestalten, in schwarze Umhänge gehüllt, huschten über den Innenhof des Schlosses. In der Dunkelheit waren sie kaum auszumachen. Nur ihr Geflüster verriet sie. Die schwere Eichentür knarrte in den uralten Scharnieren und die Besucher strömten in die Vorhalle des Gemäuers, in der hunderte Fackeln flackerten. In dem Licht waberten die Schatten der Besucher auf die Steinwände hin und her.

Die Tür fiel ins Schloss und eine Prozession setzte sich in Gang. Stufe um Stufe wurde von der Menge zurückgelegt, hinunter in die geheimen Gewölbe des Schlosses. Niemand wagte zu sprechen. Endlich tat sich ein riesiger Saal vor ihnen auf. Das Fackellicht malte zuckende Schatten an die Wände. Der Raum glich den römischen Amphitheatern. Die Decke ruhte auf meterhohen Säulen. Die Bänke für die Besucher waren mit roten Samtkissen ausgestattet und bildeten ein symmetrisches Halbrund.

Leise murmelnd traten die Gesandten ein und eilten zu ihren Plätzen. In ihren Reisemänteln waren sie nicht voneinander zu unterscheiden. Erst als sie diese abgelegt hatten, konnte man erkennen, dass sie unterschiedlichen Völkern angehörten. Nach dieser Sitzung würden sie umgehend abreisen. Die Völker mussten informiert werden. Es war keine Zeit geblieben, um dieses Treffen besser vorzubereiten. Niemand hatte vermutet, dass Elin noch an diesem Tage seine Macht auf diese brutale Art demonstrieren würde. Fast schien es, als ob er sein Vorgehen geplant hatte. Deshalb durfte die Angelegenheit nicht aufgeschoben werden. Besorgnis stand in den Gesichtern geschrieben. Die Tat, derentwegen sie heute Nacht zusammenkamen, war ungeheuerlich, und niemand wagte sich auszumalen, was dies für ihre Welt bedeutete. Würde alles von vorn anfangen und das mühsam aufgebaute Gerüst des Friedens zusammenbrechen? Jeder wusste, ein Krieg zwischen den Völkern würde das Ende für sie alle bedeuten.

Myron und Merlin traten in den Saal und das Gemurmel verstummte. Sie setzten sich an den steinernen Tisch, der auf einem Podest stand und mit silbernen Kerzenleuchtern geschmückt war. Hinter diesem Tisch befand sich die einzige gerade Wand des unterirdischen Saals und an dieser Wand prangte in blutroten Lettern der Wahlspruch:

»Seid klug wie die Schlangen,
und ohne Falsch wie die Tauben.«

Neben Myron, dem obersten Lord der Vampire, und Merlin, dem Ältesten der Zauberer, nahmen auch die Anführer der Werwölfe, der Faune und der Elfen Platz. Diese Fünf würden die Versammlung leiten, so sahen die Gesetze es vor. Seit die Völker sich nach den großen Kriegen zusammengeschlossen hatten, führte immer ein Volk die jährlich stattfindende Ratssitzung und im Jahr darauf leitete das nächste die Versammlung. Die Abfolge hierfür war genau festgelegt, um Streitigkeiten zu vermeiden. Der Verstoß gegen ihre Ordnung, der heute verhandelt werden sollte, verlangte, dass die Oberhäupter der sechs größten Völker die Ratssitzungen gemeinsam führten und ein gemeinsames Urteil fällten. Die kleineren Völker wie die Feen und Zwerge hatten im Rat kein eigenes Stimmrecht und gewöhnlich beugten diese sich den Beschlüssen des Großen Rates. Zum Leidwesen aller war kein einziger Shellycoat erschienen. Und so würde dieses Volk, um dessen Schicksal es ging, keine Stimme im Großen Rat haben.

Dr. Erickson, der Eingeweihte der Isle of Skye, hatte den Rat von Elins Tat unterrichtet. Vergeblich hatte man versucht, mit den Shellycoats Kontakt aufzunehmen. Niemand hatte damit Erfolg gehabt.

Bannock, der Anführer der Werwölfe, klopfte mit einem Hammer auf den Tisch.

Totenstille erfüllte den Saal.

»Unerhörtes ist geschehen. Unser wichtigstes Gesetz wurde gebrochen. Elin, Sohn des Ares, hat es gewagt, sich unserem Ratsspruch zu entziehen. Die meisten von euch waren dabei, als wir vorgestern beschlossen, Elin für seine Tat zu bestrafen. Der Mord an einem Menschen ist uns verboten. Er hat sich dem Ratsspruch entzogen und ist geflohen. So etwas ist seit den Großen Kriegen nicht geschehen. Wir dürfen nicht dulden, dass sich ein Mitglied unserer Gemeinschaft dem Großen Rat entzieht.«

Myron ergriff das Wort, nachdem Bannock sich gesetzt hatte. »Nach seiner Flucht hat Elin Ares ermordet, seinen Vater und König der Shellycoats. Er hat gedroht Portree, die Hauptstadt der Isle of Skye, zu vernichten. Calums Opfer hat die Katastrophe verhindert. Wäre er nicht gesprungen, hätte Elin seine Drohung womöglich wahr gemacht.«

Er setzte sich und die unheimliche Stille dehnte sich aus.

Bannock sprach an Myrons Stelle weiter: »Wir müssen entscheiden, wie wir verfahren wollen. Wir dürfen dieses Verbrechen nicht ungesühnt lassen. Auf den Gesetzen beruht unsere Ordnung. Lassen wir zu, dass jemand diese Ordnung stört, stürzen wir unsere Welt ins Chaos. Wir fordern deshalb, die Shellycoats aus dem Bund auszuschließen.«

Zustimmendes Gemurmel erfüllte den Raum. Vereinzelt waren empörte Stimmen zu hören.

Merlin ergriff das Wort.

»Verehrter Bannock, verehrte Anwesende«, klang seine tiefe, Stimme durch den Raum. »Was Bannock sagt, ist wahr, unsere Ordnung wurde in ihren Urfesten erschüttert. Doch wir dürfen nicht vergessen, dass es sich um die Tat eines Einzelnen handelt. Elin hat gewiss in seinem Volk Anhänger, wir können aber davon ausgehen, dass viele Shellycoats seine Taten verurteilen. In der Vergangenheit haben wir es so gehalten, dass der Angeklagte sich verteidigen konnte. Wir dürfen nicht über ein Volk richten, bevor dessen rechtmäßige Abgesandte nicht die Möglichkeit gehabt haben, ihren Standpunkt darzulegen.«

»Sie sind der Einladung nicht gefolgt«, ertönte eine Stimme aus dem Publikum. »Der Ältestenrat der Shellycoats hätte eine Abordnung schicken können.«

Die Stimme gehörte einem blassen, sehr jungen Vampir, der aufstand und kampfeslustig in die Runde blickte.

Myron sah ihn an.

»Setz dich, Balin«, donnerte seine Stimme durch den Saal. »Wenn du etwas zu sagen hast, warte bis du aufgefordert wirst.«

»Aber er hat recht«, mischte sich Bannock ein und grinste Myron an. »Die Shellycoats hätten sich verteidigen können. Dieses Recht haben sie nicht in Anspruch genommen. Wir können ein Urteil fällen, dem sie sich unterwerfen müssen.«

»Die Elfen werden keinem Urteil zustimmen, zu dem sich die Angeklagten nicht äußern konnten. Solange wir nicht wissen, was nach dem Mord an Ares und Calums Sprung geschehen ist, werden wir nicht über die Shellycoats richten. Sippenhaft sehen unsere Gesetze nicht vor. Wir strafen kein ganzes Volk für die Verfehlungen Einzelner.«

Die Frau, der die Stimme gehörte, richtete sich hinter dem steinernen Tisch zu voller Größe auf. Es war Elisien, die Königin der Elfen, ihr rotes Haar reichte ihr bis zu den Knien und ihr Gesicht schimmerte im Kerzenlicht wie Elfenbein. Ihre mädchenhafte Erscheinung täuschte niemanden der Anwesenden. Ihr Wort besaß genauso viel Einfluss wie das jedes anderen Anführers. Die Elfen waren zahlenmäßig das größte Volk, aber auch das friedfertigste. Niemals würden sie einem Krieg mit den Shellycoats zustimmen.

»Die Shellycoats haben uns alle in Gefahr gebracht«, knurrte vom anderen Ende des Tisches Pan, der Anführer der Faune. »Wir können dies nicht ungesühnt lassen.«

»Sie müssen sich verteidigen können«, erwiderte Elisien mit harter Stimme und versenkte ihre Augen in die des Fauns, der nach einer Weile den Blick abwandte. Dabei entfuhr seiner Kehle ein wütendes Knurren. Elisien ignorierte dies. Das Verhältnis der Elfen und Faune war seit jeher angespannt. Der Frieden war brüchig, das wussten beide.

»Lasst uns eine erste Abstimmung durchführen, wer für Strafmaßnahmen gegen die Shellycoats ist, und wer nicht«, versuchte Merlin das lauter werdende Gemurmel in den Sitzreihen zu unterbinden.

Rote und grüne Karten wurden hochgehoben. Kleine flatternde Feen sammelten diese in Körben ein. Eine der Feen flüsterte Myron das Ergebnis der Abstimmung ins Ohr.

»Die Hälfte der Anwesenden stimmt dafür, die Shellycoats in Abwesenheit zu verurteilen, die andere Hälfte dagegen. Es gab etliche Enthaltungen. Ich schlage vor, dass wir heimreisen und jedes Volk für sich das Problem diskutiert. Wir müssen zu einer einstimmigen Meinung kommen. Danach werden wir unser Urteil fällen und verkünden. Dieses wird für alle bindend sein. Ich bitte euch: Urteilt weise.«

Myron verstummte und nach und nach erhoben sich die Anwesenden und verließen den Saal. In einem Monat würde man zusammenkommen und hoffentlich ein gerechtes Urteil fällen. Besorgt sahen Merlin und Myron sich an.

»Ich spüre Feindseligkeit«, mischte sich Elisien in das stumme Zwiegespräch. »Die Faune und die Werwölfe wünschen eine Auseinandersetzung mit den Shellycoats.«

»Wir sollten hoffen, dass es uns gelingt, sie zur Vernunft zu bringen«, wandte sich Myron ihr zu.

Gemeinsam verließen die drei den Saal und eilten zu ihren Unterkünften, um zu packen und abzureisen.

2. Kapitel

Die Tage schleppten sich dahin wie zähflüssige Lava, die nicht erkalten wollte. Es fiel mir immer schwerer aufzustehen, mich anzuziehen und zur Schule zu gehen. Ich versuchte jede noch so kleine Erinnerung an Calum festzuhalten und fragte mich, weshalb ich nicht jede einzelne Sekunde mit ihm verbracht hatte. Weshalb hatten wir so viel Zeit vergeudet? Weshalb hatten wir versucht, ein normales Leben zu führen? Es erschien mir töricht, dass wir trotz allem angenommen hatten, unser Glück könne Bestand haben. Es war dumm gewesen, die Augen vor dem Offensichtlichen zu verschließen.

Nach zwei Wochen, die ich in meinem Zimmer verbracht hatte, beschloss ich, ein letztes Mal zu dem kleinen See im Wald zu gehen. Ich wollte bei ihm sein und ich brauchte einen Ort, wo ich mich verabschieden konnte.

Dort hatten wir uns das erste Mal geküsst und er hatte mir das erste Mal gesagt, dass er mich liebte. Dort hatte er mir gesagt, was er wirklich war – ein Shellycoat, ein Wassermann. Dort hatte ich ihn das erste Mal verloren, weil ich Angst gehabt hatte vor dem, was er war. Damals kannte ich nur die alten Legenden, die meine Mutter mir über die Shellycoats erzählt hatte. Darin lockten sie diese ahnungslosen Jungfrauen in die Seen und ließen sie jämmerlich ertrinken. Calum hätte so etwas nie getan. Das Einzige, was in ihren Geschichten der Wahrheit entsprochen hatte, war der Hinweis, dass die Shellycoats wunderschön waren. Das wusste ich jetzt. Denn das war Calum gewesen. Anmutig und schlank mit zimtfarbenem, immer zerzaustem Haar und azurblauen Augen.

Hätte meine Mutter mir bloß die Wahrheit gesagt. Die Wahrheit über meinen Vater, dass auch er ein Shellycoat gewesen war. Er hatte sie vor meiner Geburt verlassen und ihr das Herz gebrochen. Jetzt waren meine Mutter und mein Vater tot. Ich weigerte mich zu glauben, dass mein Schicksal es so grausam mit mir meinen konnte.

Ich lief durch den Wald, in dem der Sommer seine Pracht gerade entfaltete. Allmählich, ohne es selbst zu wollen, wurde ich schneller. Die Erinnerungen legten einen festen Ring um mein Herz. So oft waren wir diesen Weg gemeinsam gegangen. Am Ufer des Sees sank ich nieder, schöpfte Wasser in meine Hände und ließ es durch meine Finger rinnen. Ich spürte das Moos unter meinen Knien, roch den Duft der Bäume, der Gräser, der Blumen. Die Erinnerungen schwappten über mich wie eine riesige Welle.

Mühsam trennte ich mich Stunden später von dem Ort. Ich würde nicht die Kraft haben, wieder herzukommen. Es war, als ob Calum neben mir saß und mich betrachtete.

Langsam lief ich zum Haus zurück.

»Wie geht es dir?«

Ich drehte mich nicht um. Peter war leise hinter mich getreten und sah mit mir auf das Meer hinaus. Fast jeden Nachmittag kam ich hierher. Ich wusste, dass dieser Ort nicht gut für mich war, dennoch zog er mich magisch an.

»Ob dieser Schmerz jemals aufhört?«, fragte ich ihn, ohne eine Antwort zu erwarten.

Ich wäre lieber allein geblieben, andererseits war Peter mir immer noch die liebste Begleitung.

Jeden Morgen wenn ich aufwachte, horchte ich in mich hinein. Ich spürte jede Faser meines Körpers, spürte das Brennen in meiner Brust, das nicht aufhören wollte. Das erdrückende Gewicht in meinem Magen wurde nicht weniger. Tag um Tag verging und mittlerweile hoffte ich nur, dass die Träume aufhörten. Ja, vor allem die Träume.

Ich fürchtete mich vor dem Einschlafen. Mit diesem Grauen mein Leben zu verbringen, erschien mir unerträglich.

»Unvorstellbar, dass meine Mutter damit gelebt hatte. Grausam. Aber wahrscheinlich war es unumgänglich für sie gewesen. Schließlich hatte sie mich, als ewige Erinnerung daran, geboren.«

Jetzt war ich beinahe froh, dass Calum mich gebremst hatte und wir uns nicht an unser Verlangen verloren hatten, setzte ich in Gedanken hinzu.

»Lass uns zurückgehen«, sagte Peter nach einer Weile. »Es ist kalt, du wirst dir den Tod holen.«

Ich drehte mich um und lächelte ihn an.

»Das hätte er nicht gewollt, das weißt du genau«, erwiderte er meinen Blick. »Daran darfst du nicht einmal denken.« Er legte einen Arm um meine Schulter. Das war tröstlicher als jedes weitere Wort.

»In der ersten Zeit haben wir oft über Calum gesprochen. Mittlerweile redet kaum noch jemand über ihn.«

»Sie wollen dir nicht wehtun.«

Ich nickte.

Es war, als würde meine Familie ihn viel schneller vergessen als ich. Was im Grunde kein Wunder war.

Peter war nach den Ferien nach Edinburgh zum Studium gegangen. Das Haus kam mir leer vor ohne ihn. Wenn er alle zwei Wochen nach Hause kam, verbrachte er seine Zeit meist bei den Ericksons und bereitete sich auf seine nächste Prüfung zum Eingeweihten und Nachfolger von Dr. Erickson vor. Es war schön, mit ihm zu reden.

»Hat Dr. Erickson etwas erzählt?«, fragte ich, begierig auf jedes Detail, das er mir erzählen konnte. »Wird der Rat Elin bestrafen?«

»Darüber darf ich mit dir nicht sprechen, das weißt du doch. Ich werde die Prüfung auf einer der nächsten Ratssitzungen wiederholen müssen, darauf muss ich mich gut vorbereiten. Ich bekomme keine dritte Chance«, sagte er vorsichtig, bemüht mich abzulenken.

So gingen sie alle mit mir um, als wäre ich aus Glas und würde an einem falschen Ton zerbrechen.

»Du wirst deine Aufgaben als Eingeweihter wunderbar erfüllen, da bin ich sicher.«

»Zurzeit finden deutlich mehr Ratssitzungen statt als in normalen Zeiten. Alle sind in Aufruhr«, fügte Peter hinzu, um mir wenigstens eine kleine Information zu geben.

Fast war ich eifersüchtig auf ihn, da er immer ein Teil von Calums Welt bleiben würde. Etwas, das mir verwehrt war.

Ich hatte nur meine Erinnerungen. Man sagt, dass man sich nach einer Weile nur noch an das Schöne erinnert. Ich wartete jeden Tag darauf. Ich hatte Angst, alles Schöne zu vergessen. Das Grauen des Abschieds stand mir überdeutlich vor Augen.

Calums letzte Worte, sein Sprung in die Tiefe. Ares' Tod, der Dreizack in dessen Brust, Calums letzter Blick …

»Manchmal wünschte ich, dass alles nur ein Märchen geblieben wäre«, sagte ich und wusste, dass es bitter klang.

Als wir am Haus ankamen, brach unser Gespräch ab. Ohne dass wir darüber reden mussten, wussten wir beide, dass es Bree und Ethan nicht recht war, wenn wir über die Shellycoats sprachen. Sie wollten alles vergessen. Es fiel ihnen unglaublich leicht und machte mich noch einsamer.

Ich lief in Amelies Zimmer. Sie hatte der Ehrgeiz gepackt.

»Du lernst?«, war auch meine eher rhetorisch gemeinte Frage.

»Du weißt doch, dass ich zu viel Zeit habe, seitdem Aidan und ich uns getrennt haben. Die will ich nutzen, bis ich mich das nächste Mal verliebe.«

Verschmitzt sah sie mich an und kaute auf einem Bleistift.

Ich lächelte schräg zurück und ließ mich auf ihr Bett fallen.

»Meinst du, das wird so leicht sein?«

Sie zuckte als Antwort mit den Schultern und wandte sich ihren Büchern zu.

Mir war die Schule gleichgültig geworden. Jeden Morgen schleppte ich mich mit Müh und Not dorthin. Ethan hatte versucht, mir ins Gewissen zu reden, als meine Noten immer schlechter wurden. Irgendwann hatte er aufgegeben und wohl eingesehen, dass es keinen Zweck hatte. Jetzt ließen sie mich in Ruhe. Die Tage verflossen seither in einem Gleichmaß, das mich wahnsinnig zu machen drohte.

An einem verregneten Nachmittag im Oktober stand Sophie vor dem Eingang der Schule und wartete auf mich. Sie trug wie üblich einen in allen Regenbogenfarben gemusterten Kaftan und hatte eine Art Turban um ihren Kopf geschlungen. Ich freute mich, sie zu sehen, lief zu ihr und fiel ihr um den Hals. Viel zu lange war ich nicht bei ihr gewesen.

»Du kommst mit in den Laden«, befahl sie eher, als dass sie mich bat.

Ich schüttelte den Kopf. »Aber, Sophie«, stammelte ich, »ich kann das nicht. Was denkst du, weshalb ich so lange nicht bei dir war?«

»Papperlapapp. Keine Widerrede. Jemand muss sich um Calums Shakespeareregal kümmern. Ich habe keine Zeit für diesen Schnickschnack. Immer wollte er, dass sein Regal geordnet und aufgeräumt ist.«

Wieder schüttelte ich den Kopf und wich einen Schritt zurück. Keine zehn Pferde würden mich dorthin bekommen. Der Laden erinnerte mich zu sehr an Calum und unsere gemeinsame Zeit. Er war gern in diesem kleinen Geschäft gewesen, das unglaublich unordentlich und voller Zauber war.

»Es tut mir leid.«

»Stell dir vor, Calum kommt zurück und das Regal ist nicht mehr so penibel ordentlich, wie er es zurückgelassen hat? Was wird er von uns denken?«

Verwirrt sah ich sie an. Hatte sie den Verstand verloren?

»Aber Calum ist ...«, stotterte ich. Sein Name kam mir nur schwer über die Lippen. »Er ist ...«, versuchte ich es noch mal. Tränen traten mir in die Augen.

»Tot?«, fragte sie völlig ungerührt.

Ich wich beim Klang dieses herzlosen ultimativen Wörtchens noch weiter zurück.

Sie schüttelte ihren Kopf. »Das glaube ich nicht. Calum lebt und er wird zurückkommen.«

»Weshalb bist du dir so sicher?«

»Nenn es Intuition, wenn du willst. Kommst du oder willst du hier Wurzeln schlagen?«

Sie drehte sich um und rauschte klimpernd davon.

Ihrer Beharrlichkeit hatte ich in meinem Zustand nichts entgegenzusetzen. Also kapitulierte ich und trottete hinter ihr her in die Stadt.

Im Laden angekommen, drückte sie mich in einen Sessel und stellte eine Teetasse auf das kleine Tischchen neben mich. Ein Gefühl der Ruhe breitete sich in mir aus. Es war, als würde ich nach Hause kommen. Ich betrachtete die alten, zerkratzten Regale mit dem Durcheinander an Büchern, die im Licht der kleinen Leselampen schimmerten. Der dicke verschlissene Teppich dämpfte meine Schritte, während ich durch die Reihen ging. Dabei wurde mir von Schritt zu Schritt klarer, dass ich den Laden und vor allem Sophie vermisst hatte. Kurze Zeit später erfüllte der Geruch von Duftkerzen den Raum und Sophie kam mit Tee und Keksen zu mir zurück.

»Du siehst abgemagert aus«, bemerkte sie mit einem strengen Blick auf mein Gesicht. »Denkst du, Calum würde es gefallen, wenn du nur noch Haut und Knochen bist? Du musst mehr auf dich achtgeben, Emma. Es hilft niemandem, wenn du krank wirst.«

Ich nickte ergeben und griff nach einem Keks.

Nachdem wir eine Weile schweigend unseren Tee getrunken hatten und ich mindestens ein Dutzend Kekse verspeist hatte, sah ich sie fragend an.

»Was soll ich tun?«

»Sieh dich um, du wirst schon eine Beschäftigung finden. Ich hab letzte Woche zwei neue Lieferungen bekommen, die müssen einsortiert werden«, sagte sie, während sie die Tassen und Teller auf ein Tablett räumte. »Und vergiss Calums Regal nicht«, rief sie mir zu und verschwand in der Küche. Dass Geklapper des Geschirrs klang dumpf durch den Perlenvorhang.

Ich griff nach einem Staubwedel und lief durch die Reihen, um die Bücher abzustauben. Dann machte ich mich daran, die neu eingetroffenen Bücher in Sophies hoffnungslos veraltetes Karteikartensystem aufzunehmen und einzusortieren, wo gerade Platz war. Das Computerzeitalter hatte hier noch keinen Einzug gehalten und würde es wohl auch nie tun. Mir war es ganz recht. In meiner schönsten Schrift beschrieb ich eine weiße Karteikarte nach der anderen.

Erst zum Schluss ging ich zu dem einzigen halbwegs ordentlichen Regal des Ladens - Calums Regal. Liebevoll strich ich über die Buchrücken. Calum hatte Shakespeare geliebt. Aus einem mir unerfindlichen Grunde hatte besonders Macbeth es ihm angetan. Ich nahm alle Bücher aus dem Regal heraus, staubte sie ab, wischte die Regalbretter gründlich mit einem feuchten Lappen sauber und stellte Shakespeares Werke in ordentlicher alphabetischer Reihenfolge wieder zurück.

Zum Schluss trat ich einen Schritt von dem Regal weg und bewunderte meine Arbeit. Calum würde stolz auf mich sein, dachte ich das erste Mal seit Wochen zufrieden.

Ich ging zu Sophie, die hinter der Kasse stand und leise schimpfend vor sich hin rechnete.

»Sophie«, sagte ich und sie schaute mich über den Rand ihrer Brille lächelnd an. »Ich muss jetzt nach Hause.«

Sie kam um den Tresen herum zu mir, drückte mich an sich und sagte: »Denk daran, du musst essen und bei Kräften bleiben.«

Ich nickte und ging zur Tür. Dort drehte ich mich noch mal um.

»Sophie?« Sie sah auf. »Danke.«

Seit diesem Tag ging ich jeden Dienstag und manchmal auch am Freitag in den Laden. Es war so friedlich bei ihr. Sophie ließ mich in Ruhe lesen oder arbeiten. Ich staubte die Bücher ab, sortierte hier und da etwas ein, immer darauf bedacht, es nicht zu ordentlich aussehen zu lassen, da diese Unordnung den Charme des Ladens erst unterstrich. Endlich machte ich wieder regelmäßig meine Hausaufgaben, was besonders Ethan freute. Manchmal plauderten Sophie und ich über dies und jenes, manchmal schwiegen wir einfach. Oft überließ sie es mir, die Kunden, die sich um diese Jahreszeit nur selten in den Laden verliefen, zu bedienen und es machte mir Spaß, mit wildfremden Menschen über so etwas Unverfängliches wie Bücher zu sprechen. Der Laden und seine Atmosphäre, die nicht von dieser Welt schien, beruhigten mich mehr als alles andere.

Sophie war die Einzige, die daran glaubte, dass Calum lebte. Nur zu gern hätte ich das ebenfalls getan. Ich versuchte es, doch ich konnte Elins hasserfüllten Blick nicht vergessen. Ich war sicher, dass er Calum getötet hatte. Welche Skrupel hätte er haben sollen, nachdem er seinen eigenen

Vater ermordet hatte? An Ares zu denken, verbot ich mir ebenfalls. Ich hatte ihn nicht gut gekannt, nicht gut genug. Aber ich wusste, dass meine Mutter ihn ebenso stark geliebt hatte, wie ich Calum liebte.

3. Kapitel

Am Morgen hatte ich meine dickste Jacke angezogen und Mütze und Handschuhe übergestreift. Die Wege waren glatt und gefährlich, so dass Amelie im Schneckentempo zur Schule fahren musste.

Aber ich hatte es mir nicht nehmen lassen, nach der Schule wie jeden Dienstag zu Sophie zu gehen. Der klirrenden Kälte zum Trotz strahlte die Sonne vom eisblauen Himmel. Weißer fester Raureif hatte die Bäume und Büsche mit einem zauberhaften Muster überzogen.

War es erst ein paar Jahre her, dass ich geglaubt hatte, dass die Schneekönigin dafür verantwortlich war? Abends hatte ich am Fenster gesessen und nachgesehen, ob ich sie in ihrem Schlitten sehen konnte. Meine Mutter hatte es mir nicht ausreden können.

Ich wärmte mich an der obligatorischen Tasse Tee, die mir Sophie zubereitet hatte, als sie mit ihrer Nachricht herausplatzte.

Wir saßen an einem der Tischchen, die im Laden standen. Der Tee schmeckte exotisch. Heißer, köstlich duftender Rauch stieg aus der fast durchsichtigen Tasse. Teelichter in bunten Gläsern verbreiteten einen Duft von Zimt und Vanille. Weihnachten rückte von Tag zu Tag näher und überall machte sich die Vorfreude breit. Ich hasste es, an das vergangene Jahr erinnert zu werden und an das gemeinsame Fest mit den Ericksons und Calum. War tatsächlich ein Jahr seitdem vergangen? Ich griff nach den Ohrsteckern, die Calum mir damals geschenkt hatte, und die ich Tag und Nacht trug.

Sophie saß in einen violett und gelb gemusterten Kaftan gehüllt in dem winzigen Sessel und knabberte mit geschlossenen Augen an einem der Kekse, die ich mitgebracht hatte. Bree hatte sie gestern mit den Zwillingen gebacken.

Ohne die Augen zu öffnen, sagte sie aus heiterem Himmel: »Wir haben eine Nachricht von Calum bekommen.«

Die Tasse, die ich in den Händen hielt, begann zu beben. Heißer Tee lief mir über die Finger. Der Teelöffel fiel

zu Boden und durchbrach die Stille.

Sophie beugte sich zu mir und nahm mir die Teetasse aus der Hand.

»Ich fand, du solltest es wissen«, sagte sie entschuldigend. »Ethan und Dr. Erickson wollten nicht, dass du davon erfährst. Aber ich finde, du hast das Recht zu wissen, dass er noch lebt.«

Immer noch wortlos nahm ich eine Serviette und trocknete mir die Hände ab. Dann knüllte ich sie zusammen und hielt mich daran fest.

»Warum ... Weshalb ... Was ...?«, stammelte ich zusammenhanglos.

Sophie stand auf, ging zur Ladentür und drehte das Open- Schild herum, etwas, das seit der Eröffnung des Ladens sicher nie vorgekommen war.

»Du weißt, dass ich nicht geglaubt habe, dass er tot ist«, antwortete sie. »Er war wie ein Sohn für mich. Keiner der Shellycoats, die wir in den Jahren beherbergt haben, ist mir so ans Herz gewachsen wie Calum.«

Sie klang traurig. Ich hatte nie darüber nachgedacht, was ihre Kinderlosigkeit für sie bedeutet haben mochte. Sie erschien mir immer ausgefüllt mit ihrer Arbeit und ihren Büchern.

»Vermutlich hat Calum Amia überredet, uns die Nachricht zu überbringen«, setzte sie unzusammenhängend hinzu.

Ich war verwirrt. Soweit ich wusste, hatten die Shellycoats den Kontakt zu allen anderen Völkern abgebrochen. Wie hatte Amia es geschafft, die Ericksons zu kontaktieren? Angerufen hatte sie wohl kaum.

»Es gibt einen Ort, an dem die Nachrichten zwischen den Shellycoats und dem Eingeweihten der Isle of Skye ausgetauscht werden. Dieser Ort ist nur wenigen bekannt«, beantwortete sie meine unausgesprochene Frage.

»Was steht in der Nachricht?«, unterbrach ich sie. Ein Hoffnungsschimmer keimte in mir auf. Konnte es wahr sein? Konnte Sophie die ganze Zeit recht gehabt haben? Noch wagte ich nicht, daran zu glauben.

»Calum schreibt, dass er von Elin gefangen gehalten wird, und dass du in Gefahr schwebst.«

Sie verstummte.

Mein Herz fing an zu schlagen, immer schneller. Der Stein in meinem Magen schien größer zu werden, doch nicht vor Schmerz. Er polterte ein wenig herum, zersprang und tausend kleine Schmetterlinge flatterten aus seinem Inneren hervor.

Er lebte, er war gefangen, aber er lebte. Das war das Wichtigste. Calum war nicht tot, nicht in unerreichbare Ferne gerückt.

Sophie wartete geduldig, dass ich etwas sagte.

»Wir müssen ihn retten, ihm helfen«, war das Erste, was mir einfiel.

Sophie schüttelte den Kopf. »Du weißt, dass das unmöglich ist, Kind.«

Bedauernd sah sie mich an.

»Wir können ihm nicht helfen. Zuallererst müssen wir dich schützen. Das war es, was Calum uns mitteilen wollte.«

Unwillig schüttelte ich den Kopf.

»Aber wir können nicht zulassen, dass Elin ihn einsperrt und womöglich foltert oder doch tötet.« Bei dem Gedanken lief es mir kalt den Rücken hinunter.

»Wir können nichts tun, Emma«, sagte Sophie eindringlich. »Wir müssen den Dingen ihren Lauf lassen. Du darfst nichts Unüberlegtes tun, verstehst du. Es ist wichtig, dass du vorsichtig bist. Geh nicht allein ans Meer oder in den Wald. Bleib am besten unter Menschen. Menschen, die du kennst und denen du vertraust. Du darfst dich nicht leichtfertig in Gefahr bringen. Versprich mir das.«

Ungläubig sah ich sie an. Ich konnte nicht glauben, was sie sagte.

»Wir können ihn nicht seinem Schicksal überlassen«, widersprach ich.

»Wir können Calum nicht in seine Welt folgen. Solange Elin sich nicht dem Großen Rat stellt, kann niemand etwas tun. Die Völker kämpfen nicht gegeneinander, das haben sie seit den Großen Kriegen nicht getan. Für nichts und niemanden werden sie dieses Gesetz brechen. Du musst versuchen, das zu verstehen und zu akzeptieren, auch wenn es dir schwerfällt.«

Ich verschränkte die Arme vor der Brust.

»Alle Konflikte werden über den Großen Rat geregelt. Konflikte innerhalb eines Volkes gehen den Großen Rat nichts an. Die Clans der Shellycoats müssen dieses Problem allein lösen. Und wenn sie Elin zu ihrem König wählen, wird der Große Rat diese Wahl anerkennen. Das Einzige, was der Rat verlangen kann, ist, dass er Marias Tod sühnt. Wenn Elin klug ist, wird er darauf eingehen.«

»Warum, denkst du, ist Calum noch am Leben?«, fragte ich.

Sophie griff nach meiner Hand.

»Wir vermuten, dass Elin es nicht wagen wird, ihn zu töten, bevor er nicht rechtmäßiger König der Shellycoats ist. Er hat den Mord an seinem Vater als Unfall dargestellt. Aber das sind nur Vermutungen und Gerüchte. Ares war in seinem Volk überaus beliebt und es war immer klar, dass Calum sein Nachfolger werden würde. Er kann ihn nicht einfach aus dem Weg schaffen. Aber er wird mit Sicherheit darüber nachdenken.«

Die Schmetterlinge in meinem Bauch wurden wieder zu Stein. Einer nach dem anderen plumpste nach unten, bis sich ein Haufen gebildet hatte.

»Elin wird ihn am Leben lassen, bis er die Wahl für sich entschieden hat. Er scheint sich seiner Sache sicher zu sein. Was nach der Wahl passiert, können wir nicht wissen. Wir können nur hoffen, dass er Calum nicht tötet. Wenn er glaubt, dass Calum keine Gefahr mehr für ihn darstellt, lässt er ihn vielleicht am Leben.«

Ihre Stimme klang nicht, als ob sie glaubte, was sie sagte.

Ich nickte, ohne ein Wort zu sagen. Dann kramte ich meine Sachen zusammen und stand auf.

Sophie erhob sich ebenfalls und schloss mich in ihre Arme. »Du musst vor allem auf dich aufpassen. Tu es für Calum. Es muss ungeheuer schwer für ihn gewesen sein, uns diese Nachricht zukommen zu lassen. Er liebt dich, Emma, darauf musst du vertrauen.«

Ich spürte, wie mir die Tränen in die Augen stiegen, machte mich von ihr los und lief hinaus.

Graues Abendlicht hüllte die Straße ein und Schatten krochen aus den Hauseingängen.

Da war Sophie an meiner Seite. Ihr grüner Mantel flatterte im Wind. Sie sah sich nach allen Seiten um und griff nach meinem Arm. »Ich bringe dich nach Hause.«

Den Rest des Weges schwiegen wir. Später hörte ich sie in der Küche mit Ethan streiten.

Ich zog mir mein Kissen über den Kopf und schloss die Welt draußen aus.

In dieser Nacht konnte ich nicht schlafen. Jedes Knarren riss mich aus meinem Dämmerzustand. Jeder winzige Laut schreckte mich auf. Angst kroch in mein Zimmer, mein Bett und zum Schluss in meinen Körper. Würde Elin es wagen, ins Haus zu kommen? Was konnte er mir antun? Er hatte mir Calum, meinen Vater und meine Mutter genommen. Konnte es schlimmer sein, wenn er mich tötete?

Jetzt, da ich wusste, dass Calum lebte, wollte ich nichts mehr, als ihn bei mir haben. Elin würde nicht gewinnen. Das würde ich nicht zulassen.

Ich stand im Morgengrauen auf, duschte und zog mich an. Ungeduldig wartete ich in der Küche, bis der Rest der Familie aufwachte.

»Ich werde zu den Ericksons gehen«, überfiel ich Ethan, kaum dass er die Küche betreten hatte.

»Emma, Emma«, er winkte ab. »Lass mich erst einen Tee trinken, bevor du mir deine Pläne mitteilst. Ich bin gar nicht richtig wach.«

In einer umständlichen Prozedur wählte er seinen heutigen Morgentee aus. Dann stopfte er einen Teelöffel davon in einen Teebeutel und goss Wasser darüber. Endlich nahm er mir gegenüber am Tisch Platz und rührte Zucker und Milch in seine Tasse.

»Also, was hast du vor?« Fragend sah er mich an.

»Ich möchte zu den Ericksons. Ich möchte wissen, was Calum geschrieben hat.«

Er nickte.

»Du weißt, dass ich dagegen war, dass Sophie dir von dem Brief erzählt. Ich wollte nicht, dass du vergeblich hoffst. Aber vielleicht hat Sophie recht und es ist besser, wenn du um die Gefahr weißt, in der du schwebst. Es nützt nichts, den Kopf in den Sand zu stecken und zu hoffen, dass nichts passiert.«

Er wandte sich ab. »Ich hatte gehofft, es wäre vorbei.«

Dann schwieg er, bis Peter in die Küche kam.

»Peter, du begleitest Emma zu den Ericksons«, befahl Ethan in einem Ton, der keinen Widerspruch duldete.

Peter, der erst in der Nacht aus Edinburgh gekommen war, wollte protestieren, verkniff es sich aber, als er Ethans Blick sah. Brummend zog er seine Jacke über. Dann fuhr er sich mit den Händen durch seinen Lockenkopf.

»Was ist so wichtig, dass du in aller Herrgottsfrühe zu den Ericksons musst?«, maulte er unterwegs verschlafen.

Peter war normalerweise die Ruhe in Person, aber zu wenig Schlaf konnte selbst ihm die Laune verderben.

»Ich muss mit Dr. Erickson reden«, antwortete ich, nicht bereit, mehr zu sagen, bis ich den Brief gesehen hatte. Ich wunderte mich, dass Ethan Peter nichts von Calums Nachricht erzählt hatte. Wahrscheinlich hatten sie sich letzte Nacht nicht mehr gesehen. Dann würde er es eben von den Ericksons erfahren.

»Es geht um Calum«, setzte ich versöhnend hinzu.

»Um wen auch sonst«, murrte er und trottete neben mir her.

Mein Herz klopfte, als wir am Pfarrhaus anlangten.

»Das ist ja ein früher Besuch«, bemerkte Sophie, als sie die Tür öffnete. Sie umarmte uns und ging voraus in die Küche. Wir störten beim Frühstück. Dr. Erickson saß am Tisch und las. Als wir eintraten, sah er auf und legte seine Zeitung beiseite.

»Na, Emma, ich kann mir denken, was dich herführt«, sein Blick wanderte zu Sophie. »Ich war dagegen, dass Sophie dir von Calums Nachricht erzählt.«

Peter zog die Luft ein. »Eine Nachricht? Von Calum? Bedeutet das ... er lebt?«, fragte er.

Dr. Erickson nickte zur Bestätigung.

»Kann ich die Nachricht sehen?«, fragte ich, ohne auf Peters Überraschung zu achten.

Bedächtig erhob sich Dr. Erickson und ging in sein Arbeitszimmer.

Nach einer gefühlten Ewigkeit kam er zurück. In der Hand hielt er ein kleines verblichenes Stück Papier.

Wortlos reichte er es mir.

Viel stand nicht darauf. Doch es war eindeutig Calums gradlinige Handschrift.

Elin hält mich gefangen. Ihr müsst auf Emma achtgeben. Er wird sie töten, sobald sich eine Gelegenheit dazu ergibt. Er gibt ihr die Schuld, dass der Große Rat die Shellycoats aus dem Bund der Völker ausschließen und ihn bestrafen will. Ihr müsst sie beschützen.

Das war alles. Vorsichtig strich ich über die Worte. Ein Gefühl unendlicher Erleichterung durchströmte mich. Er lebte. Erst jetzt konnte ich es glauben. Und hoffen.

»Danke.«

Ich reichte Dr. Erickson das Blättchen zurück und er gab es Peter.

Stöhnend ließ dieser sich nach der Lektüre auf einen der Stühle fallen. Sophie schob ihm und mir eine Tasse Tee zu.

»Was machen wir jetzt?«, fragte Peter und sah Dr. Erickson an.

»Nichts, wir können nichts tun. Wir wissen nicht einmal, wer diese Nachricht überbracht hat. Dass es Amia war, ist nur eine Vermutung von mir. Sie hat sich immer von Elins Treiben distanziert.«

Ich hatte mich schon gefragt, weshalb Amia, die sich mit Calum verbinden sollte und zudem Elins Schwester war, diese Warnung überbracht haben sollte. Eigentlich musste es in ihrem Interesse sein, wenn ich aus dem Weg war.

»Können wir ihm nicht auch eine Nachricht übermitteln?«, fragte Peter.

Dr. Erickson schüttelte seinen Kopf.

»Auf keinen Fall, das ist zu gefährlich.«

»Das Wichtigste ist, Emma zu schützen. Nur deshalb hat Calum es auf sich genommen, uns diesen Brief zu schicken. Er sollte sich und wer immer ihm geholfen hat nicht umsonst in Gefahr gebracht haben.«

Peter schwieg, als wir die Ericksons verließen. Nach langer Diskussion hatte er sich Dr. Ericksons Meinung angeschlossen. Ich würde hingegen nicht aufgeben. Ich musste wissen, was mit Calum passiert war, ob wir ihm helfen konnten. Ich hatte keine Ahnung wie ich das anstellen sollte. Aber ich würde etwas tun.

Wenn ich mit jemandem reden könnte, jemand, der mich verstand.

Ich dachte an Raven. Ich hatte die Elfe bei der Ratsversammlung kennen gelernt. Damals hatte sie mir viel über ihre Welt und über die verschiedenen Völker erzählt. Sie würde mich verstehen, würde mir vielleicht helfen.

4. Kapitel

Ethan hatte mir verboten, zu den Klippen zu gehen. Aber ich musste allein sein. Das Eingesperrtsein, seitdem der Brief eingetroffen war, zerrte an meinen Nerven. Ständig war jemand in meiner Nähe, der mich bewachte.

Also kletterte ich eines Nachmittags kurzentschlossen aus dem Fenster meines Zimmers. Zehn Minuten, nahm ich mir vor, dann würde ich ins Haus zurückgehen. Tief atmete ich die Luft ein und genoss den Wind, der an meinen Haaren und meiner Jacke zerrte.

Ich lief in die Nähe der Stelle, an der Calum ins Meer gesprungen war, darauf bedacht, in Sichtweite des Hauses zu bleiben. Das Meer war stürmisch, krachend schlugen die Wellen an die Felsen. Lärm erfüllte die Luft und ließ meine Ohren schmerzen. Ich liebte es, hier zu stehen und an Calum zu denken. Hier fühlte ich mich ihm nah, wie sonst nirgendwo. Jetzt da ich wusste, dass er lebte, war dieses Gefühl stärker geworden. Ich spürte nicht, wie mir die feine Gischt durch die Jacke drang, so sehr war ich mit meinen Gedanken bei ihm. Ich versuchte nicht länger gegen die Flut der Erinnerungen, den Schmerz und die Sehnsucht anzukämpfen. Jede einzelne Minute mit ihm kam zurück und überrollte mich unbarmherzig schön.

Die Zeit verstrich schnell und als mir mit einem Mal bewusst wurde, wie lange ich draußen geblieben war, waren die letzten trüben Sonnenstrahlen am Horizont verschwunden. Finsternis hatte sich über das Meer gelegt, das zu meinen Füßen schäumte. Der Lärm, mit dem die Wellen gegen die Klippen schlugen, verschluckte jedes andere Geräusch. Ich spürte, dass ich zu zittern begonnen hatte. Doch es war nicht die Kälte, die dafür sorgte. Ein unbestimmtes Gefühl von Gefahr bemächtigte ich meiner. Ich traute mich nicht, mich umzudrehen. Doch das Gefühl verstärkte sich von Sekunde zu Sekunde. Jeden Moment würde jemand nach mir greifen. Das wusste ich mit untrüglicher Sicherheit. Ich spürte die Nähe von etwas Fremdem im Nacken.

Mir wurde bewusst, dass ich viel zu nah am Abgrund stand. Ich wirbelte herum. Da sah ich sie, fünf oder sechs Meter von mir entfernt. Drei Gestalten, in lange schwarze Umhänge gehüllt, kamen auf mich zu. Der Lärm verschluckte jedes Geräusch. Ihre Bewegungen wirkten katzenhaft, während sie sich auf mich zubewegten. Nur wenige Sekunden und sie hatten mich eingekreist. Kapuzen verhüllten ihre Gesichter, was die Sache noch unheimlicher machte. Fieberhaft überlegte ich, was ich tun sollte, suchte nach einer Fluchtmöglichkeit. Dann stürmte ich los. Das überraschte sie und für einen Moment war ich im Vorteil. Keiner von ihnen reagierte schnell genug, um mich festzuhalten. Die Chance ihnen zu entwischen war verschwindend gering. Ich musste weg vom Wasser, zurück zum Haus, dann konnte ich ihnen vielleicht entkommen.

Sollten sie mich kriegen, war mein Ende besiegelt. Calum hatte mich vor dieser Gefahr gewarnt. Wie hatte ich so dumm sein können? Ich wollte nicht sterben, nicht jetzt, da ich wusste, dass Calum lebte. Ich sah die Lichter des Hauses auf mich zukommen. Der Wind schlug mir so heftig entgegen, dass ich das Gefühl hatte, mich keinen Zentimeter vorwärtszubewegen.

In diesem Moment spürte ich jemanden neben mir. Er griff nach mir. Es war mein Schal, der sich löste. Ein Fluch, der wie das Zischen einer wütenden Schlange klang, offenbarte die Wut meines Verfolgers. Ich drehte mich im Laufen um und sah meinen Schal im Wind davon flattern wie einen flügellahmen Vogel. Obwohl meine Lunge wie Feuer brannte, begann ich zu rufen, so laut ich konnte. Ich hoffte, Ethan oder Peter würden mich hören.

Ein zweiter Verfolger tauchte auf meiner anderen Seite auf und zerrte an meiner Jacke. Er bekam mein Haar zu fassen und riss mich zurück. Ich taumelte und schrie vor Schmerz auf. Geistesgegenwärtig drehte ich mich um und trat ihm gegen die Beine. Er sackte zusammen und ließ mich los. Mühsam fand ich mein Gleichgewicht wieder. Ich wirbelte herum und mobilisierte meine letzten Kräfte.

Eine weitere Gestalt wuchs vor mir aus dem Boden. Ich kreischte vor Schreck und taumelte zurück. Die Gestalt hielt mich fest und schob mich hinter sich.

Es war Peter.

Unendlich erleichtert sackte ich zusammen. Ein Schuss explodierte hinter uns. Ich erschrak und sah Ethan, nicht weit entfernt von uns entfernt, in die Luft schießen. Die drei Gestalten verschmolzen in der Dunkelheit zu einer. Nur schemenhaft sahen wir, wie sie zurück zu den Klippen liefen und sprangen.

In Ethans Miene spiegelte sich sein ganzer Zorn, als er zu Peter und mir kam.

»Emma, was hast du dir bloß dabei gedacht?« Vor Wut überschlugen sich seine Worte. »Hätte Amelie nicht bemerkt, dass du nicht in deinem Zimmer warst, hätten wir dich niemals draußen vermutet. Wie konntest du dich in diese Gefahr bringen? Bist du wahnsinnig geworden?«

Peter hielt mich immer noch fest. Ich rang nach Luft und fühlte mich außerstande, eine Antwort zu formulieren. Es gab nichts, womit ich mein Verhalten erklären oder gar entschuldigen konnte. Mein Herz raste.

Sie brachten mich ins Haus und platzierten mich auf der Couch im Wohnzimmer. Fürsorglich wickelte Peter mich in eine Wolldecke. Schweigend sah meine Familie mich an. Bree und Amelie stand der Schreck ins Gesicht geschrieben.

»Was sollen wir tun?«, jammerte Bree nach einer Weile.

Ethan zuckte mit den Schultern.

»Emma, wir haben dir ausdrücklich untersagt, allein draußen rumzulaufen«, wiederholte er sich.

Ich nickte kläglich. Darauf gab es nichts zu sagen. Mit meiner Unvernunft hatte ich mich und meine Familie in große Gefahr gebracht. Nicht auszudenken, was passiert wäre, wenn Ethan und Peter nicht daheim gewesen wären oder wenn die Shellycoats sie angegriffen hätten.

»Es tut mir leid«, flüsterte ich.

»Ich rufe Dr. Erickson an«, sagte Peter in das folgende Schweigen hinein.

Ich erfuhr nicht, was Peter mit Dr. Erickson besprochen hatte. Ethan schickte mich ins Bett, ein Befehl, den ich ohne Widerrede befolgte. Vorher verriegelte er sorgfältig die Fensterläden in meinem Zimmer.

Ich fiel in einen unruhigen Schlaf, der von düsteren Gestalten in langen Mänteln mit fratzenhaften Gesichtern bevölkert war.

»Emma, wach auf.«

Bree saß an meinem Bett und wischte mir über die schweißnasse Stirn.

Verstört sah ich sie an. Es musste mitten in der Nacht sein.

»Zieh dich an und komm ins Wohnzimmer«, sagte sie und klang ängstlich.

Verschlafen rieb ich mir die Augen und sah sie erstaunt an. Statt einer Erklärung reichte sie mir Jeans und Sweatshirt und ich schlüpfte hinein. Dann folgte ich ihr den Flur entlang zum Wohnzimmer.

Als ich die fünf Gestalten darin stehen sah, wich ich zurück. An Flucht war jedoch nicht zu denken. Als Ethan uns kommen sah, knipste er die kleinen Tischlampen an und der Raum wurde von einem warmen Licht erhellt. Die fünf Gestalten streiften ihre Kapuzen ab und ich sog überrascht die Luft ein.

Auf den ersten Blick war erkennbar, dass es sich nicht um Shellycoats handelte. Ich erkannte Myron, den Vampir. Seine blasse Haut leuchtete im Dämmerlicht unnatürlich hell.

Aus den Augenwinkeln sah ich, dass Amelie ihn angsterfüllt anstarrte. Er bot einen gruseligen Anblick mit seinem hellblonden Haar und den blutroten Lippen. So furchteinflößend hatte er bei der Ratsversammlung nicht gewirkt, erinnerte ich mich zurück. Er hatte den Vorsitz auf der Ratsversammlung innegehabt. Als er mich mit einem aufmunternden Blick ansah, lächelte ich schüchtern zurück. Seine karamellfarbenen Augen leuchteten beruhigend in dem schummrigen Licht.

Da winkte mir Raven zu. Ich lächelte sie an und war froh, die junge Elfe zu sehen.

Hatte ich mir nicht gewünscht, mit ihr zu sprechen? Vielleicht konnte sie mir helfen. Ich wusste allerdings nicht, wie ich es anstellen sollte, mit ihr unter vier Augen zu reden.

Ihre Begleiter waren mir unbekannt. An den spitzen Ohren konnte man erkennen, dass einer von ihnen, wie Raven ein Elf war. Bei den anderen beiden konnte ich das Volk nicht identifizieren.

»Raven kennst du ja, Emma«, ergriff Myron das Wort und blickte mich an. »Das hier ist Merlin aus dem Volk der Zauberer, Freya, eine Werwölfin, und Sharif vom Volk der Elfen«, stellte er weiter vor.

Amelie plumpste mit einem undefinierbaren Geräusch auf einen Sessel. Dr. Erickson stand wartend an unseren Kamin gelehnt und lächelte vor sich hin.

Bree machte nach dieser Eröffnung eine verwirrte Geste in Richtung Sofa. Es war offensichtlich, dass sie die ungewohnten Gäste auffordern wollte, Platz zu nehmen.

Myron nickte ihr dankend zu und sprach weiter.

»Emma, wir sind gekommen, um dir unseren Schutz anzubieten.«

Was meinte er damit, fragte ich mich.

»Elin hat sich dem Ratsschluss entzogen und wird dafür bestraft werden. Es wäre unentschuldbar, wenn dir etwas zustoßen würde. Hier, bei den Menschen, können wir dich nicht schützen. Dr. Erickson hat uns informiert, was gestern Abend geschehen ist, und wir möchten dich bitten, uns nach Avallach zu begleiten.«

Ich schluckte.

»Wohin?«, fragte Ethan und klang misstrauisch.

Myron lächelte ihn an.

»Ich würde sagen, Avallach ist vergleichbar mit einer Akademie oder einer Universität in Ihrer Welt. Sie nennen den Ort Avalon. Allerdings muss ich nach dem Studium der Geschichten, die die Menschen über Avalon geschrieben haben, sagen, dass nicht einmal die Hälfte der Wahrheit entspricht.«

Ethans Gesichtszüge entspannten sich. Ein Ort, an dem man lernte, konnte nicht verkehrt sein. Und selbst wenn nur die Hälfte der Dinge, die er über Avalon wusste stimmte, war es für ihn immer noch faszinierend genug.

Ich unterdrückte mühsam ein Stöhnen.

»Ich könnte mir vorstellen, dass es für Emma interessant sein wird, mehr über Calums und unsere Welt zu erfahren«, setzte Myron hinzu.

Mein Blick fiel auf Raven. Sie strahlte mich an. Ein vertrautes Gefühl der Ruhe überkam mich.

»Wir werden dich in unsere Mysterien einweihen, Emma«, ergänzte sie.

Da ich nicht wusste, was das bedeutete, schwieg ich weiter.

Dr. Erickson ergriff das Wort.

»Das ist eine besondere Ehre. Niemals war bisher ein Mensch in Avallach. Außer den Eingeweihten natürlich«, setzte er hinzu.

Myron hob seine Hand.

»Emma ist auch kein Mensch. Sie ist ein Halbling. Seit Jahrhunderten gab es keine Halblinge mehr. Deshalb bedarf Emma unseres besonderen Schutzes und ich hoffe, dass sie einwilligt, uns heute Nacht zu begleiten.«

Aus seinen Worten schloss ich, dass ich eine Wahl hatte.

»Heißt das ... ich soll jetzt sofort?«, stammelte ich.

Myron nickte.

»Die Gefahr ist zu groß. Was heute Nachmittag passiert ist, hätte nicht geschehen dürfen.«

»Aber ... aber, ich schreibe morgen eine Klausur in Bio«, ein anderer Einwand fiel mir so schnell nicht ein.

Amelie verdrehte die Augen und fand ihre Sprache wieder. »Emma, du hast seit Wochen kaum einen Finger für die Schule gerührt.«

»Geh deine Sachen packen«, unterbrach uns Ethan.

Ich rührte mich nicht von der Stelle. Ich sollte meine Familie verlassen? Das konnte unmöglich ihr Ernst sein. Hier war mein Zuhause.

Amelie stand auf, schob mich hinaus und weiter in mein Zimmer. Raven folgte uns.

Mechanisch begann ich, meine Sachen zusammenzusuchen. Amelie holte eine Tasche und lief ins Bad, um meine Waschsachen zu packen. Raven musterte mein Zimmer.

Ich sah auf das Bild meiner Mutter, das an der Wand hing, seit Calum es gerahmt hatte. Um es mitzunehmen, war es zu sperrig. Ich kramte in meinem Schreibtisch nach einem Foto, das meine Mutter und mich zeigte.

»Ich werde wiederkommen, oder?«, fragte ich Raven kleinlaut.

»Emma, niemand wird dich fressen«, dabei musste sie über ihren eigenen Witz so lachen, dass sie mich damit ansteckte.

»Du musst keine Angst haben. Du wirst sehen, es ist lustig in Avallach. Es wird dir gefallen. Stell dir vor, dein Onkel hätte dich in ein Internat gesteckt.«

Dr. Erickson trat in mein Zimmer, in dem er seltsam deplatziert wirkte. »Das ist völlig ungewöhnlich«, begann er. »Der Rat ist heute Abend zusammengetreten und hat beschlossen, dich umgehend nach Avallach zu bringen.«

»Ich kann mir nicht vorstellen, wo dort Schüler wohnen sollen«, erwiderte ich und setzte mich auf den Rand meines Bettes.

Ich wollte mir meine Angst nicht anmerken lassen. Doch sie war da. Wieder einmal sollte ich ein vertrautes Leben, mit Menschen die ich liebte, hinter mir lassen?

»Du kennst nur einen Teil des Gebäudes, und zwar den, der während der Ratsversammlung zugänglich ist. Avallach ist riesengroß. Dem Besucher erscheint immer der Teil, den er besucht. Der Rest verschwindet im Nebel.«

»War Avalon in der Geschichte nicht eine Insel?« Ich erinnerte mich, dass wir, als wir zur Ratsversammlung fuhren, über eine Brücke gefahren waren.

Dr. Erickson nickte. »Du wohnst diesmal nicht in den luxuriösen Gästezimmern, sondern bei den anderen Schülern.«

»Es gibt dort niemanden wie mich«, wandte ich kleinlaut ein.

»Die Schüler leben gemischt in den Gruppen. Du wirst nicht groß auffallen«, versuchte er mich aufzumuntern.

»Weshalb kann ich nicht hierbleiben? Ich würde nicht noch mal allein aus dem Haus gehen.«

Ohne es zu wollen, merkte selbst ich, wie kläglich ich klang.

»Du brauchst keine Angst zu haben. Avallach ist im Moment der sicherste Ort der Welt für dich. Wir wissen nicht, wie weit Elin bereit ist, zu gehen. So ist es am besten.«

»Werden sie Calum helfen?«

Dr. Erickson schüttelte seinen Kopf, bevor ich ausgesprochen hatte.

»Ich habe es dir doch erklärt, Emma«, wiederholte er geduldig. »Das ist eine Angelegenheit der Shellycoats. Der Große Rat wird abwarten, bis die Shellycoats über Ares' Nachfolge entschieden haben.«

Ich biss mir auf die Lippen, um ihn nicht anzufahren. Es hätte sowieso keinen Zweck gehabt. Ich würde mir etwas überlegen müssen, dachte ich, während ich mein Malzeug in einem Beutel verstaute.

Bestimmt gab es in Avallach bessere Möglichkeiten Calum zu helfen.

Schließlich war das seine Welt.

»Wo liegt dieses Avallach?«, fragte Ethan Myron beim Abschied. Der schüttelte den Kopf.

»Der Ort ist den Menschen verborgen. Ihr würdet ihn nicht finden.«

»Ihr werdet sehen, dass sie sich dort wohlfühlen wird. Wir werden sie schützen. Emma kann euch schreiben.«

Ich umarmte meine Familie zum Abschied. Amelie begann zu weinen, so dass ich sie einen Moment länger festhielt.

»Ich werde dich vermissen«, flüsterte ich in ihr Ohr.

Raven nahm mich am Arm und brachte mich zu dem Auto, das vor dem Haus stand. Sie schob mich auf die Rückbank und setzte sich vorn neben Myron. Die anderen Gestalten verschwanden in der Dunkelheit.

5. Kapitel

Ich war schon bei meinem letzten Besuch von dem Schloss fasziniert gewesen. Heute erschien mir das Gebäude noch imposanter. Der Wagen parkte nicht wie damals in dem kleinen Innenhof, sondern vor einem riesigen Tor. Erst aus dieser Perspektive wurden die Ausmaße des Schlosses deutlich. Ich stand mit meiner Tasche auf einem gepflasterten Platz und fühlte mich winzig. Myron half mir beim Aussteigen und holte mein Gepäck aus dem Kofferraum. Wortlos stieg er zurück in den Wagen und fuhr davon.

»Wo will er hin?«, fragte ich Raven, die neben mir stand. Ich hatte erwartet, dass er mich persönlich hinein bringen würde. Leider hatte ich mich wohl getäuscht.

»Er bringt den Wagen zu den Garagen.« Sie musterte mich aufmerksam. »Bereit?«

Ich brachte nur ein Nicken zustande.

»Du musst keine Angst haben«, fügte sie aufmunternd hinzu. Während sie sprach, nahm sie mir trotz meiner Proteste eine Tasche aus der Hand, und schob mich zu der großen Eingangstür. Dort angekommen klopfte sie mit einem mittelalterlichen Metallgriff an die verzierte Holztür, worauf sich mit lautem Quietschen einer der mächtigen Türflügel öffnete.

»Hereinspaziert«, forderte ein Faun in Jeans und weißem Hemd uns auf. »Wir haben euch erwartet. Raven, Emma.«

Höflich neigte er seinen schwarzen, strubbligen Haarschopf, aus dem zwei winzige Hörner hervor lugten. »Ich wollte der Erste sein, der euch begrüßt.«

Raven lachte ihn an.

»Mach nicht so einen Aufstand, Ferin. Emma ist nervös genug. Wie viel Zeit haben wir?«

»Eine halbe Stunde, meine Damen«, sagte er in einem völlig veränderten Tonfall.

Raven kicherte.

»Lass das bloß nicht Miss Lavinia hören. Sie kann es nicht ausstehen, wenn du sie nachmachst.«

Ich brachte vor Erstaunen kein Wort heraus und sah unwillkürlich auf seine Füße, die in schmutzigen Turnschuhen steckten. Hufe hatte er nicht, dachte ich erleichtert. Er hatte meinen Blick bemerkt und grinste mich an. Ich spürte, dass ich rot wurde.

»Beruhigt?«, fragte er zu allem Überfluss noch.

Ich nickte, zu verlegen, um etwas zu sagen, und wandte meinen Blick dem Schlossinneren zu.

Die breiten Treppenaufgänge waren bevölkert mit hunderten Schülern. In der hohen Halle sirrte die Luft von all den Stimmen. Warmes Fackellicht erhellte die riesige Halle nur mäßig. Das Winterlicht, welches durch hohe bleiverglaste Fenster hineinfiel, trug sein Übriges zu der schummrigen Atmosphäre bei.

Während ich alles betrachtete, wurde mir bewusst, dass die Stimmen verstummten. Stille breitete sich aus und ich blickte in zahllose schweigende Gesichter. Hier und da winkte uns jemand zu oder lächelte, die meisten musterten mich einfach.

»Habt ihr noch nie einen Menschen gesehen?«, rief Raven in die Stille und stemmte ihre Arme in die Hüften. Die Stimmen setzten wieder ein, hier und da war ein Ruf zu vernehmen, allerdings konnte ich keinen verstehen.

Raven ließ mir keine Zeit, mich in Ruhe umzusehen oder über diesen Empfang nachzudenken. Sie lief eine der Treppen hinauf und zog mich hinter sich her. Dann bog sie in einen schmalen Gang ab. Hier war es deutlich ruhiger.

»Wo gehen die alle hin?«

»Der Unterricht beginnt in einer halben Stunde. Wir müssen uns sputen. Ich weiß ja nicht, wie es mit dir ist, aber ich muss vorher etwas essen.«

Wie auf Kommando begann mein Magen zu knurren.

Wir betraten einen Raum durch eine hellgrüne Tür. Im Inneren waren die Wände in verschiedenen Grüntönen gehalten. Auch hier kam das Licht ausschließlich von großen Fackeln, die an den Wänden steckten, und dem dämmrigen Licht, das sich durch die Fenster seinen Weg ins Innere des Raumes suchte. Zwei lange, vom jahrelangen Gebrauch zerkratzte Eichenholztische standen im Raum und waren von ebenso alten Stühlen umringt. An einer Wand stand eine Anrichte, auf der das Frühstück vorbereitet war. Während ich mich umsah, schaufelte Raven Rührei und Lachs auf zwei Teller.

»Emma«, rief sie ungeduldig. »Du hast in den nächsten Wochen genug Zeit, dir alles anzusehen. Komm, mach uns Tee.« Sie wies auf ein kleines Tischchen.

Darauf stand ein silberner Samowar, der durchaus eine Politur vertragen konnte.

Ich schaute mich um. Vorbereitete Teebeutel konnte ich nirgendwo entdecken, nur verschiedene Gläser mit Kräutern. Ich zuckte mit den Schultern, roch an zwei Gläsern und entschied mich für etwas, das entfernt an Pfefferminz erinnerte. Ich krümelte etwas davon in zwei silberne Teeeier und ließ heißes Wasser darüber laufen. Dann trug ich die Tassen zum Tisch, an dem Raven ihr Ei genüsslich in sich reinschaufelte.

»Das ist der Gemeinschaftsraum der grünen Gruppe«, erklärte sie zwischen zwei Bissen. »Unsere Gruppe«, setzte sie erklärend hinzu, obwohl ich mir das schon selbst gedacht hatte.

»Die Türen hier«, sie wies auf mehrere Türen an der Wand, »führen zu den Schlafzimmern. Zurzeit sind wir 32 in unserer Gruppe. Mit dir 33. Wir haben den Unterricht gemeinsam, da wir alle im zweiten Jahr sind.«

»Außer Elfen, wer ...«

Sie ließ mich nicht ausreden. »Elfen, Faune, Vampire, Werwölfe, ein paar Zwerge und Schüler aus anderen kleineren Völkern. Diese schicken ihre Kinder allerdings nicht immer nach Avallach. Und jetzt bist du hier - ein Halbling. «Damit sprang sie abrupt auf.

»Komm«, sie zog mich hoch. Bei dem Versuch, wenigstens einen Schluck Tee zu trinken, verbrühte ich mir meine Zunge. Das fing ja gut an.

Raven ging mit mir zurück in die große Halle und von dort aus in einen anderen Flügel des Schlosses. Gern hätte ich mir alles genauer angeschaut, aber dafür hatte Raven es zu eilig. Ich würde nie im Leben allein zurückfinden, dachte ich, während ich ihr treppauf, treppab folgte.

Endlich blieb sie vor einem Raum stehen, öffnete die Tür und trat mit mir im Schlepptau ein. Das leise Murmeln verstummte und neugierige Blicke folgten uns.

Raven achtete nicht darauf, sondern schob mich auf einen freien Stuhl und eilte zu ihrem Platz. Im selben Moment ging die Tür wieder auf und herein trat eine winzige ältere Frau mit grauen Haaren, die zu einem Pferdeschwanz gebunden waren, was ihr ein lächerlich jugendliches Aussehen verlieh. Das musste Ms. Beauville sein, Raven hatte mir verraten, dass ich bei ihr meine erste Schulstunde in Avallach haben würde. Zu mehr Informationen hatte sie sich bis jetzt nicht herabgelassen.

Ms. Beauville begrüßte uns auf Französisch, wandte sich der Tafel zu und schrieb verschiedene französische Verben daran. Nacheinander rief sie jemanden auf, der diese konjugieren sollte. Ich entspannte mich. Das war etwas Vertrautes, schließlich hatte ich Französisch schon ein paar Jahre gehabt. Dann kam auch ich an die Reihe.

»Ah, ein neues Gesicht. Wie heißt du, mein Kind?«, fragte sie mich auf Französisch. Ich antwortete ihr und beugte mein Verb. Dann ließ sie mich in Ruhe und ich überlegte, welchem Volk sie angehören mochte. In ihrer Aufmachung wirkte sie auf mich überaus menschlich. Sie hätte auch wunderbar in meine Schule nach Portree gepasst. Ich würde nach der Stunde Raven fragen, allein kam ich nicht drauf. Ich begann mich umzusehen. Von meinem Platz hatte ich eine gute Position, um alles in Ruhe zu betrachten. Jeder Schüler hatte ein altmodisches kleines Pult vor sich. Die Wände des Raumes bestanden aus gelbem Sandstein und durch die hohen Fenster fiel graues Sonnenlicht. Hinter dem Lehrertisch flackerte in einem riesigen Kamin ein offenes Feuer, das im Raum eine behagliche Wärme verbreitete.

Während ich mich umsah, drehte sich das Mädchen, das vor mir saß, zu mir um.

»Hallo Emma. Ich bin Amia«, stellte sie sich mit sanfter Stimme vor. Meine Hände wurden eiskalt.

»Du musst keine Angst vor mir haben«, fühlte sie sich bemüßigt, mich zu beruhigen.

»Amia, es wäre schön, wenn du deine Unterhaltung mit Emma auf die Pause verlegen könntest«, tönte Ms. Beauvilles helle Stimme durch den Raum.

Sofort drehte Amia sich nach vorn. Hilfe suchend sah ich zu Raven, die mir beruhigend zublinkerte.

Das war also Amia. Das Mädchen, mit dem Calum sich verbinden sollte. Eifersucht durchflutete mich. Ich musterte sie genauer. Was ich sah, sah zugegebenermaßen nett aus. Sie war klein und zierlich und hatte glattes, langes, weißblondes, fast silbriges Haar. Ihr Gesicht hatte sehr hübsch ausgesehen, überlegte ich. Zart und fast durchscheinend mit großen karamellfarbenen Augen. Die Eifersucht packte mich fester. Ich ballte meine Hände zu Fäusten. Doch bevor die Wut ganz von mir Besitz ergreifen konnte, spürte ich, wie eine Welle der Ruhe mich durchflutete. Wieder sah ich zu Raven, die mich durchdringend ansah. Zu meiner Erleichterung ertönte in diesem Augenblick ein lauter Gongschlag und beendete die Stunde. Raven war sofort an meiner Seite.

»Was haben wir jetzt?«, fragte ich, während meine Augen Amia folgten.

»Mysterienkunde.«

Ich sah sie verständnislos an und glaubte, mich verhört zu haben. Das klang nicht so normal wie Französisch.

Amia wartete an der Tür auf uns und lächelte mir zaghaft zu. Ich wusste nicht, was ich sagen sollte, und so bestritt Raven das Gespräch, während wir zum nächsten Raum gingen.

»Es gibt zehn verschiedene Gruppen«, erklärte sie noch einmal. »Du erkennst die jeweiligen Mitglieder an den Farben ihrer Abzeichen, die sie tragen.«

Dabei wies sie auf ein smaragdgrünes Abzeichen mit einem Wappen, das auf ihrem Pulli prangte und mir längst aufgefallen war.

»Das ist das Wappen von Avallach.«

Ich sah genauer hin. Ein silberner Baum, der von einem ebenfalls silbernen Schwert gekreuzt wurde.

»Was hat das zu bedeuten?«

»Das ist der heilige Apfelbaum von Avallach, er gab der Insel ihren Namen, und das Schwert ist Excalibur«, erklärte Amia mit leiser Stimme.

»Ah«, murmelte ich verständnislos.

»Sag bloß, du kennst die Artuslegende nicht?«, nahm Raven meine Unwissenheit zur Kenntnis.

»Doch natürlich«, erwiderte ich und versuchte mich an Details zu erinnern. Mir fielen hauptsächlich Lancelot und seine Liebe zu Guinevere ein. An einen Baum konnte ich mich beim besten Willen nicht erinnern.

Amia und Raven grinsten sich an, als ich ihnen mein Halbwissen offenbarte.

»Vergiss alles, was du bei den Menschen darüber gelesen hast. Das meiste stimmt nicht. Lancelot war im Übrigen auch ein Halbling.«

Abwartend sah ich Raven an.

»Er war der Sohn von König Ban und der Fee Viviane, der Herrin vom See. Er ist in Avallach geboren und aufgewachsen. Das steht in keiner eurer Sagen, oder?«

Ich schüttelte den Kopf. An solche Details konnte ich mich unmöglich erinnern. Ich hätte ja nicht einmal vermutet, dass es Lancelot wirklich gegeben hatte. In meiner Erinnerung war er der strahlende Ritter, der sich in die zukünftige Frau seines besten Freundes und Königs verliebt hatte, während der König in seine Halbschwester verliebt war. Irgendwie so ähnlich war es jedenfalls gewesen. Es war zu lange her, dass ich die Geschichte gelesen hatte. Für mich war das ein Märchen gewesen. Unterhaltsam, aber nichts davon war tatsächlich geschehen.

»Der Apfelbaum ist der heiligste Baum aller Völker. Sollte der Baum eines Tages stürzen, werden unsere Völker die Erde verlassen. Niemand weiß, wie alt er ist. Er steht tief in den Wäldern von Avallach und nur die Priester wissen genau wo«, erklärte Amia weiter.

»Und das Schwert? Wurde es nach Artus' Tod nicht in einem See versenkt?«, erinnerte ich mich an den Film, den ich vor Urzeiten mit meiner Mutter geschaut hatte, und hoffte, dass das wenigstens stimmte.

Raven schüttelte ihren Kopf.

»Der Legende nach birgt der Baum das Schwert in seinem Inneren. Er gibt es nur preis, wenn den Völkern Gefahr droht. Artus musste es nicht aus einem Stein ziehen, sondern aus dem Baum, dessen Stamm im Laufe der Jahrtausende versteinerte. Nach seinem Tod gaben die Feen das Schwert dem Baum zurück. Niemand hat es seitdem mehr zu Gesicht bekommen.«

Bevor ich weitere Fragen zu diesen mysteriösen Eröffnungen stellen konnte, waren wir an unserem Ziel angekommen. Der Raum sah nicht wie ein gewöhnliches Schulzimmer aus. Er erinnerte mich eher an einen Teesalon aus den Büchern von Jane Austen. Überall standen Sessel und kleine Tische mit flackernden Kerzen darauf.

»Jeder Lehrer kann seinen Klassenraum gestalten, wie er möchte«, erklärte Raven, der mein Blick nicht entgangen war. »Talin ist etwas, na ja, ich will mal sagen speziell«, ergänzte sie.

Wir setzten uns an eins der Tischchen und Raven begann mir die Namen all meiner Mitschüler aufzusagen. Ich sah mich um und hatte trotz der ungewohnten Umgebung ein Déjà-vu. Sollte es nicht einmal anderthalb Jahre her sein, dass Amelie mir in Portree die Namen meiner neuen Mitschüler zugeflüstert hatte?

Ich kam nicht dazu, diesen Gedanken weiter nachzugehen, denn in dem Moment betrat ein Mann den Raum. Man hätte ihn für schön halten können, wäre sein Blick nicht so unfreundlich gewesen. Sein langes Haar, das ihm silbern über die Schultern fiel, machte mir klar, dass er ein Shellycoat war.

Sein finsterer Blick blieb an mir hängen und langsam kam er auf mich zu.

Ich drückte mich tiefer in den Sessel, als er hoch über mir aufragte.

»Mach ihr keine Angst, Talin«, hörte ich neben mir Ravens Stimme.

Er wandte sich mit einem höhnischen Grinsen ab.

»Er ist Elins Onkel mütterlicherseits«, flüsterte Raven mir zu.

Der Schreck fuhr mir durch den ganzen Körper. Am liebsten wäre ich aufgesprungen und aus dem Raum gelaufen. Doch das wagte ich nicht. Stumm musterte ich ihn, während er sich auf einem der Sessel niederließ und einen Monolog über den Einsatz von Magie begann. Ich konnte mir niemanden vorstellen, der weniger in dieses gemütliche Ambiente gepasst hätte. Ich lauschte seinem Monolog, während er dort vorn saß und mein Herzschlag sich langsam beruhigte. Sein sorgfältig gekämmtes langes Haar fiel an seinem Rücken herab und wieder und wieder presste er die Fingerspitzen seiner gepflegten Hände aneinander.

Ich bemühte mich, keins seiner Worte zu verpassen.

»In den nächsten Wochen werden wir uns damit beschäftigen, wie wir uns gegen die Fähigkeit der Elfen, in unseren Kopf einzudringen und unsere Gedanken zu lesen und unsere Gefühle zu beeinflussen, wehren können. Sicherlich wird der ein oder andere von euch es manchmal als durchaus praktisch empfinden, dass die Elfen diese Fähigkeit besitzen, und sich gern von einer Elfe beruhigen lassen, aber es ist notwendig, zu lernen, wie man seine Gefühle und Gedanken abschottet. Die Elfen selbst würden diese Macht niemals zum Schaden anderer einsetzen, aber wir können nicht sicher sein, dass eines Tages nicht auch andere Völker diese Gabe besitzen werden. Vor allem aber müsst ihr lernen, eure Gefühle selbst zu beherrschen und euch dabei nicht von anderen abhängig zu machen. Im schlimmsten Fall kann diese Abhängigkeit zur Droge werden.«

Sein letzter Satz hatte drohend geklungen und hallte in dem Raum nach, als er zu sprechen aufhörte.

Ich dachte daran, was Elin mit dem Meer gemacht hatte. Ob er das von Talin gelernt hatte? Wenn ja, dann musste sein Lehrer stolz auf seinen Musterschüler sein.

»Denkt daran«, ermahnte er weiter. »Diese Beeinflussung spielt sich nur in eurem Kopf ab, also könnt ihr nur mit eurem Kopf dagegen ankämpfen.«

Nachdem er seinen Monolog beendet hatte, bat er die Elfen der Gruppe nach vorn. Mit Raven waren es insgesamt sechs - drei Mädchen und drei Jungs.

Ihnen mussten sich sechs andere Schüler gegenüberstellen und versuchen, an nichts zu denken. Wie das gehen sollte, war mir schleierhaft, und ich rutschte tiefer in meinen Sessel, in der Hoffnung, Talin würde mich in der nächsten Runde übersehen.

Leider tat er mir den Gefallen nicht, sondern forderte mich auf, mich gegenüber von Raven aufzustellen.

»Ihr müsst euren Geist verschließen«, referierte er unablässig und machte es mir damit noch schwerer, an nichts zu denken. Allerdings hätte ich sicher auch sonst auf ganzer Linie versagt. Raven spazierte in meinen Kopf und ich hatte das Gefühl, dass sie überall kleine Fußspuren hinterließ. Wenigstens lächelte sie mich ermutigend an, als ich meine Augen wieder öffnen durfte. Bis zu diesem Augenblick war mir gar nicht klar gewesen, dass Elfen auch Gedanken lesen konnten. Jetzt fühlte ich mich beinahe nackt bei der Vorstellung, dass jede Elfe im Schloss in meinen Kopf sehen konnte.

»Hier ist wohl Hopfen und Malz verloren«, bemerkte Talin in meine Richtung und erntete dafür aus der Klasse vereinzeltes Kichern. Ich ging zurück zu meinem Sessel und ließ mich hineinfallen.

»Wir Elfen setzen diese Fähigkeit kaum ein.« Raven griff nach meiner Hand und zwang mich, sie anzusehen. »Denk nicht, dass jede im Schloss in deinen Kopf schauen wird. Allerdings beeinflussen wir gern fremde Gefühle, da wir ein ausgesprochen harmoniesüchtiges Volk sind.«

Keine Ahnung, ob mich das beruhigte.

Ich war froh, als Raven mich nach drei weiteren Stunden zurück in unseren Gruppenraum brachte. Ich richtete mich in dem kleinen Zimmer, das ich mit Raven und Amia bewohnen würde, häuslich ein.

In dem Zimmer standen drei Himmelbetten, deren Vorhänge aus dunkelgrünem Samt waren. Auch hier waren die Wände smaragdgrün gestrichen und an der Decke mit weißen Stuckleisten verziert. Die Einrichtung wurde durch drei Schreibtische komplettiert, die unter den Fenstern standen.

Als es dunkel wurde, aßen wir alle zusammen zu Abend. Ich versuchte, die neugierigen Blicke meiner Mitbewohner zu ignorieren. Obwohl es keine Menschen waren, verhielten sie sich nicht anders. Einige hatten sich mir vorgestellt, andere beobachteten mich aus sicherer Entfernung und tuschelten miteinander.

Lustlos stocherte ich in dem sicher köstlichen Essen herum.

»Schmeckt es dir nicht?«, fragte Miss Lavinia, unsere Hausmutter, besorgt. Ich fand die zierliche Elfe zu jung für diese Aufgabe.

Meine Mitschüler mochten sie sehr. Es war komisch zu beobachten, wie die Jungs um sie herumschlichen.

»Doch, doch«, beeilte ich mich, ihr zu antworten. »Ich bin nur müde.«

Sie nickte verständnisvoll.

Als ich das nächste Mal aufblickte, sah sie mich immer noch abschätzend an.

Die halb durchwachte letzte Nacht und die neuen Eindrücke des Tages hatten mich mehr erschöpft, als ich wahrhaben wollte. Ich musste dringend ins Bett. Wer wusste schon, was mich am nächsten Tag erwartete.

Endlich waren alle fertig und ich ging mit Raven und Amia in unser Zimmer. Dass ich nicht mein eigenes Reich haben würde, störte mich vorerst nicht. Ich fiel komplett angezogen in das wunderbar bequeme Bett, streifte mir die Schuhe von den Füßen und zog die Bettdecke über mich. Dann war ich eingeschlafen.

Als ich am nächsten Morgen erwachte, fühlte ich mich ausgeruht wie lange nicht mehr. Erst nach einer Weile fiel mir auf, dass ich nicht geträumt hatte.

»Raven«, misstrauisch beäugte ich die Elfe. »Warst du das?«

Erstaunt wandte sie sich mir zu. »Was meinst du?«

»Seit Calum fort ist, habe ich jede Nacht Albträume. Und heute – nichts. Kann es daran liegen, dass eine Elfe im Raum ist?«

Schelmisch lächelte sie mich an.

»Ist das nicht praktisch?« Amia, die zugehört hatte, prustete los, was mich verwunderte, da sie gestern mehr als schüchtern gewesen war und kaum ein Wort gesagt hatte.

»Na hoffentlich vertreibst du nicht auch schöne Träume«, entgegnete ich, nicht sicher, ob ich mich freuen oder ärgern sollte.

Aber Raven hatte sich ihrem Schrank zugewandt und angelte ein Oberteil heraus, dass ich als äußerst gewagt bezeichnen würde, und beachtete meinen Ärger nicht mehr.

Ich wusch mich und zog mich an. Wenigstens gab es hier keine Schuluniform, so dass ich mir eine Jeans und ein T-Shirt überstreifte. Bevor wir zum Unterricht gingen, steckte Miss Lavinia mir ein grünes Gruppenzeichen an.

Sie sah zauberhaft aus in dem schlichten, langen, weißen Kleid. Ihre dunklen Haare hatte sie zu einer raffinierten Frisur hochgesteckt. Kaum zu glauben, dass sie in dieser Aufmachung unsere Räume in Ordnung hielt. Sie wirkte wie eine freundliche Gouvernante. So hatte ich mir früher Mary Poppins vorgestellt.

»Ihr drei seid heute für das Abendessen verantwortlich«, erinnerte sie uns. »Vergesst nicht, in der Küche Bescheid zu geben, was wir heute essen möchten.«

Raven nickte und Amia verdrehte die Augen.

»Als ob wir es jemals vergessen hätten. Sie ist eine echte Glucke.«

»Was macht sie als Hausmutter den ganzen Tag?«, fragte ich Raven. »Sie wird doch nicht in meinen Sachen stöbern?«

Die Vorstellung, dass jemand meinen Kram aufräumte, behagte mir nicht besonders.

»Nein, nein«, beruhigte Raven mich. »Sie räumt nicht auf. Das erledigen die Feen.«

Damit war das Thema für sie erledigt und ich kein bisschen schlauer. Es würde eine Weile dauern, bis ich mich eingelebt hatte, dachte ich bei mir.

In der ersten Stunde stand heute Geschichte auf dem Plan.

Merlin, der Zauberer, betrat den Raum, kurz nachdem wir Platz genommen hatten.

Neulich Nacht war mir nicht aufgefallen, dass er wie ein Druide aus einem Mittelalterfilm aussah. Sein langer weißer Bart reichte ihm bis zur Hüfte und der graue pelzbesetzte Mantel trug sein Übriges zu diesem Eindruck bei.

Merlin trat an mein Pult und musterte mich freundlich.

»Nun, Emma. Hast du dich ein wenig eingelebt?«

Ich nickte.

»Auch wenn viele deiner Mitschüler das Fach Geschichte nicht sonderlich schätzen und während ich hier vorn erzähle lieber Hausaufgaben machen oder Schiffe versenken spielen, denke ich, dass gerade du meinen Ausführungen aufmerksam folgen solltest«, fuhr er fort und sah mich mit seinen freundlichen grauen Augen an.

Kichern klang durch den Raum, das Merlin mit einem Schmunzeln erwiderte.

»Ich werde mich bemühen«, antwortete ich und lächelte zurück.

»Gut.«

Er rieb sich seine Hände und ging zum Feuer, um Holzscheite nachzulegen und es ordentlich anzuschüren.

»Wo waren wir in der letzten Stunde stehen geblieben?«

Er warf einen Blick in die Runde, aber lediglich Amia meldete sich.

»Amia, fasse bitte einmal zusammen.«

»Wir haben über die Friedensverträge nach den Großen Kriegen gesprochen und von dem Beschluss der Völker, sich aus der Menschenwelt zurückzuziehen.«

»Genau. Danke schön.«

»Heute klingt das, als wären diese Beschlüsse ohne Konflikte gefasst worden. In Wahrheit gingen diesen Entscheidungen blutige Kämpfe voraus. Längst nicht alle Völker waren der Meinung, dass wir den Menschen die Welt überlassen sollten.«

Fasziniert lauschte ich Merlins Ausführungen. Während er erzählte, war mir als könnte ich das Klirren der Säbel und das Schreien der Geschöpfe hören, die bei diesen Kämpfen ihr Leben verloren hatten.

Er erzählte von Völkern, die in diesen Kriegen vernichtet worden waren, von Völkern, die verschwunden waren und nun nur noch die Märchen und Legenden bevölkerten. Er berichtete von den großen Versammlungen, auf denen bis aufs Blut gestritten wurde, um einen Kompromiss zu finden, der den restlichen Völkern ihr Überleben sicherte. Nur wenige Völker waren übrig geblieben, aber diese lebten seitdem friedlich miteinander.

Die Gesetze, die damals beschlossen wurden, hatten sich als tragfähig erwiesen und nie war der Frieden so stabil wie heute gewesen. Bei diesen Worten sah Merlin mich eindringlich an.

»Jeder von uns muss dafür sorgen, dass dieser Zustand gewahrt bleibt. Wir können uns ein Zerwürfnis der Völker nicht leisten. Nur gemeinsam können wir gegen die Menschen bestehen.«

Der Gongschlag beendete seine Stunde. Merlin lächelte mir aufmunternd zu, als wir den Raum verließen. Er machte auf mich den Eindruck eines liebevollen Großvaters, den ich leider nie gehabt hatte.

Heute erschien mir alles ein bisschen vertrauter, dennoch hielt ich mich an Raven. Amia wich nicht von unserer Seite. Immer wieder beobachtete ich sie. Ich kämpfte mit meinen widersprüchlichen Empfindungen von Eifersucht und Neugier. Dieses Mädchen sollte Calum bekommen. Sie war es, die perfekt zu ihm passen sollte. Zugegebenermaßen war sie sehr hübsch und außerdem sehr ruhig und zurückhaltend. Wahrscheinlich würde sie Calum nie widersprechen. Aber liebte sie ihn auch, so wie ich ihn liebte? Oder war es nur ihre Pflicht, Calum zu heiraten? Ob ich sie das alles einmal fragen konnte?

Ferin, der auch in unserer Gruppe war, schloss sich uns an. Gemeinsam zogen wir von Raum zu Raum und ich stellte fest, dass viele Dinge nicht anders waren als zu Hause. Außer Französisch - Raven hatte mir verraten, dass die harmlos aussehende Ms. Beauville eine Werwölfin war - wurde Englisch, Italienisch und sogar Latein unterrichtet. Gesellschaftskunde nannte sich Politeia. Laut Raven ging es in diesem Fach um die Grundlagen des Zusammenlebens der Völker. Ich freute mich, dass Myron uns in diesem Fach unterrichtete. Worüber ich mich nicht freute, war, dass ich mich auch hier mit Mathematik quälen musste.

Für die nächste Stunde stand Sport auf meinem Plan. Amia zog mich mit sich und erstaunt registrierte ich, dass Raven sich winkend von uns verabschiedete.

»Sport ist das einzige Fach, das jedes Volk für sich hat. Für uns bedeutet das selbstverständlich Schwimmen.«

»Äh, ich habe nichts dabei.« Unschlüssig blieb ich stehen. Amia zog mich weiter. »Du bekommst selbstverständlich einen Badeanzug. So heißt das bei den Menschen, oder?«

Ich nickte und versuchte, mich zu erinnern, was die Shellycoats getragen hatten, als ich das erste und einzige Mal einen ihrer Tänze beobachtet hatte. Ich konnte mich beim besten Willen nicht erinnern, was wohl daran lag, dass ich nur Augen für Calum gehabt hatte und er mit seinem nackten Oberkörper überaus faszinierend ausgesehen hatte.

Wir umrundeten das Schloss und überquerten auf seiner Rückseite eine Wiese, bevor wir einen flachen Abhang zum Ufer des Sees hinabliefen. An dessen Strand, der mit Kieselsteinen übersät war, standen rote Holzhütten.

Ich sah mich um. See traf es nicht ganz, wie ich jetzt erkannte. Zwar ragten auf der rechten Seite hohe, zerklüftete Berge in den Himmel und auf der anderen Seite erstreckte sich ein dichter Wald, doch ich konnte kein Ende des Sees erkennen, der sich schmal zuspitzte und dann vermutlich ins Meer mündete.

Das dunkle Wasser jagte mir einen Schauer über den Rücken. Da würde mich niemand reinkriegen.

Vor den Hütten schubsten sich ein paar Jungs herum, was mich an die Schulpausen in Portree erinnerte. Die Mädchen tuschelten. Ich sah zwei bekannte Gesichter aus meiner Gruppe. Die beiden lächelten uns entgegen, alle anderen verstummten und starrten mich entweder feindselig oder neugierig an.

»Ich wünschte, Raven könnte hier sein«, flüsterte ich Amia zu. Ich hätte ihre beruhigende Gegenwart brauchen können. Amia strich mir über den Arm, was nicht die gleiche Wirkung hatte.

»Du musst keine Angst haben«, beschwichtigte sie mich.

Als das Schweigen unangenehm zu werden drohte, trat hinter den Schülern ein hoch gewachsener, schlanker Mann hervor.

Seine dunkelgrauen Augen musterten mich aufmerksam. Dann klatschte er in die Hände.

»Los, los, zieht euch um«, forderte er uns auf, worauf alle nach ihren Taschen griffen und zu den kleinen Häuschen gingen, während er auf mich und Amia zukam.

»Du musst Emma sein«, stellte er fest. »Ich bin Gawain, euer Schwimmtrainer. Es freut mich, dass du hier bist. Amia wird dir alles zeigen und dann werden wir sehen, welche Fähigkeiten du hast.«

Mit diesen Worten wandte er sich um und ging zum See.

Ich folgte Amia in eins der Häuschen. »Amia, was meint er mit Fähigkeiten?«

Amia antwortete nicht. Stimmengewirr erklang aus den einzelnen Räumen und mehrere Male hörte ich meinen Namen.

Als wir den Umkleideraum der Mädchen betraten, verstummten die Gespräche wie auf Kommando.

Zielstrebig ging Amia auf eine Spindreihe zu und mir blieb nichts anderes übrig, als ihr zu folgen.

»So schauen wir mal, was wir für dich haben«, begann sie und tat dabei, als ob sie das Schweigen nicht bemerkte. Eine Weile kramte sie in einem der Spinde herum, bis sie gefunden hatte, was sie suchte. Sie zog ein Teil hervor, bei dem in meiner Welt nie jemand auf den Gedanken gekommen wäre, es als Badeanzug zu bezeichnen. Ablehnend schüttelte ich den Kopf. Das konnte unmöglich ihr Ernst sein. Dieses durchsichtige Teil konnte ich nicht anziehen.

»Probiere es«, forderte sie mich nachdrücklich auf. Es muss deine Größe sein.

»Aber es ist durchsichtig«, machte ich sie auf diesen offenkundigen Nachteil aufmerksam.

Die umstehenden Mädchen kicherten und da bemerkte ich, dass ausnahmslos alle keine Sachen mehr anhatten. Sie trugen etwas, das schimmerte und glitzerte, sich von den Körpern aber nicht abhob. Es war, als würde es die Farbe des Körpers annehmen, der es trug. Es sah an jeder Einzelnen bezaubernd aus. Jetzt sahen mich die Mädchen erwartungsvoll an.

Da Widerrede zwecklos erschien, zog ich mich aus und quetschte mich in den engen Anzug. Er umschloss mich wie eine zweite Haut und war, zu meiner Erleichterung, nun keineswegs mehr durchsichtig, sondern äußerst bequem.

Während ich ihn zurecht zupfte, gingen wir zum Ufer des Sees.

Gawain und die Jungs, die Hosen aus demselben Stoff trugen, erwarteten uns schon.

»Zum Aufwärmen schwimmt jeder zwanzig Bahnen durch den See. Dann werden wir uns heute noch mal eure Lichter vornehmen. Ihr wisst, dass ihr es für die Prüfung ausreichend hell und groß beschwören müsst.«

Ich verstand nur Bahnhof, außer das mit den zwanzig Bahnen. Der See maß schätzungsweise 100 Meter, wenn nicht mehr, in der Breite. Da würde ich eine Weile brauchen, ungefähr bis übermorgen.

Die Shellycoats gingen nacheinander ins Wasser und schwammen los. Es war eins jener Schauspiele, das man einmal gesehen nie vergisst. Das war kein Schwimmen, wie ich es kannte. Das war überhaupt nichts, das ich kannte. Mit einer Geschwindigkeit, die atemberaubend war, durchpflügten sie das Wasser. Ich blieb am Ufer zurück und staunte. Niemals würde ich annähernd diese Schnelligkeit erreichen.

»Emma? Weshalb gehst du nicht ins Wasser?«, fragte Gawain und sah mich freundlich an.

Ich schüttelte den Kopf. »Dagegen bin ich eine Schnecke. Ich werde mich furchtbar blamieren.«

»Versuch es. Sicher warst du mit deinen Anlagen in der Menschenwelt eine hervorragende Schwimmerin. Ares hat zu seiner Zeit jeden Wettkampf gewonnen.«

Das war wohl kein Vergleich.

»Ich kann das nicht«, wandte ich zaghaft ein. »Ich schwimme nie in Seen oder anderen offenen Gewässern. Nur in Schwimmhallen. Nur, wo ich sehen kann, wo ich hinschwimme und was unter mir passiert.«

Gawain zog verständnislos seine Augenbrauen in die Höhe. Ein wasserscheuer halber Shellycoat war ihm sicher noch nicht untergekommen.

Wie jeder Shellycoat, den ich bisher kannte, sah auch er unverschämt gut aus. Jetzt schüttelte er seinen Kopf.

»Du warst mit Calum schwimmen, Emma. Jeder weiß das. Versuche es, du wirst sehen, du wirst keine Angst haben. Du bist jetzt eine von uns.«

Aufmunternd nickte er mir nochmals zu, bevor er sich umdrehte und zum Ufer voranging. Seine ganze Haltung drückte aus, dass er erwartete, dass ich ihm folgte. Langsam ging ich ihm nach.

Am Ufer blieb er stehen und reichte mir seine Hand. Sie fühlte sich unangenehm kalt an. Trotzdem war ich froh, dass er bei mir blieb. Tapfer versuchte ich diesen Umstand zu ignorieren. Vorsichtig watete ich ins Wasser. Es war erstaunlich. Die wohlvertraute Panik blieb aus. Meine Angst vor dem Wasser war verschwunden, es fühlte sich an, als würde ich hierher gehören. Lag es daran, dass ich diesen Anzug trug, oder tatsächlich an meinem Schwimmerlebnis mit Calum? Im Grunde war es egal. Ich ließ mich ins Wasser fallen und begann zu kraulen. Obwohl ich nicht die Geschwindigkeit der anderen erreichte, war ich mit Sicherheit schneller als je zuvor. Für die Shellycoats musste das Schwimmen der Höhepunkt des Schulalltags sein.

Der Anzug ließ mich ohne jeden Widerstand durchs Wasser gleiten. Trotzdem war mein Körper, als ich nach den zwanzig Bahnen aus dem Wasser stieg, nur Pudding.

Erschöpft ließ ich mich in den Sand fallen.

Amia kam zu mir. »Das war super«, flüsterte sie. »Ich hätte nicht gedacht, dass du so schnell bist. Selbst Gawain hat gestaunt.«

Ich hielt die Augen geschlossen.

»Du willst mich nur aufmuntern. Ihr seid alle längst fertig.«

»Das spielt keine Rolle. Du warst unglaublich schnell. Komm hoch. Wir schauen den anderen zu, wie sie ihr Licht beschwören.«

Mühsam rappelte ich mich hoch. Morgen würde ich den Muskelkater meines Lebens haben.

»Was meinst du mit Licht?«, fragte ich argwöhnisch.

Erstaunt sah ich, dass Amias Wangen sich röteten.

»Du bist mit Calum geschwommen«, sagte sie. »Du musst sein Licht bemerkt haben.«

»Wieso weiß das hier eigentlich jeder?«, fragte ich verlegen und erinnerte mich gleichzeitig an dieses wunderbare Licht, das den See erhellt hatte.

»Was damals auf der Ratsversammlung besprochen wurde, war monatelang Thema bei uns. Viele können es Calum nicht verzeihen, dass er sich mit dir eingelassen hat.«

Aus ihrem Mund klang das keineswegs vorwurfsvoll. Ich wusste, dass ich mit Amia über Calum sprechen musste, aber jetzt war ich noch nicht so weit.

»Amia, ich weiß, dass Calum sich mit dir verbinden soll«, stotterte ich unsicher vor mich hin. Sie winkte ab.

»Lass uns später über ihn reden, das ist nicht der richtige Ort dafür. Das Wasser hat Ohren.«

Sie zog mich zu der Stelle, an der mehrere Shellycoats versuchten, ein Licht zu erzeugen, das genug Helligkeit produzierte, um die Dunkelheit des Sees zu durchdringen.

»Ihr müsst euch auf euer Innerstes konzentrieren«, beschwor Gawain sie ein ums andere Mal. »Ihr müsst es festhalten und versuchen, es weiter auszudehnen.«

Um es zu demonstrieren, legte er seine Hand auf die Wasseroberfläche und sofort dehnte sich ein hellgraues, funkelndes Licht auf der Oberfläche aus.

Amia lachte. »Gawain, du bist ein Angeber. Wer von uns soll das schaffen?«

»Das Licht zu beschwören, ist extrem schwierig«, erklärte Amia zu mir gewandt, während wir beide bis zu den Hüften ins Wasser wateten. »Nur wenigen gelingt es überhaupt in ihrem ersten Jahr hier in Avallach. Aber jeder muss es beherrschen, wenn er die Abschlussprüfung nach drei Jahren ablegen möchte. Was Gawain vormacht, nur durch den Kontakt einer Hand, dazu braucht man jahrelange Übung.«

Gawain grinste mich verschmitzt an.

Fasziniert sah ich zu, wie das ein oder andere Licht aufflackerte. Jedes Mal gab es großen Applaus von den anderen. Auch Amia schaffte es, dass um sie herum das Wasser ab und an aufblitzte und den warmen Ton eines Sahnebonbons annahm.

»Wofür braucht ihr das Licht?«, fragte ich Amia. »Sicher nicht um im Wasser zu sehen. Oder doch?«

»Nein sehen können wir immer, dazu reicht die Helligkeit, die das Wasser abgibt. Das eigene Licht hat eher rituellen Charakter. Jeder junge Shellycoat muss es beschwören, um in den Kreis der Erwachsenen aufgenommen zu werden. Um an den Vollmondtänzen teilzunehmen, muss man das Licht beschwören können. Auch verbinden darf sich ein Paar erst, wenn beide ihr Licht beherrschen.«

Zarte Röte breitete sich auf ihrem Gesicht aus.

Nach einer halben Stunde beendete Gawain das Training und kam zu mir.

»Du hast das heute gut gemacht, Emma. In der nächsten Stunde solltest du beginnen, an deinem Licht zu arbeiten. Ich bin nicht sicher, ob das für einen Halbling möglich ist. Aber versuchen sollten wir es in jedem Fall. Ich schätze, für dich wird es besonders schwer werden, wenn es überhaupt gelingt.«

Wir standen am Ufer des riesengroßen Sees. Schweigend sahen wir zu, wie einer nach dem anderen an Land kam.

»Ich soll dir etwas von Myron ausrichten. Er bittet dich, nie allein in den See zu gehen«, sagte Gawain auf einmal leise. »Und halte dich unter allen Umständen von den dunklen Stellen dort hinten fern.«

Erschrocken sah ich ihn an.

»Ich dachte, ich sei hier sicher?«

»Das bist du auch«, sagte er beruhigend. »Aber Vorsicht kann nicht schaden. Elin kann die Barriere, die den Meereszugang versperrt, nicht überwinden, dazu ist die Magie, die uns schützt, zu groß. Allerdings können alle Shellycoats diese von hier aus durchbrechen. Jeder von uns kann Avallach verlassen. Du würdest nicht merken, wenn du die Grenze überschreitest. Jeder Schüler kann zurückkommen, für alle anderen ist der Zugang versperrt.«

Dann drehte er sich um und ging zu den Hütten.

Wenn er mich mit seinen Worten hatte beruhigen wollen, dann war das gründlich misslungen. Andererseits hätte ich sowieso niemals vorgehabt, allein in das dunkle Wasser zu gehen.

»Weshalb hat jeder Shellycoat ein anderes Licht?«, fragte ich Amia auf dem Rückweg zu den Hütten.

»Das Licht nimmt die eigene Augenfarbe an. Keine Ahnung weshalb, es war immer so«, erwiderte sie wie selbstverständlich.

»Woraus besteht eigentlich der Anzug?«, fragte ich weiter. Mittlerweile fühlte sich dieser wie eine zweite Haut an. Beinahe war ich traurig, ihn ausziehen zu müssen.

»Die Anzüge werden aus seltenem Seegras, wir nennen es Mysgir, gewebt. Eine Kunst, die nur unsere alten Frauen beherrschen. Wenn eine Shellycoat in das Alter kommt, in dem sie keine Kinder mehr bekommen kann, dann wird sie in die Webkunst eingeführt. Das ist eine der ehrenvollsten Aufgaben, die nur Frauen erfüllen dürfen.«

Ich verkniff mir die Frage, womit sich die Männer im Alter beschäftigten, und hörte weiter zu.

»Leider finden wir diese Pflanzen nur noch selten und müssen immer weiter und tiefer in die Meere vordringen. Die Clans rüsten jedes Jahr Expeditionen aus, um die Pflanzen zu finden. Doch sie kehren jedes Mal mit geringerer Ausbeute zurück und manche Gruppen kommen gar nicht wieder.«

Trauer lag in ihrer Stimme.

»Weshalb kommen sie nicht zurück?«

»Wir wissen es nicht genau. Die Meere sind sehr verschmutzt. Riesige Öl- und Plastikteppiche treiben auf dem Wasser. Wenn das Öl in die Tiefe des Meeres absinkt und die Hautporen eines Shellycoats verschließt, stirbt er. Er muss ersticken, wenn es ihm nicht gelingt, rechtzeitig an die Meeresoberfläche zu gelangen.«

Sie sah mich an und Tränen schwammen in ihren Augen.

»Meine Mutter kam auf diese Art ums Leben. Sie schaffte es zwar zurück an die Oberfläche, wurde aber von Fischern entdeckt. Sie fingen sie ein wie ein Tier. Elin war bei ihr und musste hilflos zusehen, wie sie sie mit einem Netz in ihr

Boot zerrten. Er war zu jung, um ihr zu helfen. Wir sahen sie nie wieder.«

Wir waren stehen geblieben.

»Es tut mir leid«, flüsterte ich mitfühlend. Mehr brachte ich nicht heraus.

»Deshalb hasst Elin die Menschen«, fügte sie leise hinzu.

Ich nickte.

»Aber wir sind nicht alle so grausam.«

Sie lächelte mich schief an.

»Aber die Nichtgrausamen tun nichts dagegen. Ich bin mir nicht sicher, ob das besser ist.«

»Macht ihr immer alles richtig?«, versuchte ich, die Menschen zaghaft zu verteidigen.

»Sicher nicht.« Sie lächelte mich an.

»Da bin ich aber beruhigt.«

»Wir können nicht verstehen, dass ihr nicht begreift, wie sehr ihr euch selbst schadet. Ihr zerstört nicht nur unseren Lebensraum, sondern auch euren eigenen. Weshalb?«

Ich zuckte mit den Schultern.

Ich hatte mir bisher selten den Kopf darüber zerbrochen.

Klar war ich betroffen, wenn ich im Fernsehen Sendungen über aussterbende Tierarten oder Rodungen von Regenwäldern sah. Aber das war es dann schon.

Was konnte ich ausrichten? Selbst unsere Walrettungsaktion und die Infoveranstaltung waren nur ein Tropfen auf dem heißen Stein gewesen. Ich war immer mehr mit mir und meinen Problemen beschäftigt.

Wie fast alle, die ich kannte, dachte ich zu meiner Verteidigung.

6. Kapitel

»Du musst das noch mal mit mir üben, Raven. Bitte.«

Wir saßen auf unseren Betten in unserem Zimmer. Ich hatte versucht, zu lesen, konnte mich aber nicht richtig auf die Zeilen konzentrieren. In jedem Fach kam ich gut mit, außer in dieser blöden Mysterienkunde, was natürlich an Talin lag.

»Ich kann mich nicht gegen dich abschotten und Talin begreift es einfach nicht. Ich kann ihn nicht ausstehen«, jammerte ich.

»Talin ist ein guter Lehrer. Er will nur, dass du dich mehr anstrengst.«

Raven kritzelte in ihrem Tagebuch.

»Ich frage mich, weshalb du alles aufschreibst, du merkst dir sowieso alles«, erwiderte ich wütend.

Ich hasste Talin und war sicher, dass das auf Gegenseitigkeit beruhte. Ständig hatte er etwas an mir auszusetzen. Sein blöder Mysterienunterricht ging mir auf die Nerven. Was war so mystisch an der Gabe der Elfen, unsere Gefühle zu beeinflussen? Manchmal war es sogar praktisch. Weshalb sollte ich versuchen, mich abzuschotten? Seit Wochen hackte er auf dem Thema herum. Selbstverständlich gelang es den anderen aus unserer Gruppe viel besser, ihre Gedanken vor den Elfen zu verbergen. Gab es nichts Wichtigeres zu lernen, irgendetwas Cooles, eine Fähigkeit, die mir helfen konnte, mich gegen feindliche Shellycoats zu verteidigen oder Calum zu befreien? Elin hatte schließlich diese Monsterwelle beschwören können, also gab es noch viel mehr, was er uns beibringen konnte. Aber Talin kannte keine Gnade, immer wieder ließ er Raven in meinem Kopf rumstöbern. Wahrscheinlich amüsierte ihn meine Unfähigkeit königlich. Mit Sicherheit war er sadistisch veranlagt.

»Mit der Einstellung wirst du es nie schaffen«, erklärte Raven und blieb in ihr Buch vertieft.

Wütend zog ich die Vorhänge meines Himmelbettes zu.

»Verzieh dich aus meinen Gedanken«, fauchte ich.

»Denk du nicht so dummes Zeug«, klang es gedämpft durch die Vorhänge. Was würde ich manchmal für ein eigenes Zimmer geben, dachte ich. Eins für mich allein.

Am schlimmsten war, dass Raven jedes Gespräch über Calums Befreiung im Keim erstickte. Ich war bisher keinen Schritt weiter gekommen und mittlerweile verzweifelt. Tag für Tag verging und nichts passierte, was Calum helfen konnte.

Fünf Minuten später lugte Amia durch meine Vorhänge.

»Alles wieder in Ordnung?«, fragte sie und ohne abzuwarten schlüpfte sie mit unter meine Decke. Privatsphäre war ein Wort, das hier völlig unbekannt war. Immer war irgendwer an mir dran. Sicher, Amia meinte es gut und wir beide waren mittlerweile unzertrennlich. Amelie, der ich regelmäßig schrieb, riss in ihren Briefen schon Witze darüber, ob nicht wir beide uns mit Calum verbinden wollten.

Manchmal ging mir das alles auf die Nerven.

Ich zog ein grimmiges Gesicht und versuchte, sie zu ignorieren.

»Ich könnte dir von Calum erzählen. Wie er früher war, als wir Kinder waren«, begann sie vorsichtig.

Ich wandte ihr mein Gesicht zu.

»Irgendwann müssen wir über ihn sprechen, oder?«

Fast entschuldigend blickte sie mich an. Damit hatte sie recht. Bisher hatten wir dieses Thema vermieden. Nun war sie endlich zu dem Schluss gekommen, dass es Zeit war, darüber zu sprechen.

Ich nickte. Es war mir nicht möglich, ihr böse zu sein. Sie konnte schließlich nichts für die Gesetze ihres Volkes.

»Liebst du ihn überhaupt?«, platzte ich heraus. Das war die Frage, die mich die ganze Zeit am meisten beschäftigt hatte. Sie überlegte sekundenlang, was sie antworten sollte.

»Wie einen Bruder«, antwortete sie leise. »Sicher genauso stark wie Elin, der mein leiblicher Bruder ist. Aber Calum war meistens viel netter zu mir. Ich war froh, dass er für mich ausgewählt wurde.«

»Genau dasselbe hat Calum auch gesagt«, erwiderte ich missmutig.

»Ich liebe ihn nicht so, wie du ihn liebst. Es wäre nicht richtig, wenn ich mich mit ihm verbinden würde.«

Erstaunt sah ich sie an. Wie eine Aufrührerin war sie mir bisher nicht vorgekommen.

»Ich denke, ihr lehnt euch nicht gegen die Gesetze eures Volkes auf?«

Sie zuckte mit den Schultern. »Aber deshalb müssen sie nicht richtig sein, oder?«

»Ich würde sagen, in dieser Hinsicht sind wir weiter entwickelt als ihr.«

»Ich berichtige dich ungern«, mischte sich Raven ein. »Aber auch bei den Menschen gibt es meines Wissens Völker, bei denen die Eltern entscheiden, wer wen heiratet«, hörten wir dumpf ihren besserwisserischen Einwand.

Wieder musste ich mich geschlagen geben.

»Kannst du nicht mit Elin sprechen? Er muss Calum freilassen«, wandte ich mich Amia zu.

Sie schüttelte den Kopf.

»Der Ältestenrat hat erlaubt, dass wir in Avallach bleiben dürfen, doch weder bekommen wir Nachrichten, was bei unserem Volk derzeit vor sich geht, noch können wir selbst welche schicken. Wir sind abgeschnitten von unseren Familien. Ich mache mir große Sorgen. Viele geben dir die Schuld daran, Emma. Du musst vorsichtig sein. Einige von uns hier in Avallach stammen aus Familien, die Elin treu ergeben sind. Wir hoffen, dass sie sich nicht trauen, den Frieden von Avallach zu stören, aber wir können dessen nicht hundertprozentig sicher sein.«

»Erzähl mir lieber von Calum«, unterbrach ich sie. »Solche düsteren Prophezeiungen sind momentan nichts für meine Nerven.«

Raven, die unser Gespräch weiter belauscht hatte, lachte leise.

Ich ignorierte sie und lauschte Amia, die von den Streichen erzählte, die sie mit Elin und Calum ausgeheckt hatte, als die drei klein waren. Es schien unvorstellbar, dass aus dieser Kinderfreundschaft solch ein Hass hatte entstehen können.

»Emma, ist dir eigentlich klar, dass wir Halbschwestern sind?«

Überrascht blickte ich Amia an.

»Wir haben denselben Vater.«

Darauf hätte ich längst selbst kommen müssen. Komisch, dass ich darüber nicht nachgedacht hatte.

»Das bedeutet aber«, begann ich langsam, »Elin ist auch mein Bruder.«

Amia nickte.

Es fiel mir schwer, schwesterliche Gefühle für dieses Ungeheuer zu empfinden. Aber Amia als Schwester, das war eine schöne Vorstellung. Ich zog sie in meine Arme und drückte sie fest an mich. Vermutlich hatten wir uns deshalb von der ersten Minute an zueinander hingezogen gefühlt.

»Amia«, traute ich mich, sie endlich zu fragen. »Hast du Calum gesehen, damals nachdem er gesprungen ist?«

Die Frage kam zögernd über meine Lippen und ich sah sie dabei nicht an.

Bisher hatte sie nicht mit mir über diese Zeit gesprochen. Ich vermutete, dass sie ihre Gründe hatte. Jetzt hielt ich es nicht mehr aus. Ich sehnte mich nach jeder noch so kleinen Information. Amia schwieg. Erst als ich sie anschaute, seufzte sie und begann zu erzählen.

»Es kam mir komisch vor, dass Elin damals darauf bestand, mit zu der Ratsversammlung zu fahren. Normalerweise hielt er sich von solchen Dingen fern. Ich weiß nicht, ob er außer in Avallach jemals Land betreten hat. Ich weiß nicht, was ihn bewog mitzufahren. Er hat nicht mit mir darüber gesprochen. Er wusste, dass ich seine Ziele nicht teilte. Als Ares ohne ihn zurückkam, hatte ich große Angst um ihn. Er war mit den Jahren immer zorniger geworden. Unser Vater hat es nicht geschafft, ihn zur Vernunft zu bringen. Im Gegenteil, wenn sie aufeinandertrafen, stritten sie immer heftiger. Dann spürten wir diese starke Magie, die sich im Meer ausbreitete. Das war nicht normal, das war sofort klar. Ares nahm seinen Dreizack und anstatt auf seine Wachen zu warten, schwamm er davon. Ich hatte schreckliche Angst um ihn, doch dass Elin Ares töten würde, das hätte ich niemals gedacht.«

Tränen liefen ihr über das Gesicht und ich versuchte, sie zu trösten, was mir nur mäßig gelang.

Nachdem sie sich gefangen hatte und weiterreden wollte, unterbrach ich sie.

»Du musst nicht weitererzählen, wenn du nicht möchtest.«

»Doch, ich möchte. Ich möchte, dass du das alles weißt. Ich wartete unten im Schloss. Ich hatte die Wachen gebeten, Ares zu folgen und den Ältestenrat einzuberufen. Ich glaube, so schnell hatte sich dieser noch nie versammelt. Die alten Herren waren normalerweise immer sehr gemütlich. Aber das war keine normale Situation, das spürten alle. Dass ihnen gerade dies zum Verhängnis werden würde, hatte keiner erwartet. Zuerst kamen die Anhänger von Elin zurück, denen es nach Ares' Tod zu viel geworden war. Einer von ihnen erzählte uns, was geschehen war. Dann brachten die Wachen Ares ins Schloss. Ich konnte nicht glauben, was geschehen war. Ich wollte nicht glauben, dass mein eigener Bruder unseren Vater getötet hatte. Aber die Tatsachen sprachen für sich. Erst ungefähr eine halbe Stunde später erschien Elin. Er hatte nicht einmal ein schlechtes Gewissen. Hinter ihm trugen seine Anhänger Calum herein. Als ich Calum auf der Trage liegen sah, war ich sicher, dass auch er tot war. Ich wollte zu ihm, doch Elin hinderte mich daran. Zuerst verkündete er, dass Ares einem Unfall zum Opfer gefallen war. Er verlangte vom Ältestenrat, dass sie ihn als Nachfolger aufstellen sollten. Ich habe keine Ahnung, ob er wirklich dachte, dass das so einfach wäre. Und das war es dann auch nicht. Die Alten wehrten sich dagegen und ich muss sagen, so viel Mut hätte ich ihnen nicht zugetraut. Als Elin sah, dass er sein Ziel nicht erreichen würde, lud er den Rat ein, im Schloss zu bleiben, um mit ihm über das weitere Vorgehen zu beraten. Niemand lehnte den Vorschlag ab und ab diesem Zeitpunkt waren sie praktisch seine Gefangenen.

Ich sorgte mich um Calum, der auf der Trage lag, und zu meiner Erleichterung sah ich, dass er sich bewegte. Als niemand auf mich achtete, lief ich zu ihm. Ich befahl den Wachen, ihn in mein Zimmer zu bringen, und war froh, dass sie mir noch gehorchten. Dann ließ ich nach einem Arzt schicken. Calum musste sich verletzt haben. Er war nicht bei Bewusstsein, hatte aber äußerlich nur kleine Wunden. Ich wusste nicht, ob er gekämpft hatte. Er war leichenblass und stöhnte immer wieder vor Schmerz. Erst Stunden, nachdem der Arzt ihn versorgt hatte, stürmte Elin aufgebracht in mein Zimmer. Du hast es gewagt, hinter meinem Rücken, schrie er mich an. Doch ich ließ mich nicht einschüchtern. Calum und ich sind einander versprochen, verteidigte ich mich. Es ist meine Pflicht, mich um ihn zu kümmern. Oder hast du gedacht, ich sehe zu, wie er stirbt?«

Amia schwieg und erinnerte sich anscheinend an diese Stunden zurück. Was musste sie für Angst gehabt haben. Elin war sicher unberechenbar gewesen. Was, wenn sie Calum nicht beschützt hätte, hätte Elin ihn dann auch umgebracht?

Ich legte einen Arm um Amia und sie lehnte sich gegen mich.

»Ich hatte solche Angst. Calum blieb ohne Bewusstsein. Ich traute mich nicht aus dem Zimmer, denn ich hatte Angst, dass Elin ihn dann fortschaffen würde. Es dauerte drei Tage, bis Calum aufwachte.«

Wieder schwieg sie und sammelte Kraft, um weiterzuerzählen.

»Als er endlich die Augen aufschlug, fragte er als Erstes nach dir.«

Jetzt spürte ich, wie die Tränen in meinen Augen zusammenliefen. Ich wollte nicht weinen, konnte mich aber nicht dagegen wehren. Mit dem Handrücken wischte ich die Tränen fort.

»Ich war so froh, dass er aufgewacht war, dass ich seine Frage erst nicht verstand. Ich gab ihm Wasser und seine Medizin zu trinken. Was ist mit Emma, fragte er immer wieder. Ich wusste mittlerweile genau, was dort oben passiert war. Im Schloss blieb nichts lange geheim und meine Kammerfrau hatte mir jedes Detail, das sie aufgeschnappt hatte, erzählt. Also wusste ich, dass du überlebt hattest. Dass Elin vorhatte, diesen Zustand zu ändern, erfuhr ich erst später. Nachdem Calum einigermaßen wiederhergestellt war, verlangte Elin, dass er in seine eigenen Zimmer zurückkehrte. Er behauptete, es wäre nicht schicklich, dass wir ein Zimmer teilten. Das war absolut lächerlich und natürlich ein Vorwand, um uns zu trennen. Elin war wütend, dass der Ältestenrat sich nicht umstimmen ließ und ihn nicht zur Wahl stellen wollte, um Ares' Nachfolge anzutreten. Aber alle wussten, dass Ares Calum als Nachfolger ausgebildet hatte, und der Ältestenrat bestand darauf, dass beide Söhne sich dem Volk zur Wahl stellen sollten. Ich fürchtete, dass Elin Calum töten würde. Aber Elin beschloss sich dieser Wahl stellen, um sich wenigstens den Anstrich von Legitimität zu geben. Dafür hatte er auch eine große Zeremonie veranstaltet, um Ares die letzte Ehre zu erweisen. Ich wollte dieses Theater nicht unterstützen und weigerte mich, zu erscheinen. Elin zwang mich, ansonsten hätte er mir verboten, Calum weiter zu sehen. Es war eine Farce. Ich glaube nicht, dass nur ein Shellycoat Elins Lügen Glauben schenkte. Bis auf die, die sich schon immer für seine Ideen begeistert hatten, und leider sind das nicht wenige.

Kurz bevor ich wieder nach Avallach gehen musste, bat Calum mich, den Brief für Dr. Erickson zu überbringen. Ich wollte mich weigern, weil ich Angst hatte, Elin könnte davon erfahren. Ich dachte, Calum hatte nun auch den Verstand verloren. In der Situation, in der sich unser Volk befand, dachte er nur daran, ein Menschenmädchen zu schützen.«

»Was hat dich umgestimmt?«, fragte ich.

»Calum hat mich so darum gebeten, dass ich es ihm nicht abschlagen konnte. Schon als kleines Mädchen konnte er mich zu allem überreden, was er wollte. Es war ihm so wichtig, dass ich Angst hatte, wenn ich es nicht täte, würde er es selbst machen und das konnte ich nicht verantworten. Für mich war es relativ ungefährlich, also tat ich es.«

Ich ließ mir alles durch den Kopf gehen, was Amia erzählt hatte. Wäre sie nicht so mutig gewesen, uns zu warnen, wer weiß, ob ich jetzt noch leben würde.

»Ich bin froh, dass du dich das getraut hast. Ich schätze, Elin wäre nicht begeistert, wenn er davon wüsste.«

»Ganz sicher nicht«, antwortete sie.

Später packte ich meine Sachen für den nächsten Tag zusammen, immer noch in Gedanken bei Amias Bericht.

Merkwürdigerweise konnte ich mein Buch für Mysterienkunde nirgends finden.

»Hat einer von euch mein Buch für Mysterien gesehen?«

Amia und Raven schüttelten ihre Köpfe. Mist, auch das noch, wenn ich morgen ohne das Buch auftauchte, war ich geliefert.

Ich lag im Bett, als mir endlich einfiel, dass ich mein Buch in der Bibliothek liegen gelassen hatte.

Amia schlief und Raven war, soviel ich wusste, bei Ferin. Ich schlüpfte in meine Jogginghose und meine Turnschuhe und lugte auf den Flur. Es war nicht erlaubt, so spät im Schloss unterwegs zu sein. Die Bibliothek lag allerdings nur ein paar Gänge weiter. Ich durfte mich eben nicht erwischen lassen. Talin machte mir ehrlich gesagt mehr Angst. Er würde mich morgen auf dem Kieker haben, wenn ich das Buch nicht dabei hatte.

Vorsichtig trat ich auf den Gang und lief los. Vor jeder Kurve machte ich halt und schaute um die Ecke. Alles war menschenleer. Das Licht der Fackeln erhellte die Flure nur noch mäßig. Längst brannten nicht mehr alle und in Kürze würden auch die restlichen ausgehen. Erst am nächsten Morgen würden die Feen die Fackeln wieder anzünden. Ich musste mich beeilen, wenn ich nicht im Dunkeln stehen wollte. Der Gedanke verursachte mir eine Gänsehaut. Zwar kannte ich mich mittlerweile gut aus und verlief mich nicht mehr so oft wie in den ersten Tagen, aber in dem alten Schloss auf einmal in einem stockdunklen Flur zu stehen war nicht gerade eine Traumvorstellung. Aufatmend erreichte ich die Bibliothek und öffnete die Tür.

Mehrere Feen flatterten beladen mit Bücherstapeln zwischen den Tischen und Regalen herum. Während ich zu dem Tisch lief, an dem ich heute Nachmittag gearbeitet hatte, ignorierten sie mich völlig. Das taten sie immer. Feen bleiben unter sich, hatte Raven mir erklärt. Sie schotteten sich noch mehr ab als die Shellycoats. Zwar gab es im Schloss recht viele von ihnen, aber ich hatte nie gehört, dass sie mit jemandem sprachen.

Trotzdem waren sie überall – in der Küche, im Garten und eben auch in der Bibliothek. Ohne diese kleinen, fleißigen Dinger würde alles drunter und drüber gehen, dachte ich manchmal.

Gerade als ein kleines Feenmädchen nach meinem Buch greifen wollte, kam ich ihr zuvor. Ich lächelte sie entschuldigend an und zu meinem Erstaunen verzog sie ihre Lippen zu einem Lächeln. Na also, dachte ich bei mir, geht doch.

Zurück auf dem Flur bemerkte ich zu meinem Erschrecken, dass dieser wesentlich dunkler war als vorhin. Ich presste das Buch wie ein Schutzschild vor meine Brust und machte mich auf den Rückweg. Nachdem ich drei Flure durchquert hatte, spürte ich einen Windstoß und stand in völliger Finsternis. Ich presste mich gegen die eiskalte Wand und hielt die Luft an. Ich konnte die Hand vor Augen nicht sehen.

Da hörte ich Schritte. Langsam kamen sie auf mich zu. Sie hallten durch den Flur und in meinem Kopf. Immer näher kamen sie, als ob die Person mich in der Dunkelheit genau ausmachen konnte. Ich ließ das Buch fallen und rannte los. Beide Hände vor mich haltend, versuchte ich, nicht gegen eine Wand zu knallen. Es war mir egal, dass ich die eine oder andere Blumenamphore umstieß.

Obwohl ich versuchte, so schnell wie möglich den Schritten zu entkommen, kamen diese immer näher.

Ich stieß gegen eine Wand. Ich hatte eine Abzweigung verpasst.

Ich musste einen klaren Kopf bewahren. Es konnte mich unmöglich jemand verfolgen. Avallach war ein sicherer Ort für mich. Ich atmete tief durch und versuchte, meinen Atem unter Kontrolle zu bringen. Die Schritte waren verstummt. Die Stille war furchteinflößender als der laute Hall der Schritte. Ich sackte an der Wand zusammen, unfähig mich zu rühren. Ich sah nicht einmal das Licht, das auf mich zukam. Erst als es mich blendete, riss ich meine Augen auf und schaute in das grinsende Gesicht von Talin. Im Schein des kleinen Lichtes, das in seiner Hand flackerte, sah er noch unheimlicher aus als sonst.

»Emma? Was tust du hier? Du weißt, dass es den Schülern untersagt ist, während der Nachtruhe im Schloss herumzulaufen. Ich werde es Myron melden müssen.«

Seine Stimme klang höhnisch. Er hielt mein Buch in den Händen.

»Das hier ist deins, wenn ich nicht irre. Du solltest wissen, dass wir sorgfältig mit den Büchern umgehen. Es ist nicht recht, sie überall herumliegen zu lassen. Dadurch wird deine Note morgen deutlich schlechter ausfallen.«

Ich nickte, unfähig mich zu rühren. Im Schein der Fackel glitzerten seine Augen gespenstisch. Er trat einen Schritt zurück.

»Ich bringe dich zu deiner Gruppe.«

Er schwieg und sah mich weiter an. »Gerade du, Emma, solltest besonders vorsichtig sein. Elin hat nur ein Ziel.«

Aus seinem Munde klang der Satz nicht wie eine Warnung, sondern wie eine Drohung.

Schweigend liefen wir durch die Gänge und ich war erleichtert, als er mich in unseren Gemeinschaftsraum schob. Raven und Ferin sahen uns entgegen.

»Bin ich froh, dass du sie gefunden hast, Talin«, sagte Raven.

Verwundert blickte ich sie an.

»Als ich sah, dass du weg warst und Amia schlief, habe ich einen Heidenschreck bekommen und Talin gebeten, dich zu suchen.«

»Und ich habe sie gefunden und noch dazu unversehrt«, er grinste auf mich herab. »Jetzt aber ins Bett mit euch.«

Während ich mich in meine warmen Decken kuschelte, fragte ich Raven: »Wieso hast du ausgerechnet Talin gebeten, mich zu suchen und nicht Myron? Talin hat mir eine Riesenangst eingejagt. Und überhaupt, was nützt deine Gabe, wenn du mich im Notfall nicht mal finden kannst?«

»Talin konnte dich viel schneller finden als Myron oder ich. Ich hatte befürchtet, dass dich jemand entführt hat oder so«, verteidigte sie sich und kicherte leise.

»Du weißt nicht, dass Shellycoats einander orten können, oder?«

Ich starrte sie ungläubig an.

»Im Wasser funktioniert das natürlich besser, aber auch hier klappt es ganz verlässlich. Sei nicht so misstrauisch. Talin ist auf unserer Seite, obwohl er Elins Onkel ist.«

»Meinst du, er würde mir helfen, Calum zu befreien?«

Jetzt war es an Raven, sich erschrocken aufzusetzen.

»Schlag es dir aus dem Kopf, Emma. Du wirst niemanden finden, der dir dabei hilft. Wir dürfen uns nicht einmischen. Das ist Angelegenheit der Shellycoats und wenn sie für Elin stimmen, dann müssen wir das akzeptieren. So hat der Rat entschieden.«

»Aber es ist falsch. Wollt ihr Calum opfern, nur damit diese blöden Gesetze nicht gebrochen werden?«

Raven nickte. »So war es immer. Es tut mir leid.«

Da setzte sich Amia, von der wir angenommen hatten, dass sie schlief, auf.

»Ich würde dir helfen, Emma. Ich finde es falsch, was Elin tut. Das kann nicht der richtige Weg sein. Ich möchte nicht dafür verantwortlich sein, wenn Calum stirbt. Elin ist kein guter König für unser Volk. Ares wollte immer, dass Calum ihm auf den Thron folgt. Calum ist viel besonnener als Elin. Ich bin sicher, dass wir noch andere finden, die uns helfen werden, Calum zu befreien.«

»Ihr seid verrückt geworden«, stöhnte Raven und zog sich ihre Decke über den Kopf.

Wütend sah ich sie an und hatte schon eine Erwiderung auf der Zunge, als sie ihre Decke zurückschlug.

»Du hast es geschafft«, flüsterte sie. Ratlos sah ich sie an. »Wenn du wütend bist, kann ich nicht mehr in deinen Kopf sehen.«

»Gut zu wissen«, fauchte ich, wohl wissend, dass ich nicht dauernd wütend sein konnte.

»Wenn du uns nicht hilfst, Raven, hoffe ich, dass du niemandem verrätst, was wir vorhaben.«

»Das würde ich nie tun. Ich werde auf euch aufpassen müssen. Einer muss ja einen klaren Kopf bewahren.«

»Heißt das, du wirst uns helfen?«, fragte ich verwundert.

»Das habe ich nicht gesagt.«

Raven drehte sich um.

Ich würde nicht nachgeben. Wir brauchten Raven. Dankbar lächelte ich Amia zu, die mich ernst anblickte.

»Es wird schwer werden. Elin ist es bitterernst. Er hat große Angst, dass unser Volk stirbt. Jahrelang hat er versucht, mit Ares darüber zu sprechen. Doch Ares liebte Calum immer mehr als ihn. Daran ist Elin verzweifelt. Irgendwann war es ihm egal und jetzt versucht er, unser Volk mit Gewalt zu schützen. Du musst versuchen, ihn zu verstehen, Emma. Er tut das nicht für sich, sondern für uns alle.«

»Auf welcher Seite stehst du eigentlich?«

»Ich hoffe, auf der richtigen«, erwiderte sie kaum vernehmbar.

Dann drehte auch sie sich um und schwieg.

In dieser Nacht träumte ich seit langer Zeit wieder von Calum. Wir schwammen gemeinsam durch den See von Avallach. Ganz deutlich sah ich sein Lächeln. Ich wollte nach ihm greifen, doch sein Bild zerstob im Wasser.

7. Kapitel

Schlecht gelaunt schleppte ich mich am nächsten Morgen zu Talins Unterricht. Ich konnte nur hoffen, dass er mich heute nicht so piesacken würde. Die Hoffnung war winzig, da er mich im Grunde jede Stunde quälte. Aber wie sagt man so schön, die Hoffnung stirbt zuletzt.

Als er hereinkam, wanderte sein Blick prompt zu mir. Er zog seinen blauen Umhang aus, mit dem er stets herumstolzierte, und hängte ihn ordentlich auf den bereitstehenden Ständer. Dann kam er auf mich zugeschlendert.

»Emma, nachdem du gestern so in den Stoff vertieft warst, dass du dein Buch in der Bibliothek vergessen hast, fasse bitte für deine Mitschüler den Stoff der letzten Stunde einmal zusammen.«

»Wir haben über die Magie der Faune gesprochen«, begann ich und versuchte meine Stimme fest klingen zu lassen.

Talin nickte und ging, gemächlich mit auf dem Rücken verschränkten Händen, nach vorn zu seinem Sessel.

»Der Lebensraum der Faune sind die Wälder. Sie leben in symbiotischer Beziehung mit den Bäumen. Beide Spezies brauchen einander zum Überleben. Die Faune haben die Gabe, die Natur lebendig zu halten«, rasselte ich mein Wissen herunter.

Dann stockte ich, da Talin in diesem Moment nach einem Stift griff und etwas auf ein Blatt Papier kritzelte. Als ich schwieg, sah er auf.

»Was ist, Emma? Erzähl weiter. Ich habe dich nicht aufgefordert, aufzuhören.«

Ich nickte und versuchte, den Faden wieder aufzunehmen.

»Als Dank für ihre Fürsorge revanchieren die Bäume sich damit, dass sie den Faunen in Zeiten der Not beistehen. Dies ist ein uralter Bund. So können Faune bei Gefahr mit den Bäumen verschmelzen. Sollten die Faune aussterben, würden die Bäume auf der Welt langsam, aber sicher eingehen.«

»Schön, Emma. Setz dich.«

Ich konnte es kaum glauben, sonst quälte er mich mit Fragen, die ich zu meinem Leidwesen oft nicht beantworten konnte.

Aufatmend ließ ich mich in meinen Sessel zurücksinken.

»Was könnte dazu führen, dass die Faune aussterben?«

Talin warf einen Blick in die Runde. Allen war klar, worauf er hinauswollte. Niemand meldete sich.

»Sagt bloß, das kann sich niemand von euch denken. Wer oder was sollte die Faune vernichten können?«

Ich blätterte in meinem Buch. Ich wusste, was kommen würde.

Tam meldete sich. Seine Familie stand auf Elins Seite, hatte Amia mir erzählt. Ich hielt mich, so gut es ging, von ihm fern.

»Ja«, forderte Talin ihn auf.

»Das Problem der Faune ist, dass ihr Lebensraum von den Menschen bedroht wird. Die Abholzung der Wälder und starke Besiedlung führt dazu, dass die Faune ihre Gebiete verlassen müssen. Das Baumsterben trägt außerdem dazu bei, dass die Faune sich nur wenig vermehren können. Das hängt mit der symbiotischen Verbindung der Faune mit den Bäumen zusammen.«

»Streber«, murmelte Amia und lächelte mich an.

Jetzt würde Talins Litanei über die Menschen anfangen. Ich hatte das in den letzten Wochen oft erlebt. Im Grunde endete bei ihm jede Stunde mit einem Vortrag über die Selbstsucht der Menschen.

Ich schaltete ab und blätterte eine weitere Seite in meinem Buch um. Entsetzt blickte ich auf den Zettel, der zwischen den Seiten lag und mir blutrot entgegenleuchtete.

»Verschwinde, du Menschenschlampe«, stand in schwarzen Buchstaben darauf geschrieben.

»Was ist los, Emma? Du bist ganz blass.« Amia stupste mich an.

Mit spitzen Fingern nahm ich den Zettel und reichte ihn ihr. Raven machte von der anderen Seite des Tisches große Augen. Amia las die Botschaft und schüttelte ungläubig den Kopf, während sie die Nachricht an Raven weitergab.

»Das glaub ich jetzt nicht«, flüsterte Raven.

Keine von uns hatte bemerkt, dass Talin während seines Vortrags an unseren Tisch getreten war und uns mit finsterer Miene musterte.

»Was gibt es denn so Spannendes, dass ihr meinem Vortrag nicht folgen könnt?«

Wortlos reichte Raven Talin den Zettel.

Er las und sein Gesicht wurde rot vor Zorn. Ohne etwas dazu zu sagen, steckte er den Brief zwischen die Seiten seines Notizblockes und marschierte nach vorn. Noch während er sich seinen Umhang anzog, murmelte er etwas, was nach »Für heute ist Schluss« klang. Dann war er verschwunden.

Wir drei sahen uns verblüfft an.

»Was tut er damit?«, fragte ich Raven. »Ich hätte den Zettel gern Myron gezeigt.«

»Ich schätze, das wird Talin an deiner Stelle tun«, antwortete sie.

»Na hoffentlich. Würde mich nicht wundern, wenn er ihn verschwinden lässt.«

Wie immer fühlte Amia sich bemüßigt, ihren Onkel in Schutz zu nehmen.

»Emma, du sollst nicht so über Talin reden. Er ist genauso bemüht, dich zu schützen, wie jeder andere Lehrer hier.«

Ungläubig schüttelte ich den Kopf.

»Es würde mich nicht wundern, wenn er gestern Abend den Zettel selbst in das Buch gelegt hätte.«

»Emma.« Amia war aufgebracht, was selten genug der Fall war.

»Nimm ihn nur in Schutz«, giftete ich zurück. »Er hasst uns Menschen, ist doch klar, dass er mich hier weghaben will. Hör dir bloß an, was er für Vorträge hält. Ich kann es nicht mehr hören.«

Ich schnappte meine Bücher und lief zu unserer nächsten Stunde. Mathematik war nicht gerade geeignet, meine Stimmung zu heben. Ich quälte mich zwei Stunden mit Vektorrechnung, mit dem Hintergedanken im Kopf, wann zum Teufel ich in meinem Leben das je brauchen sollte. Zu allem Überfluss musste ich an die Tafel, wo meine Unfähigkeit allen deutlich vor Augen geführt wurde.

»Das war gar nichts, Emma«, bemerkte Ms. Summer, eine junge Faunin und unsere Mathematiklehrerin. »Du musst mehr üben und wenn du Fragen hast, komm zu mir, ja?« Aufmunternd lächelte sie mich an.

Niedergeschlagen ging ich zu meinem Platz zurück, an dem ein kleiner, gelber, zusammengefalteter Zettel von Amia lag.

»Noch böse?«, stand in ihrer zierlichen Schrift darauf.

Amia hasste es, mit Raven oder mir zerstritten zu sein.

Also schrieb ich ein »Nein« darunter und malte ein kleines Herz dazu, bevor ich den Zettel auf ihr Pult schob.

Raven war da anders, sie hielt es ewig aus, mit einer von uns zu schmollen.

Nachmittags saß ich an einem der kleinen Tische in der Bibliothek, direkt am Fenster. Von hier aus hatte man einen besonders schönen Ausblick auf den See. Ich stellte mir gern vor, dass Calum da unten im Wasser war, ganz in meiner Nähe. Ferin trat an meinen Tisch und zog sich ungefragt einen Stuhl heran. Ich beachtete ihn nicht. Ich hatte heute keine Lust, mir seine Liebesgeschichten anzuhören. Fast täglich war er in ein anderes Mädchen verliebt und immer brach es ihm das Herz. Ich starrte in mein Buch und hoffte, er würde wieder verschwinden.

»Emma.« Seine Stimme klang ernst.

Ich hob meinen Kopf und sah ihn an.

»Was du da vorhast ...«. Er machte eine kleine Pause. »Das ist Wahnsinn.«

Genervt schüttelte ich den Kopf. Ich hätte wissen müssen, dass Raven ihm von unserem Plan erzählt.

»Ferin«, antwortete ich abweisend. »Entweder du hilfst mir, oder du vergisst, was Raven dir erzählt hat.«

»Wer nicht für dich ist, ist nicht automatisch gegen dich«, erwiderte er und das gewohnt verschmitzte Lächeln erschien auf seinem Gesicht. »Ich wollte dich nur warnen. Du hast keine Ahnung, worauf du dich einlässt.«

Sein Lächeln wurde gönnerhaft.

»Es macht sich ja niemand die Mühe, mir etwas zu erklären«, zischte ich ihn wütend an.

Prompt kam Talin, der heute Nachmittag Aufsicht in der Bibliothek hatte, in unsere Richtung geschlichen. Ich vertiefte mich in mein Buch und auch Ferin angelte sich einen der Wälzer, die ich um mich herum aufgebaut hatte, und begann darin zu blättern. Talin beobachtete uns ein paar Minuten und ging zurück zu seinem Platz.

Erleichtert atmete ich aus.

Ferin stand auf und stellte sich ans Fenster. »Wir sollten woanders darüber reden. Ich werde mir ...«

Er verstummte so abrupt, dass ich aufschaute.

»Was ist los?« Ich folgte seinem Blick.

Unten am See standen Gawain und Miss Lavinia. Sie stritten heftig miteinander. Wir konnten nicht hören, worum es ging. Aber ihre Gesten waren eindeutig.

»Merkwürdig. Das ist sehr merkwürdig.«

»Was ist daran merkwürdig? Die beiden streiten sich. Das soll vorkommen.« Ich ließ mich wieder auf meinen Stuhl fallen.

»Sei mir nicht böse, Ferin, aber ich muss den Aufsatz für Politeia noch zu Ende schreiben. Sonst kriege ich morgen Ärger mit Myron. Und Talin lässt mich keine Minute länger arbeiten als erlaubt.«

»Ja, ja. Bin schon weg.«

Er warf nochmals einen Blick aus dem Fenster, schüttelte seinen Strubbelkopf und verließ den Raum. Aus den Augenwinkeln sah ich, wie Talin ihm hinterherblickte, bevor er aufstand und zu meinem Tisch kam. Zu meiner Erleichterung sprach er mich nicht an, sondern sah nun seinerseits aus dem Fenster. Ich folgte seinem Blick, doch Gawain und Miss Lavinia waren verschwunden. Mit mäßigem Erfolg versuchte ich, mich auf meine Aufgaben zu konzentrieren. Was hatte Ferin eigentlich gewollt, mich von meinem Plan abhalten, wie die anderen?

Die Flure waren fast leer, als ich fertig war und zu unserem Gruppenraum zurückging. Meine Schritte hallten durch die hohen Flure. Meine Gedanken waren bei meinem Gespräch mit Ferin. Würde er uns helfen? Ich war aus seinen Worten nicht schlau geworden. Ich sah auf die Uhr und bog um die letzte Ecke. Eine Gestalt tauchte vor mir auf, der ich nicht mehr ausweichen konnte. Vor Schreck schrie ich auf und hielt mit Müh und Not meine Bücher fest.

»Amia, musst du mich so erschrecken?«, fuhr ich sie an, nachdem ich sie erkannt hatte.

Amia war einen Schritt zurückgewichen und rieb sich ihre Seite.

»Ich wollte dich abholen«, erklärte sie mit schmerzverzerrter Miene.

»Tut es sehr weh?«

Eins der Bücher musste sich in ihre Seite gebohrt haben. Sie schüttelte den Kopf.

»Alles in Ordnung. Weshalb bist du so lange weggeblieben? Wir haben uns Sorgen gemacht.«

»Wir?«

»Ja, Raven hat mich geschickt.«

Sie verdrehte ihre Augen.

»Sie wollte nicht selbst gehen. Na ja, sie ist immer noch sauer auf dich.«

Raven hatte seit unserem Streit nicht mehr mit mir gesprochen.

»Sie muss doch verstehen, dass ich versuche, Calum zu helfen.«

Amia zuckte hilflos mit den Schultern. Wir betraten den Gruppenraum, in dem sich alle zum Abendessen versammelt hatten.

»Ich bringe schnell meine Bücher weg«, rief ich und stieß die Tür zu unserem Zimmer auf.

Raven saß mit Ferin auf ihrem Bett. Beide schraken auf, als ob ich sie bei etwas Verbotenem erwischt hatte. Misstrauisch musterte ich sie.

Normalerweise kam Ferin nicht in unser Zimmer. Die Schlafzimmer waren für männliche Besucher tabu. Ich war gespannt, wie sie das Miss Lavinia erklären wollten.

»Wir werden einen Ort brauchen, an dem wir uns treffen können, um alles zu besprechen«, hörte ich ihn zu Raven sagen, die mit verschlossenem Gesichtsausdruck neben ihm saß.

Sie nickte und stand auf.

»Du solltest jetzt verschwinden«, sagte sie zu Ferin und schob mich so in den Gruppenraum, dass Ferin hinter uns hinaushuschen konnte. Mit einem Blick bedeutete sie mir, ihr keine Fragen zu stellen.

Ich ließ mich auf meinen Platz fallen und stocherte gedankenverloren in meinem Essen.

Erst als alle zu Bett gegangen waren und wir in unseren Himmelbetten lagen, wagte ich einen neuen Vorstoß.

»Raven?«, rief ich flüsternd in die Dunkelheit des Zimmers.

»Hmm?«, kam ihre einsilbige Antwort.

»Verrätst du uns, was du mit Ferin besprochen hast?«

Ein winziges Kerzenlicht flammte auf und Amia richtete sich in ihrem Bett auf.

Raven schwieg eine Weile, bevor sie antwortete.

»Ferin findet deine Idee genauso unsinnig wie ich«, kam es dann von ihr. »Allerdings hat er mich überzeugt, dass du mehr erfahren musst, um dein Vorhaben realistisch einschätzen zu können.«

Ich nickte, nicht sicher, ob sie das sehen konnte. Das sagte ich doch die ganze Zeit, dachte ich triumphierend.

»Wir vier können es nicht allein schaffen, das ist dir hoffentlich klar. Das bedeutet, dass wir noch andere in diesen unsinnigen Plan einweihen müssen. Vor allem natürlich Shellycoats. Damit haben wir das erste Problem – wem können wir trauen?«

Abwartend sah sie Amia an.

»Ich glaube, ich weiß ziemlich genau, welche Familien auf Calums Seite stehen«, antwortete diese mit fester Stimme und hielt Ravens durchdringendem Blick stand.

»Außerdem brauchen wir die Unterstützung der Vampire und der Zauberer. Nur wir Elfen können die Magie der Shellycoats nicht brechen. Elin kann uns mit einer einzigen Welle unschädlich machen.«

»Das habe ich nicht gewusst.« Erschrocken sah ich sie an.

Raven schüttelte den Kopf.

»Emma, dachtest du, er könne nicht noch einmal so eine Welle beschwören?«

»Sei nicht so streng mit ihr«, fiel Amia ihr ins Wort. »Emma weiß viel zu wenig von unserer Welt.«

»Darum ist dieses Vorhaben auch so dumm«, erwiderte Raven.

Tränen quollen mir aus den Augen.

»Du hast ja Recht, Raven. Aber ich vermisse ihn so. Ich kann den Gedanken nicht ertragen, dass er dort unten eingesperrt ist. Was, wenn er nie wieder an Land leben kann? Je länger es dauert, umso unwahrscheinlicher ist es, dass er zurückkann.«

Ich wandte mich Amia zu.

»So ist es doch, Amia, oder?«

Amia nickte und blickte schuldbewusst zu Raven.

»Ist schon gut«, erwiderte diese versöhnlicher. »Wir sollten Talin fragen, wie viel Zeit uns bleibt.«

»Nein, nicht Talin. Ich bin sicher, dass er auf Elins Seite ist. Er würde uns verraten.«

»Wir werden auf seine Hilfe nicht verzichten können. Er ist der erfahrenste Shellycoat hier. Er hat Elin alles beigebracht, was er über Magie weiß«, mischte sich Amia ein. »Und vergiss nicht, Emma, ich bin auch seine Nichte und Calum ist mir versprochen. Außerdem geht Talin die Einhaltung der Gesetze über alles. Wir werden mit ihm sprechen. Das werde ich übernehmen. In einem hast du nämlich recht, Emma, er kann dich nicht leiden.«

Verdutzt über diese Wahrheit sah ich sie an. Raven konnte sich ein Schmunzeln nicht verkneifen.

»Emma, das hast du längst gewusst. Er hasst Menschen. Dir würde er sicher keinen Gefallen tun. Er duldet dich nur, weil Myron und Merlin dich hergebracht haben und weil der Rat es bestimmt hat.«

»Ihr solltet schlafen«, sagte Raven.

Ich kuschelte mich tiefer unter meine Decke und schloss die Augen. Würden wir es schaffen, Calum zu befreien?

Am nächsten Morgen machten wir uns gemeinsam auf zu unserem Unterricht. Ich freute mich auf die Schwimmstunden, die am Ende des Schultages auf mich warteten. Heute würde ich wieder einmal versuchen, mein Licht zu beschwören. Ich hatte mir in der Bibliothek sämtliche Bücher ausgeliehen, die etwas darüber verrieten.

Mir war klar, dass das alles sehr theoretisch war. Die Kraft musste jeder Shellycoat aus seinem Inneren ziehen. Es war umso einfacher, je mehr man in sich ruhte, je mehr man im Gleichgewicht mit sich und der Natur war. Was immer das auch bedeuten mochte. Wenn Calum zurückkam, wollte ich mein Licht beschwören können. In meinen Tagträumen schwamm ich mit ihm gemeinsam durchs Wasser und unsere Lichter verschmolzen miteinander.

Myron riss mich aus meinen Gedanken.

»Emma, hast du mir überhaupt zugehört?« Er lächelte wissend. Konnte es sein, dass Vampire ebenfalls Gedanken lesen konnten? Ich würde diese Abschottungssache noch mal in Angriff nehmen müssen, nahm ich mir aufgebracht vor. Es war ein wenig unangenehm, wenn jeder so mir nichts, dir nichts durch meine intimsten Gedanken spazierte. Zeitgleich lief ich feuerrot an und schüttelte den Kopf.

»Raven, beantwortest du bitte meine Frage«, wandte sich Myron ab.

»Jedes Volk ist berechtigt, über seine eigenen Belange zu entscheiden. Nur wenn mindestens zwei unterschiedliche Völker betroffen sind, muss der Große Rat hinzugezogen werden.«

Myron nickte und referierte weiter zu dem Thema, wann der Große Rat berechtigt war, sich in Differenzen zwischen den Völkern einzumischen.

»Die goldene Regel, die alle Völker und jeder Einzelne beachten müssen, ist, dass ein jeder den anderen so behandelt, wie er selbst behandelt werden möchte. Nur so ist dauerhaft ein friedliches Miteinander möglich.«

Das klingt zwar einleuchtend, aber unrealistisch, dachte ich.

»Emma, wir praktizieren das seit hunderten von Jahren so und sind damit gut gefahren«, trampelte Myron in meinen Kopf. Raven konnte sich ein Lachen nicht verkneifen, presste aber ihre Lippen aufeinander, als ich ihr einen wütenden Blick zuwarf.

»Soll das heißen, Elin wäre gern von meiner Mutter umgebracht worden und hat deshalb sie getötet, und Ares, und Maria?«, fragte ich sarkastisch.

»Elin hat sich mit mindestens zwei Morden den Gesetzen unserer Welt widersetzt. Das bedeutet aber nicht, dass diese deshalb ihre Gültigkeit verlieren. Hier geht es um den Gedanken der Rücksichtnahme und darum, Glück nicht auf Kosten anderer zu erreichen. Ich verstehe, dass du wütend bist, Emma, aber das ist unsere Art zu leben.«

Ich nickte und beschloss, nichts darauf zu erwidern.

Zwei Stunden später mühte ich mich im See verzweifelt ab, nur einen kleinen Schimmer zu erzeugen. Je mehr ich mich anstrengte, umso mutloser wurde ich. Das würde nie klappen. Amia schaffte es immerhin, einen Ring von vier Metern Durchmesser um sie herum zum Leuchten zu bringen. Wie zarte hellbraune Schokolade floss das Licht aus ihr heraus. Ich beneidete sie. Offensichtlich ruhte ich nicht ganz in mir.

Gawain tröstete mich.

»Du wirst sehen, Emma, eines Tages wird es auch bei dir klappen. Ich bin sicher, es wird ein wunderschönes Licht sein. Du hast dieselbe Augenfarbe wie Ares und sein silbriges Licht war unvergleichlich.«

Dankbar sah ich ihn an. Er griff nach meiner Hand, doch die Berührung war mir unangenehm. Mein Lächeln gefror mir im Gesicht. Vorsichtig entzog ich mich ihm und watete ans Ufer. Ich ließ mich ins Gras fallen und beobachtete die anderen, die noch im Wasser waren.

»Ihr Licht ist wunderschön«, seufzte eine Stimme neben mir. Ich wandte mich ihr zu und blickte in Miros verklärtes Gesicht. Seine Augen hingen an Amia, die im Wasser mit ihrem Licht spielte. Miro war der einzige mir bekannte Shellycoat, den man als pummelig bezeichnen konnte. Auch hatte er nicht so lange glatte Haare wie die anderen, sondern schulterlange hellblonde Locken. Er war in unserer Gruppe, hatte aber bisher nie ein Wort mit mir gewechselt.

Mir war jedoch öfter aufgefallen, dass er Amia sehnsüchtig beobachtete. Allerdings war er viel zu schüchtern, um sie anzusprechen.

»Geh zu ihr und bitte sie, dir zu helfen.«

Er wandte mir sein Gesicht zu und leichte Röte überzog seine Wangen. Dann schüttelte er seinen Kopf. »Sie wird sich ... nicht mit mir abgeben«, stammelte er. »Ich bin nur ... aus einer einfachen Familie und sie ist die Tochter des Königs.«

»Das ist ihr egal«, schüttelte ich verständnislos den Kopf. »Komm, wir werden sie fragen.«

Widerwillig ließ Miro sich von mir zum Wasser und zu Amia ziehen.

Dort, fast krebsrot, starrte er auf die Wasseroberfläche. »Amia, kannst du Miro nicht mal zeigen, wie du das machst?«

Sie lächelte ihn freundlich an und er lächelte schüchtern zurück.

Er sah süß aus, so verlegen wie er war.

»Gern.«

Nachdem ich die beiden eine Weile beobachtet hatte und Miros hellgrüner Kreis nicht mehr nur den Umfang einer Untertasse hatte, ging ich wieder ans Ufer.

Ich kam mir überflüssig vor. Miro hing an Amias Lippen wie ein kleiner Hund an seinem Herrchen.

Ich ließ mich ins Gras fallen und von der Sonne wärmen.

»Macht Schluss für heute«, rief Minuten später Gawain. »Wir wollen noch ein bisschen an eurer Sprungtechnik feilen.«

Auch wenn das mit dem Licht nicht klappte, so waren meine Sprünge mittlerweile richtig gut, dachte ich, um mich selbst aufzumuntern. Ich war ein Naturtalent, hatte Gawain behauptet. Eine bestimmte Anzahl von Sprüngen war die zweite Voraussetzung, damit junge Shellycoats berechtigt waren, an den Vollmondtänzen teilzunehmen.

Außerdem wurde einmal im Jahr ein großer Sprungwettkampf in Avallach veranstaltet, und gerade die Jungs wetteiferten verbissen darum, daran teilnehmen zu dürfen.

Ich stand auf und ging zum Ufer. Als ich an der Reihe war, tauchte ich ins Wasser und versuchte, so tief ich konnte zu tauchen. Nur mit genügend Schwung konnte die schwierige Pirouette, die ich mir ausgedacht hatte, gelingen. Sie bestand aus mehreren komplizierten Drehungen und sicher würde ich hunderte Anläufe brauchen, bevor sie gelang.

Aber ich wollte unbedingt zu diesem Wettkampf, der in wenigen Wochen stattfinden würde. Wenigstens etwas wollte ich gut können, wenn ich schon bei den meisten anderen Aufgaben versagte. Die Sprünge lagen mir im Blut, das hatte ich gleich beim ersten Mal bemerkt.

Als ich die Tiefe erreicht hatte, die ich benötigte, drehte ich um und schraubte mich mit rasender Geschwindigkeit durch das Wasser. Dann durchbrach ich die Oberfläche. Ich drehte mich in der Luft weiter in die Höhe und vollführte zwei Rollen, bevor ich mit gestrecktem Körper zurück ins Wasser eintauchte. Als ich ein zweites Mal die Wasseroberfläche durchbrach, um ans Ufer zu schwimmen, empfing mich begeisterter Beifall. Ich war nicht ganz zufrieden mit dem Sprung, aber meinen Zuschauern hatte es gefallen.

»Das war einfach wunderschön, Emma.« Amia lief mir entgegen und reichte mir ihre Hand. »Ich werde so etwas in meinem ganzen Leben nicht zustande bringen«, setzte sie kläglich hinzu.

Gawain kam auf uns zugelaufen.

»Emma, mit dem Sprung wirst du an den Wettkämpfen teilnehmen. Du musst noch ein bisschen an der Technik feilen, dann ist er perfekt.«

Ich starrte ihn ungläubig an.

»Bist du dir sicher, dass du mich antreten lassen möchtest?« Gawain nickte eifrig. »Ab der nächsten Stunde üben wir Zielspringen.«

Damit wandte er sich dem Nächsten zu, der springen sollte. Ich musterte skeptisch die Reifen, die in einiger Entfernung im Wasser standen. Sie waren unterschiedlich hoch und unterschiedlich groß. Beim Zielspringen kam es darauf an, mit so wenigen Versuchen wie möglich so viele Reifen wie möglich zu durchspringen. Die Höhe und der Durchmesser der Reifen wurden bei jedem Sprung geändert.

Amia fiel mir um den Hals und auch die anderen Mädchen jubelten. Es kam äußerst selten vor, dass sich ein Mädchen für den Wettkampf qualifizierte. Ähnlich wie Fußball bei den Menschen, waren die Sprünge eher eine männliche Domäne. Und ebenso wie die Männer bei den Menschen nicht begeistert vom Frauenfußball waren, waren die jungen männlichen Shellycoats nicht begeistert von Mädchen, die in ihre Domäne eindrangen. Die Blicke der Jungs sprachen Bände.

»Mach dir nichts draus«, flüsterte Amia mir zu. »Die sind nur neidisch.«

Einzig Miro lächelte uns entgegen und lief prompt zartrosa an, als Amia zurücklächelte. Er hätte allerdings sowieso niemals eine Chance auf eine Teilnahme bei den Wettkämpfen gehabt. Seine Sprünge waren katastrophal. Dafür gelang es ihm mit Amias Hilfe jedes Mal besser, sein Licht zu beschwören.

Dagegen war mein kleines Flackern ein Witz. Aber ich gab die Hoffnung nicht auf.

Ferin ließ sich in den nächsten Tagen nicht bei uns blicken und Raven äußerte sich mit keinem Wort zu unserem Vorhaben. Ich wurde von Tag zu Tag unruhiger und musste mich zwingen, meine Ungeduld zu beherrschen. Ich war auf die Hilfe meiner Freunde angewiesen, allein konnte ich nicht das Geringste ausrichten.

Als Raven, Amia und ich einige Tage später nachmittags gut gelaunt in unser Zimmer zurückkamen, erstarrten wir gleichzeitig.

Mein Bett war übersät mit meinen Büchern und Heften. Alles war zerrissen. Jemand hatte blutrote Farbe darüber gekippt. Hilflos stand ich vor meinen Sachen und auch Raven und Amia waren sprachlos, angesichts dieser Verwüstung.

Minuten später traten Talin und Myron ein. Beide sahen ungewöhnlich ernst aus und musterten die Unordnung auf meinem Bett.

»Kannst du dir vorstellen, wer das getan hat, Emma?«, fragte Myron.

Ich schüttelte den Kopf.

»Wir wussten, dass sie Feinde haben würde, bevor der Rat gestattet hat, dass sie herkommt«, warf Talin ein. »Der Zettel war eine erste Warnung.«

Bisher war ich nicht sicher gewesen, ob Talin ihn überhaupt Myron gezeigt hatte. Nun wunderte ich mich, dass Myron nie mit mir darüber gesprochen hatte.

Myron nickte zu Talins Einwand.

»Trotzdem ist sie hier sicherer als draußen.«

»Sie stiftet Unfrieden.«

Durchdringend sah Talin mich an.

»Das stimmt doch, oder?«

»Was meinst du, Talin? Sprich nicht in Rätseln.«

Myron klang ungeduldig.

»Wir wollen versuchen, Calum zu befreien«, fiel Raven ihm ins Wort. »Amia hat mit Talin gesprochen und ihn um Unterstützung gebeten.«

»Ich habe selbstverständlich abgelehnt.«

Myron sah von Amia zu Raven.

»Ich verstehe Emmas Beweggründe. Menschen entscheiden häufig nach ihrem Gefühl. Aber ihr beiden hättet sie abhalten müssen. Gerade du, Raven, bist verpflichtet, Emma zu schützen. Deshalb hat der Rat sie in deine Obhut gegeben.«

Betreten sahen wir drei zu Boden.

»Wer weiß von eurem Plan?«

»Ich habe mit Talin gesprochen«, beantwortete Amia kleinlaut Myrons Frage.

»Ferin wollte mit einigen Freunden aus den anderen Gruppen reden. Aber er legt für jeden Einzelnen seine Hand ins Feuer«, ergänzte Raven.

»Emma, schlag dir das aus dem Kopf, hörst du? Wir werden abwarten müssen, was Elin unternimmt. Solange er nicht mit dem Großen Rat spricht, werden wir uns nicht einmischen. Der Rat war uneins über die Vorgehensweise in

Elins Fall. Er hat gegen unsere Gesetze verstoßen. Sein Vorgehen innerhalb seines Volkes geht uns nichts an. Hätten die Elfen, Vampire und Zauberer sich nicht damit durchgesetzt, dann hätten die Faune und Werwölfe verlangt, die Shellycoats aus dem Bund unserer Völker auszuschließen. Das konnten wir nicht riskieren. Verstehst du? Wir dürfen die Shellycoats nicht opfern. Unsere Völker haben nur eine Chance zu überleben wenn wir zusammenhalten. Sicherlich geht dies manchmal auf Kosten Einzelner, aber du kannst dir sicher sein, dass Calum dieses Vorgehen versteht und genauso handeln würde.«

»Aber wenn Elin die Menschen angreift, dann betrifft das euch alle«, warf ich zaghaft ein.

»Wenn das passiert, werden wir neu entscheiden. Aber du wirst dich nicht einmischen«, erklang schneidend Talins Stimme.

Ich achtete nicht auf ihn.

»Ich kann das nicht, Myron. Ich kann nicht tatenlos abwarten, wie er mir verloren geht«, flüsterte ich.

»Es gibt keinen Weg, ihn zu befreien, Emma. Wir müssen an uns alle denken. Das Schicksal eines Einzigen muss dem Wohlergehen Aller untergeordnet werden. So haben wir es immer gehalten. Ich verlange, dass du dich danach richtest.« Mitleidig sah Myron mich bei diesen Worten an.

»Ich kann das nicht«, flüsterte ich.

»Das war mein letztes Wort dazu«, sagte Myron unbarmherzig. »Ich erwarte von euch dreien, dass ihr euch an meine Anweisung haltet.«

Damit drehten sich die beiden um und wollten den Raum verlassen.

»Wie viel Zeit hat er noch, Talin?«, rief ich ihnen verzweifelt nach.

Talin drehte sich um. Er wusste sofort, was ich meinte.

»Maximal vier Wochen. Danach wird er nie wieder an Land leben können.«

Myron drehte sich, wie mir schien, fassungslos zu Talin um. »Woher weiß Emma das?«

»Ich habe es ihr gesagt«, mischte sich Amia ein. »Ich fand, dass Emma ein Recht darauf hat, es zu wissen.«

Myron sah sie an, aber es war, als würde er sie nicht wahrnehmen.

»Ich habe den Eindruck, es verändert sich mehr in unserer Welt, als wir wahrhaben wollen«, erwiderte er rätselhaft.

Die beiden verließen unser Zimmer und ich machte mich daran, das Chaos zu beseitigen.

Amia und Raven halfen mir dabei, die Sachen, die noch brauchbar waren, in meinen Schrank zu räumen. Dennoch waren einige meiner Lieblingsbücher nicht mehr zu retten. Ich fragte mich, ob wir herausfinden würden, wer das angerichtet hatte.

»Derjenige, der das getan hat ... was denkst du, bezweckt er damit?«, fragte ich Raven später.

»Ich weiß nicht, vermutlich will er dir Angst machen, genau wie mit dem Zettel. Wenn du dich nicht sicher fühlst und zurück zu deiner Familie gehst, könnte Elin es eher schaffen, dir etwas anzutun. Das Merkwürdige ist, dass es kein Shellycoat war. Talin hätte das sofort gespürt.«

»Du meinst, er hätte gerochen, wenn ein Shellycoat meine Sachen verwüstet hätte?«

Trotz der ernsten Situation musste ich grinsen bei der Vorstellung, dass Talin wie ein Spürhund an meinen Sachen schnüffelte.

»So funktioniert das nicht, das weißt du genau«, Raven warf eins ihrer gewagten T-Shirts nach mir und kicherte.

»Es ist eher wie eine persönliche Eigenart, die einen Shellycoat an einen anderen erinnert. Ich kann das nicht richtig erklären. Amia, sag du Emma, wie das funktioniert.«

»Erklären kann ich das auch nicht. Wenn das ein Shellycoat gewesen wäre, dann hätte ich ihn in dem Moment, als ich die Sachen angefasst habe, gesehen. Es ist ein Bild, das in meinem Kopf erscheint. Darüber muss ich nicht nachdenken. Jeder Shellycoat hinterlässt eine Spur, wenn man so will. Deshalb können wir uns im Wasser so leicht finden, orten nennt ihr Menschen das. Ares hatte deine Mutter mit solch einer Spur belegt, weil er sie so sehr liebte und mit ihr schwimmen war. Als er sie verließ, war ihm klar, dass jeder andere Shellycoat sie finden konnte. Deshalb durfte sie nie ins Wasser gehen.«

8. Kapitel

Ich würde mich nicht an Myrons Verbot halten, egal welche Argumente er vorbrachte. Wenn Calum frei war, konnte der Rat von mir aus neu entscheiden, wie er verfahren wollte. Ich hatte mich damit abgefunden, dass der Rat sich nicht an Calums Befreiung beteiligen würde, aber seinen Freunden durfte der Versuch nicht verwehrt werden. Das bedeutete, dass wir auf uns allein gestellt waren. Womöglich brachte dies uns alle in viel größere Gefahr. Es war zum Verzweifeln, aber ich konnte nicht aufgeben. Es war ein Wettlauf gegen die Zeit.

Raven, Amia und ich saßen am See und genossen den ersten richtig warmen Tag.

»Raven, was ist jetzt? Vor drei Tagen hat Talin gesagt, Calum hat maximal vier Wochen Zeit. Wir müssen etwas unternehmen.«

»Das Thema hat sich nach Myrons Standpauke wohl erledigt.«

Amia antwortete an meiner statt.

»Raven, wir wissen, dass Elin mittlerweile noch mehr von Calums Anhängern eingesperrt hat. Ich habe mit Miro gesprochen.«

Verlegen senkte sie ihren Blick.

Da wandte sich Raven ihr zu. »Ich höre?«

»Du weißt, dass gerade die einfachen Shellycoats hinter Calum stehen. Ares hat viel für sie getan und Calum ist seinem Beispiel stets gefolgt. Den Gerüchten zufolge hat es Aufstände gegeben, nachdem Elin Calum gefangen genommen hat. Die Umstände von Ares' Tod konnte er nicht völlig vertuschen. Auch wenn er sich bemüht hat, es als Unfall darzustellen, ging dieser Mord selbst einigen seiner Anhänger zu weit.«

»Da hat er es gewagt, weitere Shellycoats einzusperren?« Raven sah Amia fassungslos an. »Was sagt euer Ältestenrat dazu?«

»Soweit ich weiß, ist er, seit die Mitglieder im Schloss festgehalten werden, nicht mehr zusammengetreten. Es herrscht Chaos und Nachrichtensperre. Ich weiß nicht, wie ernst man diese Gerüchte nehmen darf. Wenn nur ein Bruchteil davon stimmt, muss etwas geschehen. Wir dürfen nicht dulden, dass Elin unser ganzes Volk unterdrückt.«

»Hast du mit Talin darüber gesprochen?«, fragte Raven.

»Ich habe es versucht. Er meint, solange wir nichts Bestimmtes wissen, können wir nichts tun. Er will in der nächsten Vollmondnacht versuchen, den Vorsitzenden des Ältestenrates zu erreichen. Dazu muss er ins Schloss. Ich weiß nicht, ob das klug ist. Er will Elin zwingen, den Rat zusammentreten zu lassen. Ich befürchte, er unterschätzt Elin.«

»Der nächste Vollmond ist in zwei Wochen«, fiel ich den beiden ins Wort. »Und Calum hat nur vier. Uns läuft die Zeit davon. Wovor hat Myron Angst? Ich verstehe ihn nicht. Selbst wenn die Werwölfe und Faune sich nicht an Calums Befreiung beteiligen, wird die Kraft der Elfen, Zauberer und Vampire gegen Elin ausreichen.«

Meine Geduld war am Ende.

Raven sah uns beide unbehaglich an. Was hätte ich dafür gegeben, zur Abwechslung in ihren Kopf zu sehen. Ohne Vorwarnung sprang sie auf und lief zum Schloss zurück.

Amia und ich gingen ihr hinterher.

»Die Faune und Werwölfe wollen nicht, dass andere Völker sich in ihre inneren Angelegenheiten einmischen. Das war der Kompromiss, den die Völker geschlossen haben. Die inneren Angelegenheiten eines Volkes gehen die anderen Völker nichts an. Es soll an den Shellycoats kein

Exempel statuiert werden, welches diese Übereinkunft zukünftig aufweicht«, erklärte Amia mir auf dem Rückweg.

Es war mitten in der Nacht, als ich fühlte, dass jemand an meiner Schulter rüttelte. Sofort war ich hellwach und meine Augen versuchten, die Dunkelheit zu durchdringen.

»Schhh...«, hörte ich Raven flüstern und mein Herzschlag beruhigte sich. »Zieh dich an.«

Ohne Widerspruch zog ich Hose und Shirt über und beobachtete dabei, wie sie Amia weckte.

Mit verstrubbeltem Haar kam diese hinter ihrem Vorhang hervor. »Was ist los?«, fragte sie verschlafen.

»Wir treffen uns mit Ferin in einer der Hütten am See. Wir müssen leise und vorsichtig sein, wenn wir nicht erwischt werden wollen.«

Verständnislos sah ich sie an. Wofür das Theater? Ferin konnten wir den ganzen Tag im Schloss treffen, was sollte dieser nächtliche Ausflug?

»Es geht um Calum, oder?«

Amia hatte Raven viel schneller durchschaut als ich.

Raven unterbrach jeden weiteren Wortwechsel mit einer Handbewegung.

»Still. Hier, zieht euch die Mäntel über.«

Sie warf uns schwarze Umhänge zu. »Damit seid ihr draußen so gut wie nicht zu sehen. Also los.«

Ohne ein weiteres Wort verschwand sie durch die Tür. Amia und ich schlichen hinterher. Es war stockdunkel in den Gängen und ich fragte mich, wie Raven uns herausbringen wollte. Doch sie schien in der Dunkelheit bestens sehen zu können. Sie fasste mich an der Hand und zog mich hinter sich her. Ich wiederum hielt Amias Hand. Kurz vor dem Eingangsportal bog Raven in einen kleinen Gang ab und unversehens fanden wir uns vor der Küchentür wieder. Raven klopfte dreimal in einem merkwürdigen Rhythmus an die Tür. Es klang wie ein Erkennungszeichen.

Obwohl sie versuchte, so leise wie möglich zu sein, tönte das Geräusch überlaut in dem finsteren Gang. Ich zuckte zusammen und umschloss Ravens Hand fester. Mein Herz klopfte bis zum Hals. Beruhigend strich mir Raven mit ihrem Daumen über den Handrücken und zog uns in eine kleine Nische hinter der Tür. Mehrere Minuten verstrichen, in denen keiner von uns es wagte, sich zu rühren. Endlich knarrte die Tür leise in ihren Angeln und öffnete sich. Das Licht blendete mich, obwohl die meisten Fackeln gelöscht waren. Es war eine kleine Fee, die sich mit aller Kraft abmühte, die Tür zu öffnen. Als Raven sie erkannte, sprang sie aus dem Versteck und half ihr. Dann winkte sie uns in den großen Raum, in dem noch einige Herdfeuer brannten.

»Ihr kommt spät«, piepste die Kleine.

Ich erkannte sie sofort, sie hatte mir in der Bibliothek zugelächelt, als ich mein Mysterienbuch gesucht hatte.

»Tut mir leid, Morgaine«, flüsterte Raven. »Aber Miss Lavinia wollte heute nicht zu Bett gehen. Sie saß ewig in unserem Gruppenraum.«

Morgaine nickte. »Miro ist mit vier anderen vor einer halben Stunde durchgekommen. Und vor zehn Minuten kam Ferin mit Maya und Rob.«

Raven nickte, während Amia und ich uns verständnislos ansahen. Es klopfte wieder und ich schrak zusammen. Es war dasselbe rhythmische Klopfen, mit dem Raven sich Einlass verschafft hatte. Als es verklang, öffnete Raven die Tür.

Talin trat ein und musterte uns finster.

Ich wich einen Schritt zurück, doch Raven schien seine Ankunft nicht zu erstaunen. Sie drehte sich um und wandte sich einer Tür am anderen Ende des Raumes zu.

Talin folgte ihr, und so schlossen Amia und ich uns an.

»Viel Glück«, flüsterte Morgaine mir ins Ohr und flatterte davon. Raven zog die Tür auf und kühler Wind schlug uns entgegen. Es roch nach frisch gemähtem Heu und ich erinnerte mich, dass die Gärtner den ganzen Tag die Wiesen um das Schloss mit Sensen bearbeitet hatten. Immer noch sprach Raven kein Wort. Als wir über die harten Stoppeln liefen, schloss ich zu ihr auf.

»Raven, denkst du nicht, du bist Amia und mir eine Erklärung schuldig? Was hast du vor? Und was um Himmels Willen tut er hier?«

Ich drehte mich um und deutete auf Talin, der leise mit Amia flüsterte.

»Psst, wir sind gleich da, dann werden wir reden können.«

In dem Moment tauchten vor uns die Hütten und der See auf. Spiegelglatt lag er im matten Mondlicht und schimmerte silbern. Nur das Seegras am Ufer bewegte sich und raschelte leise.

Als wir die Hütten erreichten, öffnete sich eine der Türen und eine Hand winkte uns hinein. Wir schoben uns nacheinander durch den Spalt.

»Wir warten schon eine Ewigkeit«, begrüßte uns Ferin missmutig.

Ich lächelte ihm entschuldigend zu, setzte mich neben ihn und musterte die anderen Gesichter, die ich im schummrigen Schein einer Kerze ausmachen konnte.

Ferin hatte eine Elfe und einen Faun mitgebracht, die ich bereits vom Sehen kannte. Mit dem Mädchen, Maya, hatte ich einmal in der Bibliothek gesprochen. Schüchtern lächelte sie mich an.

Die vier, die mit Miro gekommen waren, waren Shellycoats. Einer von ihnen musterte mich finster.

Das fing ja gut an.

Raven begann zu sprechen.

»Ihr wisst, weshalb wir uns heute Nacht treffen. Wir müssen darüber beraten, wie wir Calum befreien können.«

Niemand sagte ein Wort, alle sahen Raven an, in Erwartung dessen, was sie vorschlagen würde.

Talin nutzte das Schweigen.

»Du weißt, Raven, dass ich das zum jetzigen Zeitpunkt für keine gute Idee halte. Wir haben keinerlei Verbindung zu unserem Volk. Selbst ich kann Elin nicht erreichen.«

Der finster dreinblickende Shellycoat erhob sich und unterbrach damit Talin, der verstummte und ungehalten die Stirn runzelte.

»Ich werde auf jeden Fall nach Berengar schwimmen und sehen, was ich herausfinden kann. Ich mache mir Sorgen um meine Eltern. Ares war der beste Freund meines Vaters Jumis und dieser sein engsten Berater. Ich kann mir nicht vorstellen, dass er nicht versucht hat, Elin zu stoppen, und ich muss wissen, was mit ihm geschehen ist.«

»Kann ich erst einmal erfahren, was dieser Sinneswandel zu bedeuten hat?«, fragte ich.

Meine größte Angst war, dass die anderen Beteiligten mehr wussten als ich und dass Calum eine Gefahr drohte, die sie mir verschwiegen.

Ravens Blick wanderte von Talin zu mir. Sie sah mich nicht an, während sie antwortete.

»Wir sind mittlerweile nicht mehr sicher, dass Elin Calum nicht töten wird. Sein Verhalten ist unberechenbar geworden, und dass er versucht, sein eigenes Volk zu unterdrücken ...«

Ihre Stimme erstarb.

»Wir müssen Elin zur Vernunft bringen«, sprach Talin an ihrer Stelle weiter. »Vorher muss Calum in Sicherheit gebracht werden. In seiner Wut ist Elin zu allem fähig. Erst recht, wenn er sich in die Ecke gedrängt fühlt. Er war schon als Kind unbeherrscht. Ares hätte sich mehr um ihn kümmern müssen.«

»Er hat trotz allem kein Recht, so mit seinem eigenen Volk umzugehen. Er ist kein gewählter König und selbst dann ... noch nie hat ein König so etwas gewagt«, wieder war es der Finstere, der sich in das Gespräch einmischte.

Ich sah ihn an.

»Wie heißt du?«, fragte ich ihn.

»Entschuldige, ich hätte mich vorstellen sollen. Ich bin Joel, Sohn von Jumis und Mali, und wie gesagt, ich mache mir große Sorgen um sie.«

»Das tut mir leid«, versuchte ich ihn zu trösten und griff nach der mir angebotenen Hand.

»Ist es nicht zu gefährlich für dich, allein nach Berengar zu schwimmen?«

Ich wusste mittlerweile, dass Berengar der Hauptsitz der Shellycoats war und Amia vermutete, dass Elin Calum dort im Palast gefangen hielt. Was Joel allein ausrichten wollte, war mir schleierhaft.

»Ich bin in Berengar aufgewachsen und kenne mich sehr gut aus. Ich glaube, ich kann herausfinden, wo Calum gefangen gehalten wird, ohne entdeckt zu werden«, beantwortete Joel meine Frage. »Trotzdem wäre es schön, wenn ich nicht allein gehen müsste.«

»Ich habe dir gesagt, dass ich dich begleiten werde.«

Der Junge neben ihm, der für einen Shellycoat ziemlich dunkelhäutig war, mischte sich ein.

»Das ist Vince, mein Ziehbruder«, stellte Joel den Jungen vor.

»Ich weiß nicht, ob das klug ist«, wandte er sich ihm zu. »Deine Verletzung ist nicht verheilt. Du solltest dein Bein noch nicht voll belasten.«

»Ich habe mich vor einer Woche verletzt«, erklärte Vince. »Beim Basketball.«

Er verzog sein Gesicht zu einer Grimasse.

»So ein blöder Sport. Aber meinem Kumpel Pat zuliebe habe ich mich dazu überreden lassen ...«

Er schlug Pat, der neben ihm saß, auf die Schulter.

»Was kann ich dafür, wenn du über deine eigenen Füße stolperst«, lachte dieser und boxte Vince in die Seite.

Talin, der seinem Gesichtsausdruck nach zu urteilen das Gespräch nicht sonderlich lustig fand, unterbrach das Geplänkel der beiden.

»Joel hat recht. Wir müssen wissen, was in Berengar vor sich geht. Muril kann uns nicht helfen. Elin hat nicht versucht, durch den Spiegel Kontakt mit mir aufzunehmen. Also sind wir gezwungen uns vor Ort ein Bild von der Situation machen. Ich habe selbst überlegt, zum Palast zu schwimmen, um Elin zur Vernunft zu bringen. Doch ich bin unsicher, wie viel Einfluss ich noch auf ihn habe. Wir sollten genau planen, wer gehen soll, und vor allem, wann dies geschehen soll. Ich werde mir in den nächsten zwei Tagen etwas überlegen. Dann treffen wir uns wieder hier.«

»Unsere Zusammenkünfte müssen streng geheim bleiben. Wir wissen nicht, wem wir trauen können. Ihr müsst eure Gedanken abschirmen, das ist jetzt wichtiger als je zuvor. Es ist möglich, dass Elin unter den Elfen Verbündete hat.« Raven sah jedem Einzelnen in der Runde ins Gesicht. Mich musterte sie einen Augenblick länger. Wahrscheinlich überlegte sie, ob es mir gelingen könnte, meine Gedanken für mich zu behalten.

»Trotzdem können wir weitere Verbündete gebrauchen. Aber überlegt gut, wer hierfür in Frage kommt. Was wir vorhaben, ist nicht ungefährlich.«

Wir blieben einen Moment sitzen und schwiegen. Dann ging Ferin zur Tür und lugte hinaus. Das Gelände um das Schloss lag dunkel und verlassen da. In der Ferne hörte man den Ruf eines Käuzchens. Ferin schlich mit seinen Freunden hinaus und wir anderen folgten ihm in einigem Abstand.

Erst als ich in meinem Bett lag, wurde mir die Ungeheuerlichkeit unseres Planes bewusst. Wir würden versuchen, Calum zu befreien, und sollte dies gelingen, würde ich ihn wiedersehen.

»Amia«, flüsterte ich in die Dunkelheit des Zimmers. »Wer ist Muril?«

Für mich klang das wie ein Name für Waschmittel.

»Muril ist der alles sehende Spiegel«, kam es verschlafen aus Amias Ecke. »Wobei ‚alles sehend' irreführend ist. Der Spiegel sieht nur den, der gesehen werden will. Mit seiner Hilfe kann Talin normalerweise Nachrichten aus Berengar erhalten. Aber der Spiegel öffnet sich nicht mehr. Deshalb wissen wir nicht, was dort vor sich geht.«

Sie gähnte.

Ich hörte, wie sie sich in ihrem Bett umdrehte. Dann wurde es still.

An Schlaf war in dieser Nacht nicht zu denken. Unruhig wälzte ich mich in meinem Bett hin und her. Erst als Raven, der mein Zappeln nicht entging, mir beruhigenden Gefühle schickte, fiel ich in einen traumlosen Schlaf.

Am Morgen erwachte ich völlig gerädert. Ich zog mir die Bettdecke über den Kopf und versuchte das Sonnenlicht, das durch die hohen Fenster ins Innere des Zimmers flutete, zu ignorieren. Es gelang mir, bis Amia mir die Decke wegzog.

»Beeil dich, wir schreiben einen Test bei Myron. Er wird nicht begeistert sein, wenn wir nicht pünktlich kommen.«

Stöhnend rappelte ich mich auf und begutachtete meine zerknautschten Sachen, die ich nach unserem nächtlichen Ausflug nicht ausgezogen hatte. Ich kramte frische Klamotten aus meinem Schrank und verschwand ins Bad. Einigermaßen erfrischt griff ich mir im Gruppenraum eine Wasserflasche und einen Toast und rannte durch die Gänge zum Unterricht. An der Tür prallte ich mit Myron zusammen, der diese soeben schließen wollte. Ich murmelte eine Entschuldigung und warf den halb angeknabberten Toast in den Mülleimer. Dann rutschte ich, Ravens missbilligende Blicke ignorierend, auf meinen Platz. Auf den Test, den wir heute schrieben, hatte ich mich gestern vorbereitet, so dass er mir nicht schwerfiel. Danach schweiften meine Gedanken zu unserer nächtlichen Zusammenkunft.

Abends in unserem Zimmer, als wir sicher waren, nicht belauscht zu werden, hatten wir Zeit, über alles in Ruhe zu reden.

Wir setzten uns an den Tisch, der unter einem der Fenster in unserem Zimmer stand. Es war der Platz, der am weitesten von der Tür entfernt war. Hier brauchten wir keine heimlichen Lauscher fürchten.

Ich fand, dass Raven damit etwas übertrieb. Im Gruppenraum war niemand mehr gewesen.

»Amia«, forderte sie diese auf. »Du kennst Elin am besten. Was denkst du, wo er Calum gefangen hält, und vor allem, wo er selbst sein könnte?«

Amia sah Raven ängstlich an.

»Ihr müsst mir versprechen, dass Elin nichts zustößt. Er ist mein Bruder. Auch wenn ich ihn dafür hasse, dass er unseren Vater getötet hat. Ich könnte es nicht ertragen, wenn ich mitschuldig an seinem Tod würde. Das musst du mir versprechen, Raven.«

Raven blickte ihr ins Gesicht.

»Amia, das kann ich dir unmöglich versprechen. Sicherlich wird niemand Elin absichtlich töten wollen. Aber wir wissen nicht, wie er kämpfen wird. Er hat seinen eigenen Vater getötet, glaubst du, er wird vor einem weiteren Mord zurückschrecken? Glaubst du, er würde dich verschonen?«

Amia senkte den Blick und Tränen fielen auf ihre Hände.

»Er muss vor den Großen Rat gebracht werden. So will es das Gesetz. Mehr verlange ich nicht.«

Raven nickte.

»Wir werden es versuchen, Amia. Ich verspreche es dir.«

Tröstend griff ich nach Amias Hand. Sie tat mir leid. Ich hatte Ares kaum gekannt und war traurig, ihn verloren zu haben. Für sie war er ein richtiger Vater gewesen. Es musste für sie viel schlimmer sein. Doch im Gegensatz zu ihr, fühlte ich kein bisschen Mitleid mit Elin. Ich hasste ihn aus tiefster Seele.

»Was wollen wir tun?«, fragte ich Raven.

Am liebsten wäre ich losgestürmt und hätte Calum gerettet. Mir war natürlich klar, dass das der größte Fehler gewesen wäre.

»Joel wird in zwei Nächten allein nach Berengar schwimmen. Vince ist nicht völlig gesund und es wäre dumm, wenn er Joel begleitet. Miro und Pat kennen sich in Berengar nicht aus, damit wären sie für Joel eher eine Belastung als eine Hilfe. Wir treffen uns in dieser Nacht bei Talin. Mit etwas Glück und Murils Hilfe können wir sehen, was in Berengar vor sich geht.«

»Was ist, wenn Joel entdeckt wird? Wird Elin dann nicht wissen, dass wir etwas planen? Wird Joel uns nicht verraten?«

Amia schüttelte den Kopf.

»Joel wird nie etwas verraten. Er kann ziemlich störrisch sein.«

Sie lächelte.

»Er konnte Elin nie leiden und das beruhte auf Gegenseitigkeit. Sie waren beide gleich dickköpfig. Wenn Joel sich etwas in den Kopf gesetzt hat, dann tut er das auch und nichts und niemand werden ihn daran hindern. Als Kind hat er mich beim Spielen oft wütend gemacht, weil immer alle nach seiner Pfeife tanzen mussten. Selbst wenn wir ihm verbieten würden, nach Berengar zu schwimmen, würde er es tun. Darum ist es besser, wir behalten ihn im Auge.«

Raven nickte zustimmend.

»Joel ist der beste Verbündete, den Calum haben kann. Wenn er es nicht schafft, ihn zu finden, dann keiner.«

Zwei Nächte später war es so weit. Die Aufregung machte mich ganz hibbelig, während ich komplett angezogen im Bett lag und darauf wartete, dass die alte Turmuhr Mitternacht schlug. Raven stand am Fenster und versuchte, die pechschwarze Nacht mit ihren Elfenaugen zu durchdringen.

»Ich sehe ihn«, flüsterte sie uns zu. »Wir warten einen Moment und dann gehen wir.«

Die folgenden fünf Minuten verstrichen im Schneckentempo. Endlich wandte Raven sich uns zu und bedeutete uns aufzustehen. Für diesen nächtlichen Ausflug hatte ich gleich schwarze Klamotten angezogen, da der schwarze Umhang beim Laufen hinderlich war. Auf Zehenspitzen schlichen wir hinter Raven her, die uns zielsicher durch die finsteren Gänge führte.

Plötzlich erklang vor uns ein Geräusch und Raven drückte uns in eine Nische. Schritte klapperten an uns vorüber. Hier war noch jemand im Dunkeln unterwegs. Ich hielt den Atem an, als die Schritte verklangen. Die Person drehte sich auf der Stelle, sagte aber kein Wort. In unserer Nische waren wir vom Gang aus nicht zu sehen. Auch Raven hätte die Person nur erkennen können, wenn sie um die Ecke geschaut hätte. Da setzten sich die Schritte wieder in Bewegung und verhallten schließlich in der Ferne. Ich atmete aus.

»Würde mich interessieren, wer in der Nacht hier rumschleicht und warum«, sinnierte Raven.

Dann setzte sie ihren Weg mit uns fort. Ich war noch nie in dem Bereich von Avallach gewesen, in dem die Lehrer ihre Zimmer hatten. Die Gänge waren breiter und selbst um diese Zeit brannten ein paar Fackeln. Raven bedeutete uns, leise zu sein, und klopfte das vereinbarte Zeichen an eine der schweren Türen. Sofort öffnete sich diese und Talin sah heraus. Als er uns erkannte, zog er die Tür auf und winkte uns herein, sorgsam darauf achtend, dass keine der anderen Türen sich öffnete. Sein Zimmer erinnerte mich an den Raum, in dem ich meinen ersten Aufenthalt in Avallach verbracht hatte. Es war luxuriös eingerichtet mit einem Himmelbett, dessen blutrote Vorhänge zugezogen waren, einem opulenten Schreibtisch und Bücherregalen an zwei Wänden. An einer anderen Wand befand sich ein offener Kamin, ähnlich denen in den Klassenzimmern, und darin brannte ein flackerndes Feuer. Talin deutete auf ein Sofa, das mitten im Zimmer stand, und wir setzten uns wortlos. In diesem Augenblick klopfte es wieder und Talin eilte zur Tür. Schnell ließ er auch unsere anderen Verbündeten hinein. Als letzter humpelte Vince über die Schwelle. Sein Bein machte ihm mehr zu schaffen, als er zugeben wollte. Er ließ sich auf einen der Sessel fallen und stöhnte.

»Ich hoffe, Joel schafft es ohne mich. Ich habe kein gutes Gefühl, ihn allein gehen zu lassen.«

»Es ist besser so, glaub mir, mein Junge.«

Diese vertrauliche Anrede ließ mich stutzen und ich sah Talin verdattert an. Hörte ich da eine Gefühlsregung in seiner Stimme? Doch er sprach schon weiter.

»Allein kann Joel sich viel besser verstecken und du hast keinen triftigen Grund, nach Berengar zu gehen. Selbst wenn Joel entdeckt wird, wird jeder verstehen, dass er sich um seine Eltern sorgt. Bei dir würde es anders sein. Jeder in Berengar weiß, dass deine Eltern auf Elins Seite stehen. Du wärst viel verdächtiger, wenn du dort herumschleichst.«

Vince nickte und ich erstarrte bei dieser Eröffnung.

»Deine Eltern gehören zu Elins Anhängern?«

Verlegen zuckte Vince mit den Schultern.

»Seine Eltern kann man sich nicht aussuchen, oder? Das müsstest du am besten wissen.«

Ich schluckte die Erwiderung, die mir auf der Zunge gelegen hatte, hinunter und schwieg. Wo er recht hatte, hatte er recht.

Als ich wieder aufblickte, lächelte Vince mich an.

»Calum, Pat und Joel sind meine besten Freunde. Ich würde sagen, hier ist Wasser mal dicker als Blut.«

In diesem Moment zog Talin ein schwarzes, mit goldenen Lettern beschriftetes Samttuch von der Wand und dahinter kam ein mannshoher Spiegel zum Vorschein.

Komischerweise schimmerte das Glas silbern. Und es war nichts darin zu sehen.

Ich trat zu dem Spiegel, um das Glas zu berühren, doch eine unsichtbare Schranke hielt mich ab. So sehr ich mich bemühte, ich konnte meine Hand dem Glas nicht nähern. Ungefähr fünf Zentimeter davor prallte ich jedes Mal ab.

»Muril kann nicht berührt werden«, erklärte mir Talin, der neben mich getreten war.

»Aber man sieht gar nichts«, erwiderte ich und gab meine Versuche auf. Stattdessen musterte ich den Rahmen des Ungetüms. Auch er war silbern und auf der einen Seite mit den unterschiedlichsten Schriftzeichen verziert. Die andere Seite wies tiefe Kratzer auf, auch wenn sich jemand bemüht hatte, diese glatt zu schleifen. Man sah deutlich, dass hier mit roher Gewalt vorgegangen worden war.

»Was bedeuten die Zeichen?«, fragte ich Talin.

»Diese Zeichen«, er wies auf die unbeschädigte Seite, »sind die Worte, die derjenige sprechen muss, der von Muril gesehen werden will. Die meisten Shellycoats lernen diesen Spruch schon im Kleinkindalter. Er dient ihrem Schutz. Droht eine Gefahr und sie sprechen diese Worte, so öffnet sich Muril und es kann ihnen jemand zu Hilfe eilen.«

»Wie lautet der Spruch?«, fragte ich und blickte ihn an, unsicher, ob er ausgerechnet mir die Worte verraten würde.

Zu meiner Überraschung sah er mich an und sagte in einer mir unbekannten Sprache:

»Gael mr lot,
sach rubim muril,
orengar en chalf«

»Hör mich an, heiliger Spiegel Muril, öffne dich und hilf mir«, übersetzte Amia andächtig Talins Worte. Tatsächlich flimmerte der Spiegel in diesem Augenblick auf und wir konnten uns in seinem Glas betrachten, wie wir hier im Zimmer standen. Im selben Augenblick murmelte Talin ein einzelnes Wort und das Bild verschwand. Er wollte sich abwenden, doch so schnell kam er mir nicht davon.

»Weshalb sind die Zeichen auf der anderen Seite zerstört worden?«

Er wandte sich mir wieder zu. Wut blitzte in seinen Augen und ich wich zurück.

»Woher weißt du davon?«

»Ich wusste es nicht, aber es ist wohl eindeutig.«

Talin berührte zärtlich den zerstörten Rand des Spiegels.

»Wir wissen nicht, was auf dieser Seite stand. Unsere Gelehrten vermuten, dass es der Spruch dafür war, jemanden durch Muril sehen zu können, ohne dass dieser den Spiegel darum bat.«

Verstehend nickte ich.

»Eine große Versuchung, oder?«

»Wir vermuten, dass der Spruch in der Zeit der großen Kriege vernichtet wurde. Die Möglichkeit, den Spiegel als Waffe zu benutzen und jederzeit jeden sehen zu können, diese Gefahr erschien einfach zu groß. Nicht auszudenken, was geschehen wäre, wenn der Spiegel in die Hände der Menschen gefallen wäre.«

»Oder in die Hände eines der anderen Völker«, erklang Ravens Stimme. »Es gab mehrere Versuche, den Shellycoats den Spiegel zu rauben. Nach der Vernichtung der Zeichen wurde er für die anderen Völker unbrauchbar. Jedenfalls war er nicht mehr so interessant. Und hier in Avallach ist er sicher wie in Abrahams Schoß, würden die Menschen sagen«, ergänzte sie.

»Und niemand kennt mehr diesen Spruch?« Bei der Vorstellung, welche Möglichkeiten wir damit hätten, wurde mir schwindelig.

Talin schüttelte bedauernd den Kopf.

»So hilfreich der Spruch manchmal wäre, es war weiser, ihn zu zerstören und alle Aufzeichnungen darüber.«

Enttäuscht wandte ich mich ab und setzte mich auf das Sofa. Das wäre eine nützliche Einrichtung gewesen. Ansonsten hatte uns der ganze magische Klimbim bisher nicht viel gebracht.

Bevor ich mich weiter darüber ärgern konnte, begann Muril abermals zu flackern und langsam manifestierte sich ein Bild. Joel grinste uns entgegen. Jetzt winkte er sogar.

»Mach nicht so einen Zirkus«, brummte Talin. »Erzähl uns lieber, was dort unten los ist.«

Erstaunt erkannte ich, dass man sich durch den Spiegel nicht nur sehen, sondern auch hören konnte. Das versöhnte mich fast mit dem Ding.

Joels Miene wurde ernst und er sah sich um, bevor er zu sprechen begann.

»Es ist ziemlich gruselig. Die Stadt ist wie ausgestorben. Elin hat um die gesamte Stadtmauer Wachen aufgestellt. Er traut dem Frieden nicht. Ich musste mehrere meiner Geheimzugänge prüfen, bevor ich einen fand, der nicht bewacht wird. Jetzt bin ich in der Stadt, aber ich habe es noch nicht geschafft, zu mir nach Hause zu schwimmen ...«

Das Bild fing an zu flackern und verschwand.

»Was ist nun passiert?«, fragte ich.

Auf Talins Gesicht zeichnete sich der Schreck ab, als er antwortete.

»Wir können nur hoffen, dass er nicht entdeckt wurde. Joel hat das Bild verschwinden lassen. Vielleicht will er sich besser verstecken.«

Zehn unendliche Minuten verstrichen, da flackerte das Bild wieder auf. Sofort versammelten wir uns um Muril.

»Puh, das war knapp«, stöhnte Joel. „Eine Gruppe von Elins Soldaten kam an mir vorbei. Sie hätten mich beinahe entdeckt. Ich bin jetzt bei mir zu Hause. Meine Eltern sind nicht hier und auch unsere Dienstboten sind verschwunden, nur Lepsius, der Sekretär meines Vaters, bewacht das Haus. Er hat erzählt, dass meine Eltern am Tag von Ares' Tod in Arrest genommen wurden. Den Gerüchten zufolge lässt Elin alle seine vermeintlichen Gegner ins Schloss bringen. Dort hat er sie nicht in die Verliese schließen lassen. Er will es sich mit den Mitgliedern des Rates nicht verderben und hofft auf deren Einlenken, und dass sie ihn zum König machen. Über Calums Verbleib weiß Lepsius nichts. Ich werde zum Palast schwimmen und sehen, was ich herausfinden kann.«

»Nein, Joel, du kommst auf der Stelle zurück«, befahl Talin.

Joel grinste ihn frech an und das Bild erlosch.

Als nach einer Stunde nichts weiter passiert war, schickte Talin uns ins Bett. Am Horizont war die erste Morgenröte zu erahnen. Ich hoffte, dass Joel es geschafft hatte.

»Wie funktioniert das? Talin ist doch nicht ständig in Murils Nähe. Wie kann er wissen, wenn jemand den Spiegel ruft?«, fragte ich Amia am Nachmittag.

»Talin spürt es, wenn Muril um Hilfe gebeten wird. Er ist der Hüter des Spiegels. Diese Aufgabe liegt schon immer in seiner Familie und wird nach ihm an Elin oder seine Nachkommen übergehen.«

Sprachlos sah ich sie an.

»Elin ist sein nächster Verwandter«, erklärte Amia in bedauerndem Tonfall. »Diese Aufgabe wird nur an männliche Verwandte übertragen. Nur sie haben die Gabe, Muril zu hören.«

»Nicht nur altmodisch, sondern auch frauenfeindlich«, brummte ich. »Ihr seid nicht gerade ein sympathisches Volk«, setzte ich hinzu.

Amia lächelte traurig.

»Wenn Talin etwas zustößt, kann nur Elin mit dem Spiegel etwas anfangen. Hab ich das richtig verstanden?«

Amia nickte bekümmert.

»Hast du mal versucht, ob du spürst, wenn der Spiegel benutzt wird?«

»Nein, natürlich nicht. Um diese Aufgabe erfüllen zu können, wird mit dem zukünftigen Hüter des Spiegels ein Ritual vollzogen. Erst dann kann er Muril hören.«

»Und das wurde natürlich nie mit einer Frau probiert«, setzte ich hinzu.

»Du hast es erfasst.« Raven war in unser Zimmer gekommen und schmiss sich neben mich auf das Bett.

»Und das wird es wohl auch nie. Lieber lassen die Shellys den Spiegel vergammeln, bevor sie ihn einer Frau anvertrauen.«

Ich lachte und Raven und ich ignorierten Amias beleidigten Gesichtsausdruck.

9. Kapitel

Das Warten wurde für uns zur Qual. Joel kam nicht zurück. Nicht an diesem Tag und nicht am nächsten. Immer wieder sah ich aus einem der großen Fenster zum See, der still und friedlich im Sonnenlicht lag.

Um mich abzulenken, ging ich nach dem Unterricht in die Bibliothek. Das war mein Lieblingsort im Schloss. Die meterhohen Regale mit den dicken uralten Büchern hatten eine ausgesprochen beruhigende Wirkung auf mich. Ich hatte mir vorgenommen, so viel wie möglich über die Shellycoats, ihre Geschichte, ihre Mythen und über ihre Magie zu erfahren.

Waren die Bibliotheken in London und Edinburgh in dieser Hinsicht eine Enttäuschung gewesen, so entpuppte sich diese als reine Goldgrube.

Morgaine war mir bei der Erfüllung meiner selbst gestellten Aufgabe eine unentbehrliche Hilfe. Ständig brachte sie mir neue Bücher, die sie aus den entferntesten Winkeln anschleppte. In dieser kleinen Person steckte eine unglaubliche Körperkraft. Keiner der Wälzer schien zu schwer zu sein, wenn sie damit heranflatterte. Wahrscheinlich ging das nicht mit rechten Dingen zu. Ich hatte inzwischen verstanden, dass jedes Volk über seine eigenen magischen Fähigkeiten verfügte. In der Regel waren die Völker nicht daran interessiert, diese Fähigkeiten zu teilen.

Elisien, die Königin der Elfen, hatte ein einziges Mal eine Ausnahme gemacht. Sie hatte Myron in das Geheimnis eingeweiht, die Gedanken anderer zu lesen. Angeblich hatten die beiden eine Affäre gehabt, was dem Ganzen einen romantischen Touch verlieh. Dieses Geheimnis hatte ich Raven mühsam abgerungen. Viele Elfen warfen Elisien diesen Verrat heute noch vor.

Ansonsten hütete jedes Volk eifersüchtig seine Fähigkeiten. Egal was für eine verklärte Weltsicht uns Myron in seinem Unterricht zu vermitteln versuchte.

In beiden Nächten trafen wir uns in der Hütte am See, um auf Joel zu warten. Langsam machte der Schlafentzug sich bemerkbar und ich hatte tagsüber Mühe, im Unterricht die Augen offen zu halten. Ich hatte keine Ahnung, wie Amia das aushielt. Raven sah frisch und munter aus. Was kein Wunder war, da zu ihrem ohnehin perfekten Aussehen die Elfen keinen Schlaf benötigten. So kam sie nicht einmal in den Genuss von dunklen Augenringen. Es war zum Wahnsinnigwerden.

In der zweiten Nacht geschah endlich etwas.

Vince hatte vor der Hütte Wache gestanden, während wir anderen drinnen gewartet hatten. Plötzlich steckte er seinen Kopf durch die Tür herein.

»Da tut sich was«, rief er uns zu und war im nächsten Augenblick verschwunden.

Gleichzeitig sprangen wir auf und drängelten nach draußen. Der See hatte zu leuchten begonnen. Mein Herz zog sich zusammen, als ich das funkelnde Blau sah. Dann fiel mir auf, dass es viel dunkler war als Calums Azurblau.

Talin rief uns zusammen.

»Seid vorsichtig«, befahl er. »Wir müssen sicher sein, dass Joel allein zurückkommt, obwohl er uns dies mit seinem Licht sicher zeigen will.«

Ohne Widerworte zogen wir uns vom Rand des Sees zurück und verharrten in sicherer Entfernung. Nach einer Weile begann das Licht zu verblassen und aus dem Schatten der Bäume, die am linken Ufer des Sees standen, löste sich eine Gestalt.

Es war Joel.

Vince lief ihm als Erster entgegen und boxte ihm erleichtert in die Seite. Über das ganze Gesicht grinsend kamen die beiden auf uns zu.

Wie nicht anders zu erwarten, musste Joel sich als Erstes eine Standpauke von Talin anhören.

»Was hast du dir dabei gedacht, zwei volle Tage fortzubleiben? Du hättest dich regelmäßig bei mir melden müssen. Mit deinem Alleingang hast du das ganze Vorhaben in Gefahr gebracht. Ich hoffe, dass niemand dich entdeckt hat.«

Joel schüttelte den Kopf.

»Nein, keine Sorge, mich hat niemand entdeckt.«

Erleichtert atmete ich aus.

Joel fuhr fort: »Obwohl es denkbar knapp war. Ich war bei uns im Haus und wollte gerade zum Palast schwimmen. Calum und ich sind früher oft über kleine Seitentüren hineingelangt. So mussten wir nicht das große Portal benutzen und konnten, wann immer wir wollten, rein und raus schleichen.«

Er lächelte bei der Erinnerung Vince verschwörerisch an.

»Ich will gar nicht wissen, was ihr damals alles angestellt habt«, fiel Talin ihm ins Wort. »Also was ist passiert?«

Raven unterbrach ihn. Etwas, was nur sie sich traute.

»Ich finde, wir sollten erst einmal hineingehen. Es wird bald hell und im Schloss werden wir sicher vermisst, wenn wir beim Wecken nicht da sind. Wir sollten dieses Gespräch später führen.«

Talin nickte zustimmend und im Gänsemarsch liefen wir zum Schloss.

Morgaine öffnete die Küchentür und ließ uns hinein.

»Ihr seid zu spät«, wisperte sie. »Passt auf, dass euch auf den Gängen niemand sieht.«

Wir teilten uns auf und liefen zu unseren Gruppenräumen.

Als wir die Tür zu unserem Zimmer öffneten, drehte sich Miss Lavinia, die in der Mitte zwischen unseren Betten stand, um und sah uns aufgebracht entgegen.

»Wo habt ihr drei euch um diese Zeit herumgetrieben?«, rief sie, bevor eine von uns etwas sagen konnte.

Amia und ich sahen sie betreten an, nur Raven wagte einen Angriff nach vorn.

»Wir waren früh wach und wollten das Frühstück aus der Küche heraufholen.«

»Und wo ist das Frühstück? Denkt ihr, ihr könnt mich für dumm verkaufen?«

»Die Feen waren noch nicht fertig«, Raven sah ihr fest in die Augen. »Wir sollen in einer Viertelstunde wiederkommen.«

Miss Lavinia blickte von einer zur anderen. Sie war zwar nicht überzeugt, ihr fiel aber keine Erwiderung mehr ein.

Dann drehte sie sich auf dem Absatz um und rauschte hinaus.

»Deckt wenigstens schon die Tische«, rief sie noch, dann schlug die Tür hinter ihr ins Schloss.

»Puh, das war knapp. Offensichtlich ist ihr unsere Abwesenheit gerade erst aufgefallen. Nicht auszudenken, wenn sie es früher bemerkt hätte«, meinte Amia.

»Dann hätte ich ihr erzählt, dass Talin uns eine Aufgabe gegeben hat«, erwiderte Raven. »Sie himmelt ihn an. Nie im Leben würde sie ihn fragen, ob das stimmt. Ist euch nie aufgefallen, dass sie immer rot anläuft, wenn sie ihn sieht?« Ich schüttelte den Kopf, zu müde, um einen klaren Gedanken fassen zu können.

»Vielleicht sollten wir sie fragen, ob sie sich uns anschließt«, murmelte ich.

Es war Samstag, also schulfrei. Als ich aufwachte, war ich allein im Zimmer. Suchend sah ich mich um und entdeckte einen Zettel auf meinem Nachtschrank.

»Bin mit Miro am See«, erkannte ich Amias Schrift. »Raven ist bei Talin. Wir treffen uns um 15 Uhr bei ihm.«

Ich blickte auf den kleinen schwarzen Wecker, der ebenfalls auf dem Schränkchen stand. Fünf vor drei.

»Mist«, murmelte ich und stürmte ins Bad. Das würde ich nie schaffen. Ich sah in den Spiegel und starrte in mein Gesicht, das mit dunklen Augenringen, umrahmt von meinem strubbligen Haarschopf, zum Gruseln aussah.

Es half alles nichts, ich musste duschen, um einigermaßen menschlich auszusehen. In Rekordzeit wusch und föhnte ich mir die Haare, zog frische Sachen an und lief aus dem Zimmer.

Im Gruppenraum stieß ich mit Miss Lavinia zusammen, die mich festhielt und missbilligend musterte.

»Wo wollen wir so eilig hin, junge Dame?«

Sie hielt mich für meinen Geschmack zu stark am Oberarm fest.

»Ich muss zu Talin«, rutschte es mir heraus und im selben Moment bereute ich, ihr die Wahrheit gesagt zu haben. Ihr war nicht entgangen, dass ich Talin normalerweise nicht ausstehen konnte. Was würde sie denken, wenn ich ihn an einem Samstagnachmittag aufsuchte?

»Nachsitzen«, setzte ich etwas lahm hinzu und hoffte, dass sie diese Notlüge schlucken würde. Sie musterte mich weiterhin misstrauisch, doch ihr Griff lockerte sich. Ich nutzte dies, riss mich los und stürmte davon. Ein komisches Gefühl blieb zurück. Weshalb hatte sie mich so angesehen? Bisher hatte ich mir über ihre Rolle keine Gedanken gemacht, jetzt fragte ich mich, auf wessen Seite sie stand.

Ich würde Raven fragen, ob wir ihr vertrauen konnten. Als ich zwanzig Minuten zu spät in Talins Zimmer platzte, erntete ich nur tadelnde Blicke. Ich stammelte eine Entschuldigung und setzte mich neben Amia.

»Du hättest mich wecken müssen«, raunte ich ihr zu.

»Ich konnte ja nicht ahnen, dass du den ganzen Tag verschläfst«, murmelte sie zurück.

»Wir müssen uns entscheiden, wie wir vorgehen möchten«, unterbrach Joel unseren Wortwechsel.

Jetzt hatte ich das Wichtigste verpasst. Joel hatte von seinem Ausflug berichtet. Wütend ballte ich meine Hände zu Fäusten.

»Fassen wir nochmal zusammen«, ergriff Raven das Wort und warf mir einen missbilligenden Blick zu. »Joel hat herausgefunden, dass Elin Calum immer noch im Palast gefangen hält. Und zwar, wie Amia erzählt hat, in dessen eigenen Räumen. Man könnte meinen, dass eine Befreiung damit einfacher zu bewerkstelligen ist als aus dem Gefängnis. Was aber bezweckt Elin damit?«

»Er will es sich nicht mit unserem Volk verscherzen. Er weiß, dass Calum viele Anhänger hat«, warf Vince ein und Miro nickte zustimmend.

»Viele werden es ihm vorwerfen, dass er seinen eigenen Vater getötet hat«, setzte er hinzu. »Auch wenn er dies als Unfall bezeichnet hat. Trotzdem wird es viele geben, die seinen Lügen keinen Glauben schenken. Deshalb hat er den Ältestenrat unter Arrest gestellt.«

Talin wandte sich von dem Fenster, an dem er gestanden hatte, uns zu.

»Er weiß nicht, wie er vorgehen soll. Er hat nicht den Mut, die Macht mit Gewalt an sich zu reißen. Er hofft, dass unser Volk ihn zum legitimen Nachfolger wählen wird. Elin wagt es nicht, Calum etwas anzutun, aber er wird alles dafür tun, seinen Ruf zu schädigen.«

Joel nickte.

»Jeder Shellycoat weiß, dass Calum sich mit Emma verbunden hat.«

»Moment mal«, fiel ich ihm ins Wort. »Das stimmt doch gar nicht.«

Alle starrten mich an und die Röte stieg mir ins Gesicht.

»Ob es stimmt oder nicht«, wischte Talin meinen Einwand beiseite, »entscheidend ist, dass Elin dies verbreiten lässt und dass das Volk ihm glaubt.«

Joel und Miro nickten und sahen mich zweifelnd an.

Wenn sie mir nicht glaubten, wie sollten es die Shellycoats tun, die mich nicht kannten?

»Was wäre überhaupt so schlimm daran?«, murmelte ich wütend. Amia zog die Luft ein und Talin kam auf mich zu.

»Was daran schlimm ist, möchtest du wissen? Es würde bedeuten, dass Calum eins unserer wichtigsten Gesetze gebrochen hat. Euch Menschen bedeutet die Einhaltung eurer Gesetze vielleicht nichts. Aber bei uns wird schon den Kindern beigebracht, dass es nichts Wichtigeres als den Schutz der Gemeinschaft gibt. Dafür müssen auch die Interessen eines einzelnen Mitgliedes zurückgestellt werden, wenn diese dem Volk schaden. Und die Offenbarung unserer Existenz ist an sich dramatisch genug. Calum konnte nicht sicher sein, dass er dir vertrauen kann.«

Seine Stimme war lauter geworden, während er sprach und nun baute er sich vor mir auf. Die hoch aufgerichtete Gestalt hatte etwas Bedrohliches. Als ich zu ihm aufsah, blickte ich in seine wutverzerrte Miene. Miro legte im selben Augenblick seinen Arm um mich und auch Raven eilte mir zu Hilfe.

Sie zog Talin zurück und sagte beschwichtigend: »Talin, Emma weiß das alles. Aber was geschehen ist, ist geschehen. Wir müssen nun das Beste daraus machen. Auch Elin ist kein Waisenknabe und er hat ebenfalls mehr als ein Gesetz gebrochen.«

Talin nickte zustimmend und zog sich auf einen Sessel am anderen Ende des Raumes zurück. Dann richtete er sein Wort an Joel.

»Bist du dir sicher, dass Calum nur von drei Soldaten bewacht wird?«

Joel nickte. Talin schüttelte ungläubig den Kopf.

»Ich kann nicht glauben, dass Elin seiner Sache so sicher ist. Er muss damit rechnen, dass Calums Anhänger versuchen, ihn zu befreien.«

»Wenn er tatsächlich einen Großteil dieser Anhänger unter Arrest gestellt hat, dann hat er nicht viel zu befürchten. Er vermutet bestimmt nicht, dass Hilfe von anderer Seite zu erwarten ist. Er wird Mittel und Wege gefunden haben, um über die Beschlüsse des Großen Rates unterrichtet zu werden, auch wenn er allen Shellycoats verboten hat, sich dort einzufinden«, sagte Raven.

Ich horchte auf.

»Der Rat hat noch einmal darüber beraten?«

Obwohl Talin anzusehen war, dass es ihm nicht passte, darauf angesprochen zu werden, sah er keine andere Möglichkeit, als uns darüber Auskunft zu geben. Nicht nur ich sah ihn erwartungsvoll an.

»Der Rat ist in den letzten Monaten so oft zusammengetreten wie seit Jahrhunderten nicht«, begann er. »Allerdings sind die Völker mittlerweile ziemlich zerstritten. Das ist ungeheuer problematisch. Auf keinen Fall darf der Rat an dieser Frage zerbrechen. Die Werwölfe und Faune dringen auf einen rigorosen Ausschluss der Shellycoats aus dem Rat und dem Bund der Völker.«

Kollektives Aufstöhnen der anwesenden Shellycoats erklang. Selbst ich verstand, was es bedeuten würde, sollten die Shellycoats ausgeschlossen werden. Allein würden sie keine Chance haben, in einer von Menschen dominierten Welt zu überleben. Es wäre ihr Ende.

»Selbstverständlich wollen die Elfen, Vampire und Zauberer dies nicht zulassen. Dafür müssen sie auf ihre Forderung verzichten, Calum zu helfen. Die Faune und Werwölfe sträuben sich mit aller Macht dagegen, dass die Regel, sich nicht in die inneren Angelegenheiten eines Volkes einzumischen, gebrochen wird. Jetzt geht es darum, wer es schafft, die kleineren Völker auf seine Seite zu ziehen. Viele von denen sind aber nicht bereit, sich zu positionieren. Elisien, Merlin und Myron möchten keine Entscheidung treffen, die das Gleichgewicht bedroht.«

»Es ist schrecklich, dass sich kein Shellycoat gegen Elins Befehl aufgelehnt hat«, mischte sich Vince in das Gespräch ein. »Ein stimmberechtigter Shellycoat müsste vor dem Großen Rat sprechen und unsere Sicht der Dinge darlegen. Dann würde ihnen die Entscheidung vielleicht leichter fallen. Elin ist ein Tyrann, der unser Volk in den Untergang führen wird.«

Talin blickte ihn ernst an. »Dieser Ansicht sind längst nicht alle Shellycoats, Vince. Und fändest du es weniger tyrannisch, ihnen deine Weltsicht aufzudrängen?«

»Das bringt uns nicht weiter. Es geht in erster Linie um Calum und wie wir ihn befreien können. Konntest du mit ihm sprechen, Joel?«, wandte ich mich an ihn und ignorierte Talins vernichtenden Blick.

Joel schüttelte den Kopf.

»Nein, leider nicht. Ich habe fast einen Tag lang in meinem Versteck gewartet, ob es eine Möglichkeit gibt, an den Wachen vorbeizukommen. Aber es ist mir nicht gelungen. Sie bewachen ihn besser, als es im ersten Augenblick den Anschein hat.«

»Aber er muss wissen, was wir vorhaben. Wir müssen ihm eine Nachricht zukommen lassen«, warf Amia ein. »Ich könnte zurückgehen, um mit Elin zu sprechen, und versuchen, ihn zur Vernunft zu bringen.«

»Das wirst du ganz gewiss nicht tun«, warf Talin ein. »Elin weiß, was dir Calum bedeutet. Er wird ahnen, dass du ihm helfen willst. Wenn er dich auch einsperrt, haben wir nichts gewonnen. Du wirst in jedem Fall hierbleiben. Haben wir uns verstanden?«

Amia nickte, schaute ihn aber nicht an. Ich sah, wie Miro nach ihrer Hand griff und diese kurz drückte. Auch Joels Blick dazu entging mir nicht. Ihm ging diese Vertraulichkeit zu weit. Als er sah, dass ich ihn beobachtete, verzog sich sein Mund zu einem Lächeln.

»Ich werde mit Vince noch einmal zum Palast schwimmen«, schlug er vor und sein Ton duldete keine Widerrede. »In zwei oder drei Tagen wird Vince soweit hergestellt sein, dass er mit mir schwimmen kann.«

Vince nickte eifrig zu diesen Worten.

»Einer von uns wird die Wachen ablenken und der andere versucht, zu Calum ins Zimmer zu kommen.«

Zu meiner Überraschung erhob Talin keine Einwände gegen diesen Plan.

»Wichtig ist, dass euch niemand bemerkt. Elin darf nicht einmal ahnen, dass jemand versucht, Calum zu befreien. Wenn er Calum woanders hinschafft oder ihn strenger bewachen lässt, haben wir keine Chance.«

Mir erschien dieser Plan unausgegoren, aber etwas Besseres fiel mir nicht ein.

»Was kann passieren, wenn wir Calum befreit haben? Was wird Elin tun?«, fragte ich in die Runde.

Alle schwiegen und sahen betreten auf den Boden oder an die Decke. Raven entschloss sich nach einer gefühlten Ewigkeit, mir zu antworten.

»Wir können nur vermuten, was Elin tun wird. Er ist sehr jähzornig und wir befürchten, dass ihm jedes Mittel recht sein wird, sich zu rächen. Es wird nicht lange dauern, bis er weiß, wer für Calums Befreiung verantwortlich ist.«

»Darum werden wir Myrons Unterstützung brauchen«, fiel Talin ihr ins Wort. »Und am besten auch Merlins. Unsere Magie reicht nicht aus, um Elin zu stoppen. Nach der Befreiung muss die magische Barriere um Avallach verstärkt werden.«

»Aber Myron hat verboten, dass wir uns einmischen. Er wird uns nicht helfen.«

»Deshalb können wir uns auch für kein genaues Datum entscheiden, wann wir losschlagen sollen. Bevor du kamst, hat Joel berichtet, dass Elin zu einem offenen Kampf mit Calum bereit ist, um seinen Anspruch auf den Thron zu legitimieren. Wir wissen, dass dieser Plan eine List ist. Elin wäre in einem fairen Kampf nie imstande, gegen Calum zu siegen. Das war er nie. Wir müssen Calum unbedingt vorher befreien. Dieser Kampf wäre sein Todesurteil.«

»Wann soll er stattfinden?«, fragte ich tonlos.

»In acht Tagen«, antwortete Joel.

»Dann bleibt uns nicht viel Zeit. Ich gehe zu Myron und spreche mit ihm.«

Entschlossen stand ich auf und wandte mich zum Gehen.

»Warte, Emma«, Talins Stimme klang unerwartet sanft, so dass ich mich verwundert umdrehte. Ich traute ihm nicht, egal was Amia und Raven sagten.

»Ich werde mit Merlin sprechen, vielleicht versteht er uns besser. Aber mach dir keine zu großen Hoffnungen. Ich glaube nicht, dass er sich gegen die Beschlüsse des Rates stellt.«

»Du hattest wochenlang Zeit, mit Myron oder Merlin zu sprechen, und hast es nicht getan. Ich frage mich, warum, Talin? Ich werde es selbst versuchen.«

»Das wirst du nicht tun. Damit gefährdest du das ganze Unternehmen. Wenn Myron von unseren Plänen erfährt und die Befreiung Calums verbietet, dann sind uns die Hände gebunden.«

»Und was willst du Merlin sagen?«

Talin schwieg und starrte mich mit zusammengezogenen Augenbrauen an.

»Er ist mir etwas schuldig«, stieß er nach einer Weile zwischen zusammengepressten Zähnen hervor.

»Ich werde diese Schuld von ihm einfordern.«

Mit weit ausholendem Schritt zog er an mir vorbei und verließ mit wehendem Mantel das Zimmer. Fragend sah ich von Joel zu Raven, beide sahen Talin mit ungläubigen Blicken hinterher.

Dann setzte lautes Stimmengewirr ein. Alle sprachen durcheinander, ich verstand nur Bahnhof. Wollte Talin Merlin erpressen? Was hatte er gegen ihn in der Hand, um ihn dazu zu bringen, sich gegen einen Ratsbeschluss zu stellen? Im Grunde war es mir egal. Hauptsache, es half. Wenn Merlin uns nur helfen würden, und das so schnell wie möglich. Der Gedanke, Calum in weniger als acht Tagen wiederzusehen, verursachte ein wohlvertrautes und lange vermisstes Kribbeln in meinem Magen. Acht Tage – trotz der vielen vergangenen einsamen Tage und Nächte erschien diese Zeit mir wie eine kleine Ewigkeit.

Während ich mit Raven und Amia zu unserem Zimmer zurücklief, entwickelte Raven einen Schlachtplan. Sie hatte mit Talin verschiedene Szenarien durchgespielt, in die sie uns jetzt einweihte. Es war unklar, wer alles mit Joel und Vince tauchen sollte, um Calum zu befreien. Sicher war nur, dass es zu einem Kampf kommen würde, und in diesem Kampf würde es Verletzte, wenn nicht gar Tote geben.

»Joel ist strikt dagegen, dass du mitkommst«, sagte Raven an Amia gewandt. »Du bist immer noch Calum versprochen«, fügte sie hinzu. »Joel lehnt es ab, dich als dessen künftige Frau in Gefahr zu bringen.«

Ich schnaubte empört aus, da legte Amia beschwichtigend ihre Hand auf meinen Arm.

»Joel hat mir überhaupt nichts zu befehlen. Ich kenne den Palast ebenso gut wie er. Ich könnte ihm eine große Hilfe sein.«

»Amia, das ist zu gefährlich. Lass die Männer in den Palast gehen. Gegen die Wachen hättest du keine Chance«, bat ich sie.

»Wir können außerdem am Ufer jede Unterstützung gebrauchen. Falls Elin versucht, Calum zu folgen, müssen wir bereit sein.«

Amia nickte.

»Ich könnte versuchen, Elin zur Vernunft zu bringen«, sagte sie leise. Ich sah, dass Tränen in ihren Augen glitzerten. Ich war ohne Geschwister aufgewachsen und konnte wohl nicht richtig verstehen, was diese Bindung für sie bedeutete.

Doch in den letzten Monaten war Amia zu einer echten Schwester für mich geworden und der Gedanke, dass ich je in die Situation kommen könnte, in der ich sie bekämpfen musste, verursachte mir fast körperliche Schmerzen. Ich griff nach ihrer Hand und hielt sie fest.

»Du denkst an meine Bedingung«, fragte Amia Raven. Die schaute sie ernst an und schüttelte den Kopf. »Das kann ich nicht versprechen, Amia. Es kommt darauf an, wie Elin sich verhält. Wenn er kämpfen will, werden wir uns verteidigen müssen. Es wäre das Klügste von ihm, wenn er sich ergibt und sich dem Rat stellt. Dann wird ihm nichts geschehen. Er und seine Anhänger müssen ihre gerechte Strafe erhalten, sonst gerät unsere Welt aus den Fugen.«

Amia nickte.

»Du musst daran denken, was er Ares angetan hat. Er hat ihn getötet - einfach so. Seinen eigenen Vater. Unseren Vater«, warf ich ein.

»Ich weiß das alles.« Amias Stimme klang flehend. »Aber er war so verbittert und Ares war ihm kein guter Vater. Er wollte nur, dass Ares ihn so liebt wie Calum.«

»Das entschuldigt nicht, dass er seinen eigenen Vater getötet hat«, erwiderte ich.

»Du hast ja recht. Aber es fällt mir schwer, ihn zu verurteilen. Für mich war er immer da und auch wenn er mich gehänselt und geärgert hat, wusste ich, dass ich mich auf ihn verlassen konnte. Er ist mein Bruder, wenn das nicht zählt, was dann?«

Schluchzend warf sie sich auf ihr Bett, kaum dass wir die Zimmertür geöffnet hatten. Raven und ich standen hilflos daneben, während ihr Körper unter ihren Weinkrämpfen bebte.

»Wir sollten sie allein lassen«, schlug Raven vor und ich folgte ihr in den Gruppenraum.

Meist war er um diese Zeit gut besucht. Zu unserem Leidwesen trafen wir nur Miss Lavinia an, die mit den letzten Handgriffen das Abendessen vorbereitete.

»Na Mädels, wo habt ihr den ganzen Tag gesteckt?«, fragte sie in aufgesetzt fröhlichem Tonfall, wie ich fand. Komisch, dass mir das heimtückische Zwinkern in ihren Augen erst jetzt auffiel. Oder litt ich unter Verfolgungswahn? Ich setzte mich auf meinen Platz, bemüht, meine Gedanken vor ihr zu verbergen, und griff nach einem Apfel. Ich begann ihn aufzuschneiden, während Raven das Gespräch mit Miss Lavinia in Gang hielt. Nach und nach fanden sich die anderen Mitglieder unserer Gruppe ein und setzten sich an die Tische. Amia blieb verschwunden. Ich machte einen Teller mit Früchten und ein bisschen Fisch zurecht und trug ihn nach dem Essen in unser Zimmer.

Zu meiner großen Verwunderung war Amia nicht da. Panik machte sich in mir breit. Ich hatte nicht bemerkt, dass sie an uns vorbeigekommen war. Um das Zimmer zu verlassen, musste sie durch den Gruppenraum. Wieso hatte sie sich davongeschlichen? Was, wenn sie Elin warnte? Ihm von unserem Vorhaben berichtete? Was, wenn ihre Geschwisterliebe stärker war als ihre Loyalität Calum und mir gegenüber? Mir wurde schwindelig. Der Teller mit dem Essen rutschte mir aus der Hand und zersprang am Boden in tausend Teile. Das Obst rollte unter das Bett. Ich tastete nach dem Bettpfosten und ließ mich auf mein Bett fallen, bevor mir meine Beine den Dienst versagten. Da stand Raven neben mir.

»Was ist los, Emma?«.

Sie schüttelte mich, um mich aus meiner Erstarrung zu befreien.

Ich deutete auf Amias Bett und sie folgte meiner Hand.

»Amia, sie ist weg. Was, wenn ...?« Ein lautloses Zischen aus Ravens Mund unterbrach mich. Da erst fiel mir auf, dass Miss Lavinia hinter ihr stand. In dem Moment, als ich aufsah, verzog sich ihr Mund zu einem mitleidigen Lächeln, das jedoch ihre Augen nicht erreichte.

»Wo ist Amia?«, fragte sie und sah missbilligend auf die Scherben.

Ich zuckte mit den Schultern, Raven antwortete an meiner statt: »Sie wollte zu Gawain und mit ihm über Elin sprechen. Schließlich war er Elins Lieblingslehrer. Sie hofft, er könne ihn zur Vernunft bringen.«

Ich wusste nicht, ob das stimmte. Falls es eine Lüge war, ging diese Raven ganz natürlich über die Lippen.

Miss Lavinia drehte sich um und verließ das Zimmer.

»Kannst du ihre Gedanken lesen?«, fragte ich, kaum dass sich die Tür hinter ihr geschlossen hatte.

Raven schüttelte den Kopf.

»Sie schirmt sich zu gut ab, das kommt mir komisch vor. Muss aber nichts zu bedeuten haben«, setzte sie lahm hinzu.

»Wo ist Amia wirklich?«

»Keine Ahnung, ich habe sie nicht weggehen sehen.«

Sie sah aus dem Fenster, wo das letzte Tageslicht langsam verlosch.

»Vielleicht wollte sie einfach allein sein«, schlug sie vor. »In diesem Irrenhaus ist immer jemand an einem dran, sagst du selbst immer.«

Wie zur Bestätigung ihrer Worte klopfte es an der Tür und ohne eine Aufforderung abzuwarten, schob sich Ferin herein.

Empört richtete sich Raven auf.

»Sag mal, Ferin, kannst du nicht abwarten, bis wir dich hereinbitten?«

Ferin wischte ihren Einwand beiseite.

»Talin schickt mich, wir sollen heute Nacht zum See kommen. Joel und Vince werden heute schon versuchen, zu Calum zu gelangen und ihn in unser Vorhaben einzuweihen. Sie wollen nicht länger warten«, flüsterte er, so dass ich ihn kaum verstand. »Wir werden in der Zeit einen genauen Schlachtplan aufstellen.«

»War Talin bei Merlin?«, fragte ich.

»Keine Ahnung. Er hat nichts gesagt«, antwortete Ferin.

Im selben Augenblick öffnete sich die Tür und Amia kam herein. Ihren Blick hielt sie gesenkt und weder Raven noch ich trauten uns, sie zu fragen, wo sie gewesen war.

Wortlos machten wir uns kurz nach Mitternacht auf den Weg zum See. Inzwischen hätte ich den Weg auch ohne Ravens Hilfe gefunden. Bald würden die nächtlichen Ausflüge ein Ende haben und Calum wäre wieder bei mir. Ich betete inständig, dass alles gut werden würde. Sollte einer oder mehrere unserer Freunde verletzt oder getötet werden, wie würden wir damit leben können?

Was, wenn wir es nicht schafften, Calum zu befreien? Was, wenn Elin von unseren Plänen erfuhr und Calum vorher tötete? Er konnte es sich nicht leisten, dass Calum überlebte. Misstrauisch sah ich mich nach Amia um, die hinter mir her schlich. Ich konnte ihre Züge in der Dunkelheit nicht erkennen. Sie hatte uns nicht verraten, wo sie gewesen war.

Amia war meine beste Freundin und Schwester und sie liebte Calum wie einen Bruder. Wem sollte ich vertrauen, wenn nicht ihr?

Vince und Joel standen am See und warteten auf uns.

»Wo bleibt ihr denn?«, zischte Joel. »Wir haben nicht ewig Zeit. In einer Stunde ist Wachablösung, bis dahin müssen wir zurück sein.«

Talin schnitt ihm das Wort ab.

»Keine Risiken, Joel. Versucht, mit Calum zu sprechen, und kommt sofort zurück. Nicht, dass du auf die Idee kommst, eine deiner zahllosen Verehrerinnen zu besuchen.«

Joel grinste.

»Niemand darf euch bemerken, wenn ihr nicht unser Vorhaben in Gefahr bringen wollt«, setzte Talin hinzu.

»Ich hab`s verstanden, Talin«, erwiderte Joel. »Wir sind in spätestens anderthalb Stunden zurück. Ich schlage vor, dass einige von euch am See warten und einige bei Muril. Wenn etwas Unvorhergesehenes passiert, können wir mit euch Kontakt aufnehmen.«

»Kein Risiko, Joel«, erwiderte Talin nachdrücklich.

Vince und Joel wandten sich ab und waren im selben Augenblick im Wasser verschwunden. Die Oberfläche kräuselte sich nicht einmal, so sanft waren die beiden eingetaucht.

»Raven, Emma – ihr kommt mit mir«, forderte Talin uns auf. Wortlos liefen wir hinter ihm her. Talin murmelte leise vor sich hin, doch ich verstand kein Wort. Es klang wütend, wie fast immer.

Raven ließ sich in einen der bequemen Sessel fallen, die überall in Talins Zimmer herumstanden. Talin baute sich vor Muril auf. Nichts passierte, außer dass eine endlose Warterei begann. In meinem ganzen Leben hatte ich nicht so viel Zeit mit nutzlosem Warten verbracht wie in den letzten Wochen.

»Warst du bei Merlin?«, brach ich das Schweigen, als ich die Stille nicht mehr aushielt. Talin tat, als hätte er mich nicht gehört. Resigniert verzog ich mich ebenfalls in einen Sessel und schwieg. Anderthalb Stunden später, ich musste eingenickt sein, stand Raven auf.

Ich schrak auf, als sie in die Stille hinein sagte: »Sie kommen zurück.«

Keine zehn Minuten später betraten Vince und Joel zusammen mit Miro, Amia und Ferin das Zimmer.

Die Augen von Vince und Joel leuchteten. Ich atmete auf. Alles war nach Plan verlaufen.

Ich sprang auf und lief den beiden entgegen.

»Wie geht es ihm?«, wandte ich mich an Vince, da Joel mit mir nach wie vor ein Problem hatte. Er schien nicht akzeptieren zu wollen, dass Calum und ich zusammengehörten. Immer öfter fiel mir auf, dass er mich merkwürdig von der Seite ansah. Auch jetzt schaute er über mich hinweg und blickte Talin an.

Der nickte ihm zu und deutete auf den Sessel neben ihm. Wir setzten wir uns und sahen Joel erwartungsvoll an.

»Es war einfacher, als wir gedacht hatten«, begann dieser zu sprechen.

»Die Wachen waren nicht besonders aufmerksam«, fiel ihm Vince ins Wort.

Ein kurzer Blick von Joel genügte und er verstummte.

Joel sprach weiter.

»Die Tür war nicht einmal abgeschlossen und als wir drin waren, war auch klar, warum. Calum lag im Bett und schlief. Er war betäubt. Wir brauchten eine ganze Weile, bis wir ihn so wach hatten, dass er uns folgen konnte. Wir wissen nicht, was Elin ihm verabreicht. Er muss es mit dem Essen bekommen.«

»Er wird es nicht wagen, ihn zu vergiften«, warf ich erschrocken ein.

Ich hatte Talins besorgten Gesichtsausdruck gesehen und wusste, dass dessen schlimmste Befürchtungen erfüllt wurden.

»So was habe ich erwartet«, sagte er. »Nur wenn er es schafft, dass Calum nicht bei Kräften ist, hat er eine Chance, ihn zu besiegen. Das Volk darf diesen Betrug allerdings nicht bemerken. Was eignet sich da besser als ein langsam wirkendes Gift.«

Ich sprang auf. »Wir müssen so schnell wie möglich etwas dagegen tun. Er wird ihn umbringen.«

Talin winkte ab.

»Das Gift wird ihn nicht töten, Emma. Es wird ihn höchstens betäuben und seine Kampfkraft schmälern.«

»Wie kannst du dir da sicher sein?«, fuhr ich ihn an. »Daran siehst du doch, dass Elin jedes Mittel recht ist.«

Talin ignorierte mich.

»Vier Tage«, sagte er nach kurzem Zögern, »dann schlagen wir los.«

Erleichtert atmete ich auf. Endlich würde das alles ein Ende haben.

10. Kapitel

»Peter, was machst du hier?«

Ich sprang auf und fiel ihm um den Hals. Er umarmte mich.

»Ich hatte heute Nacht meine Prüfung.«

Er sagte es in einem Ton, als ob es sich um eine Fahrprüfung gehandelt hätte und nicht um seine Aufnahme bei den Eingeweihten.

»Davon wusste ich gar nichts. Ist alles gut gegangen? Hast du bestanden? Weshalb hast du nichts gesagt? Ich bin so froh, dich zu sehen. Du musst alles genau erzählen.«

Noch einmal schlang ich meine Arme um seinen Hals und drückte ihn an mich.

»Kann ich vielleicht einen Tee und was zu essen bekommen? Die Prüfer haben wohl vergessen, dass wir Menschen regelmäßig Nahrung brauchen.«

»Kein Problem.«

Raven, die mir in unserem Gruppenraum gegenübergesessen hatte, sprang auf, um Peter Tee zu kochen. Danach verschwand sie, um kurze Zeit später mit einem voll beladenen Teller mit Sandwiches aus der Küche zurückzukommen.

»Morgaine ist ein Schatz«, setzte sie zu einer Erklärung an, während ich sie dabei musterte, wie eifrig sie Peter bediente. Dann setzte sie sich uns gegenüber.

»Darfst du erzählen, wie die Prüfung war?«, fragte ich ungeduldig.

»Hmm«, murmelte er mit vollem Mund, so dass mir nichts anderes übrig blieb, als meine Ungeduld zu zügeln. Die Alternative wäre gewesen, dass er verhungert vom Stuhl gekippt wäre, bevor er seine Geschichte zu Ende erzählt hatte. Darauf wollte ich es nicht ankommen lassen.

Nachdem er den riesigen Berg Sandwiches verputzt hatte, leckte er sich genüsslich die Lippen und lächelte Raven an.

»Du hast mir das Leben gerettet.«

Für mich unbegreiflich, lief Raven bei seinen Worten hellrosa an und versteckte ihr Gesicht hinter ihrer Teetasse. Dabei war sie sonst so schlagfertig. Das war bestimmt nicht das erste und sicher nicht das beste Kompliment, das sie von einem Jungen bekommen hatte.

Ich schüttelte den Kopf.

»Erzähl endlich«, stupste ich Peter unsanft an. »Was haben sie mit dir angestellt?«

»Also erst einmal: Ich habe die Prüfung bestanden.«

Er strahlte mich an.

»Das bedeutet, wenn Dr. Erickson seine Aufgaben nicht mehr erfüllen kann, darf ich an seine Stelle treten.«

»Du wirst ein toller Eingeweihter sein«, erklärte ich und war fest davon überzeugt. »Was musstest du tun?«

»Wichtig war ihnen vor allem, dass ich die Gesetze kenne. Dr. Erickson hat diese bis ins kleinste Detail mit mir durchgenommen. Dann musste ich die Historie der einzelnen Völker vortragen. Zum Schluss, und das war der wichtigste Teil, ging es um meine Motivation und darum, ob ich bereit bin, mein Leben und das Leben meiner Nachkommen dem Geheimnis zu widmen.«

Mit seiner Entscheidung hatte Peter seiner Familie, sollte er jemals eine haben, ein Leben mit dem Geheimnis um die Welt der sagenhaften Völker aufgebürdet.

Wie im Falle von Dr. Ericksons Familie, würden seine Kinder und Kindeskinder damit leben und die damit verbundenen Regeln beachten müssen.

Peter hatte sich das gut überlegt und sich dafür entschieden. Sicherlich auch zum Schutz seiner Eltern und Geschwister. Ich wollte nicht darüber nachdenken, was mit ihnen passiert wäre, falls Peter die Prüfung nicht bestanden hätte. Schon einmal stand sein Plan, der Nachfolger von Dr. Erickson zu werden, auf der Kippe, als Elin nach der Ratsversammlung vor gut einem Jahr geflohen war. Damals hatte man die Prüfung abgebrochen und auf unbestimmte Zeit verschoben.

Peter sah glücklich aus, jetzt, nachdem er diese Hürde genommen hatte ... und satt war.

»Lasst uns an den See gehen«, schlug Raven vor. »Ich kann ein bisschen frische Luft vertragen.«

Ihr Blick wanderte zu Lavinia, die sich an einen anderen Tisch gesetzt hatte und an einem undefinierbaren Stück Stoff nähte.

Wir zogen unsere Jacken an und liefen zum See. Die Sonne schien und für einen Frühsommertag war es erstaunlich warm. Wir setzten uns an einen Platz ins Gras, der von der Sonne gewärmt wurde.

»Es ist so friedlich hier«, sagte Peter und ließ sich nach hinten fallen.

»Das täuscht ein bisschen«, setzte Raven an und berichtete Peter von unserem Vorhaben, Calum zu befreien.

»Das Problem ist, dass wir nicht wissen, ob Elin über unseren Plan Bescheid weiß. Es gibt auch unter den Schülern Anhänger Elins. Und das sind nicht nur Shellycoats. Gerade die Werwölfe und Faune würden gern etwas gegen die Menschen unternehmen. Bisher konnten die anderen Völker sie im Zaum halten. Aber wenn Elin König der Shellycoats wird, sind diese drei Völker den Elfen, Zauberern und Vampiren überlegen. Dann könnten sie sich im Rat mit ihren Forderungen durchsetzen.«

Peter hörte ihr aufmerksam zu, obwohl er völlig übernächtigt aussah.

»Während der Versammlung habe ich einiges gehört«, sagte er. »Es muss einigen Shellycoats gelungen sein, zu fliehen und den Rat um Hilfe zu bitten.«

Überrascht sahen Raven und ich ihn an. Davon hatten wir nichts gehört.

»Elin hat gedroht, sich notfalls mit Gewalt gegen den Rat zur Wehr zu setzen. Er ist nicht bereit, seine Macht abzugeben. Momentan tut er, als solle es ein gerechtes Wahlverfahren geben. Aber im Grunde ist für ihn alles längst entschieden.«

»Damit ist klar, dass er Calum töten und jeden Widerstand gegen seine Politik im Keim ersticken wird«, sagte ich tonlos.

»Und der Rat wird sich niemals in den Konflikt der Shellycoats einmischen und damit einen Krieg provozieren, der uns alle vernichten wird«, ergänzte Raven.

Peter nickte.

»Ich schätze, dass ihr recht habt. Uns bleibt nur die Möglichkeit, Calum so schnell wie möglich zu befreien. Nur er kann Elin die Stirn bieten. Solange Calum lebt und Anspruch auf den Thron erhebt, kann Elin sich nicht rechtmäßig zum König wählen lassen.«

Wir schwiegen, bis Peter nach einer Weile fragte: »Kann ich euch helfen?«

Raven strahlte ihn an.

»Wir können jeden Mann gebrauchen, dem wir vertrauen können.«

»Dann bleibe ich.«

Es war soweit. Die Nacht der Entscheidung war gekommen und es gab kein Zurück.

Es fiel mir schwer, mir beim Abendessen meine Unruhe nicht anmerken zu lassen. Ich würgte einige Bissen hinunter, mir der forschenden Blicke Lavinias bewusst. Mittlerweile war ich sicher, dass ich mir diese nicht einbildete. Sie versuchte, hinter unser Geheimnis zu kommen, und ich fragte mich, warum. Ständig beobachtete sie uns und lungerte auffällig oft vor unserer Tür herum. Da Raven und Amia sich viel besser verstellen konnten als ich, war sie meistens in meiner Nähe, sobald ich den Gruppenraum betrat. Ich hoffte, dass ich sie mit meinem Verhalten nicht allzu argwöhnisch gemacht hatte.

Die Uhr des Schlossturmes schlug elf, als sich unsere Prozession zum See in Gang setzte.

Ich zählte fünfundzwanzig in schwarze Umhänge gehüllte Gestalten. Das waren viele, wenn man bedachte, wie sorgfältig wir bei der Auswahl hatten sein müssen, und trotzdem viel zu wenige.

Würden wir es schaffen, Calum zu befreien? Joels und Vinces Ausflug hatte uns Mut gemacht. Dass Calum nicht strenger bewacht wurde, ließ darauf schließen, dass Elin sich sicher fühlte.

Vielleicht war es aber eine Falle gewesen, um uns in Sicherheit zu wiegen und uns unvorsichtig werden zu lassen, schoss es mir durch den Kopf. Was, wenn Elin längst wusste, was wir planten? Wenn er uns erwartete und alle, die versuchten Calum zu befreien, in seine Hände fielen oder starben? Diese Möglichkeit hatte nie einer von uns bedacht.

Ich hörte Raven hinter mir nach Luft schnappen. Es war wie die Bestätigung meiner Ängste. Dann rannte sie an mir vorbei zu Talin.

Als wir den kühlen Schatten der ersten Bäume erreichten, atmete ich auf. Hier waren wir vom Schloss aus nicht mehr zu sehen. Raven und Talin hatten einen genauen Plan entworfen, wie wir Aufstellung nehmen sollten.

Jetzt redete Raven leise auf Talin ein, doch er wollte von ihren Einwänden nichts mehr hören.

»Wenn wir es jetzt nicht versuchen, Raven, dann hat Calum keine Chance mehr. Elin wird ihn morgen im Kampf töten. Willst du das? Wir haben nur diese eine Möglichkeit.«

Joel, Vince, Pat und Miro waren zu den beiden getreten und hörten mit ernsten Gesichtern Ravens Einwände an. Miros Gesicht wurde eine Spur blasser.

Joel wirkte nur noch entschlossener.

»Es gibt kein Zurück mehr, Raven. Egal was uns dort unten erwartet. Sollte Calum sterben, werden wir uns nie verzeihen, es nicht wenigstens versucht zu haben.«

Die anderen drei bestätigten seine Worte mit einem Nicken.

Also bezogen wir im Abstand von zwanzig Metern rund um den See unsere jeweilige Position, genauso wie wir es geplant hatten. Joel, Vince, Pat, Miro und zwei weitere Shellycoats würden zum Palast schwimmen, um Calum zu befreien. Wir hofften, dass er in der Lage war, zurückzuschwimmen. Joel hatte erfolgreich verhindert, dass Amia sie begleitete. So bezog auch sie ihren Platz am Ufer in der Nähe des Waldes, der an den See grenzte. Ich konnte mir nicht vorstellen, dass Elin versuchen würde an Land zu kommen, aber falls er es tat, würden wir ihn erwarten. Unsere Anzahl reichte nicht aus, den gesamten See zu umstellen, aber wir wagten es nicht, unsere Reihe weiter auseinanderzuziehen. So würden wir uns im Ernstfall zu Hilfe eilen können.

Amia stand rechts neben mir.

Nachdem die sechs in dem schwarzen Wasser verschwunden waren, breitete sich gespenstische Stille aus. Selbst der Wind legte sich und die Vögel schwiegen.

Mit jeder Minute, die verstrich, ohne dass jemand oder etwas an die Oberfläche kam, wurde die Situation unheimlicher. Angst kroch in mir hoch. Mein Atem ging schneller.

Raven kam zu mir. Ich nahm ihre Hand und hielt sie fest. Was würden wir tun, wenn sie es nicht schafften? Was, wenn jemand starb? Ich wurde panischer. Warum dauerte es so lange? War etwas schiefgelaufen? Was oder wer konnte etwas verraten haben?

Aufmunternd blickte Raven mich an. »Es wird alles gut werden.«

Zuversicht durchflutete mich bei ihren Worten.

Im dem Augenblick begann der See zu brodeln. Das war nicht gut. Es war geplant gewesen, dass sie so unauffällig wie möglich zurückkommen sollten.

Das konnte nur eins bedeuten: Man hatte sie entdeckt. Meine schlimmste Befürchtung war eingetreten. Wie kochendes Wasser türmten sich Wellen auf und rasten auf das Ufer zu, um am Rand des Sees in sich zusammenzufallen. Erschrocken wichen wir in den Wald zurück. Immer stärker brodelte das Wasser und wir am Ufer konnten nur erahnen, was sich unter der Wasseroberfläche abspielte. Dann begann das Wasser zu leuchten. Ich erkannte Joels dunkelblaues Licht und Miros jadegrünes. Immer bunter schimmerten die Wellen. Vorsichtig ging ich wieder einige Schritte ans Wasser. Das Licht entfernte sich und wurde eingesogen in die Tiefe des Sees.

Ohne weitere Ankündigung bildete sich ein Strudel, der sich im See hoch aufzutürmen begann. Er drehte sich immer schneller in den Himmel, so dass mir vom Zuschauen schwindelig wurde. Ich glaubte nicht, was ich sah. Am Rande des Strudels tauchten Shellycoats aus den Fluten. Einige waren bewaffnet, das konnte man selbst durch die aufschäumende Gischt erkennen.

Joel und die anderen befanden sich in Lebensgefahr. Jeder von ihnen hatte, da große Waffen beim Schwimmen zu hinderlich gewesen wären, nur ein kleines Messer mitgenommen.

Ich sah, wie sich in dem Strudel die Farben der kämpfenden Shellycoats miteinander vermischten, und begriff: Calum, Joel und die anderen waren in dem Strudel gefangen.

»Du musst etwas tun«, schrie ich Talin durch den Lärm zu. »Sonst werden sie alle sterben.«

Er konnte mich nicht hören. Ich stand viel zu weit von ihm entfernt und der Lärm verschluckte alle anderen Geräusche.

Talin stand wie angenagelt am Ufer und murmelte unentwegt etwas vor sich her. Doch egal was er sagte oder beschwor, es nützte nicht das Geringste. Das Kreiseln, Beben und Schwanken des Strudels wurde womöglich noch stärker.

Konnten Shellycoats ertrinken? Darüber hatte ich mir nie Gedanken gemacht. Hilflos sah ich zu Amia. Auch sie stand leichenblass zwischen den Bäumen am Ufer und blickte auf das Ungetüm, das sich vor uns auftürmte. Dann hörte ich, wie sie nach Luft schnappte. Ich schleuderte meinen Kopf herum und konnte nicht glauben, was ich sah. Der Strudel brach auseinander und stürzte in sich zusammen. Nun war das kein Turm aus Wasser mehr, sondern eine Art Trichter, der alles Wasser und jeden in die Tiefe sog. Meter um Meter zog sich das Wasser vom Ufer zurück. Amia packte mich am Arm.

»Wir müssen weg hier, schnell, Emma«, sagte sie tonlos und zog mich mit sich fort.

»Amia, was ist mit Calum, Miro und den anderen? Wir müssen ihnen helfen. Sie werden sterben«, widersprach ich ihr heftig und riss mich los, um ans Ufer zurückzulaufen.

»Es ist vorbei«, kreischte sie. »Wir können nichts mehr tun.«

Ich blickte in ihr schmerzverzerrtes Gesicht und konnte nicht glauben, was sie sagte. Wieder griff sie nach mir und ich ließ mich widerstandslos Meter für Meter fortziehen. Eine Welle der Hoffnungslosigkeit überrollte mich. Mitten im Wald ließen Amia und ich uns in das kalte Moos sinken. Durch die Bäume waren das Geschrei und der Lärm vom Ufer des Sees nur gedämpft vernehmbar. Amia begann neben mir zu schluchzen.

Ich kämpfte mit mir. Am liebsten wäre ich zurückgelaufen, um dem Grauen zuzusehen, doch ich wollte Amia nicht allein lassen. Talin musste uns verraten haben. Er hatte die Pläne gemacht. Nur er hatte gewusst, was wir vorhatten. Meine Wut wurde übermächtig.

Und jetzt, was tat er jetzt? Stand am Ufer und murmelte Zaubersprüche, wie in einem billigen Kinderfilm. Oder war es möglich, dass er dieses riesige Wasserding beschworen hatte? Er war schuld, wenn Calum und die anderen starben.

Während meine Wut auf Talin wuchs, sah ich funkelnde Lichter im Wald schimmern. Sie bewegten sich auf uns zu. Das waren keine einzelnen Lichtpunkte, sondern so viele, dass ich sie nicht zählen konnte. Ich blickte in die Richtung, in der ich die Hütten vermutete. Auf unserer Flucht hatte ich meinen sowieso nicht besonders stark ausgeprägten Orientierungssinn vollständig verloren. Auch dort schimmerten Lichter durch die Bäume, die vorher nicht da gewesen waren.

»Amia, sieh nur.« Ich deutete in die Richtung, aus der sich der Lichtschein auf uns zubewegte.

»Was hat das zu bedeuten? Da kommt jemand. Sollten wir uns nicht besser verstecken?«

Ich blickte mich um, um ein geeignetes Versteck auszumachen. Entdecken konnte ich nichts. Ich blickte nach oben, aber auf die Bäume zu klettern war unmöglich. Die dicken Stämme waren bis auf ihre dichten Kronen völlig kahl. Da schlugen die Lichter eine andere Richtung ein und entfernten sich von uns. Erleichtert atmete ich auf.

Ich war im dunklen Wald nicht erpicht auf eine unheimliche Begegnung. Andererseits, vielleicht kam uns jemand zu Hilfe. Ich beschloss, den Lichtern zu folgen.

»Amia, kommst du mit?«, flüsterte ich. »Lass uns sehen, wer da durch den Wald läuft.«

Amia schüttelte ihren Kopf.

»Lass uns hierbleiben, Emma, und abwarten, bis es vorbei ist, bitte.«

Flehend sah sie mich an. Ich konnte nicht untätig herumsitzen. Ich musste wissen, was los war. Wie viel Zeit war vergangen, seit wir in den Wald gelaufen waren? Ich wusste es nicht, ich hatte jegliches Zeitgefühl verloren.

»Kann ich dich allein lassen, Amia? Ich bin so schnell wie möglich zurück, versprochen.«

Sie reagierte nicht und sah nur apathisch auf das Gras zu ihren Füßen. Ich zog meinen Umhang aus und legte ihn ihr um die Schultern. Mit schlechtem Gewissen lief ich los. Die flackernden Lichter waren nur noch schwer auszumachen. Allerdings war ich schneller als sie. Trotzdem würde ich sie nicht einholen. Falls ich feststellen sollte, dass sie nicht in friedlicher Absicht kamen, würde ich niemanden warnen können.

Oder doch? Ich versuchte, mich auf Raven zu konzentrieren. Konnte das funktionieren? Wir hatten nie darüber gesprochen, über welche Distanz es ihr möglich war, meine Gedanken zu lesen. Ich versuchte, mich zu öffnen, zeigte ihr die vielen Lichter. Ich hoffte, dass sie mich hören konnte. Völlig außer Atem erreichte ich wenige Minuten später den Uferstreifen.

Ich blieb am Waldrand stehen und sah vorsichtig zwischen den Baumstämmen hindurch. Ich konnte kaum glauben, was ich dort sah.

Das musste Elisien sein. Niemals hatte ich ein schöneres Geschöpf gesehen. Raven hatte von ihr erzählt und sie beschrieben, doch das, was ich jetzt sah, hätte ich mir in meinen kühnsten Träumen nicht vorstellen können. Ein silbernes Kleid umspielte ihren schlanken Körper. Rot schimmerndes Haar fiel an ihrem Rücken herab und endete knapp über dem Boden. Eine silberne Spange hielt die Pracht notdürftig zusammen. Ihre ganze Haltung drückte Anmut und Grazie aus und trotzdem wirkte sie ehrfurchtgebietend wie niemand anders, den ich kannte. Tiefer Ernst lag auf ihren ebenmäßigen Zügen, während sie schweigend den See musterte, auf dem die Wellen in schimmerndes Licht gehüllt tobten. Hinter Elisien standen zahllose Elfen. Auch sie waren in silberne Gewänder gehüllt. Die ganze Umgebung war in unwirkliches, goldenes Fackellicht getaucht. Raven stand neben der Elfenkönigin und sprach mit ihr. Unschlüssig blieb ich stehen. Als hätte sie mich gehört, sah Raven auf und blickte direkt in meine Richtung. Kurz darauf hob Elisien eine Hand und aus der Gruppe der Elfen lösten sich zwei Männer und kamen auf mich zu. Ich wusste, dass ich vor den Elfen keine Angst haben brauchte, und wich trotzdem einige Schritte in den Wald zurück. Die Situation war so unwirklich, dass ich einen Moment nicht sicher war, ob ich nicht träumte. Bevor ich eine Entscheidung über mein weiteres Vorgehen treffen konnte, waren sie bei mir. Sie verneigten sich knapp und nahmen mich in ihre Mitte. Mir blieb keine andere Wahl, als mit ihnen zu gehen.

Raven und Elisien sahen uns entgegen, während wir drei durch die Dunkelheit auf sie zuliefen. Talin trat hinter Elisien hervor und stellte sich neben sie. Wut wallte in mir hoch. Er hatte uns verraten. Er war schuld, dass Calum und die anderen im See um ihr Leben kämpfen mussten. Es gab keine andere Erklärung. Sein verächtlicher Gesichtsausdruck war nur Bestätigung meiner Gedanken.

»Dass du dich traust hierzubleiben«, zischte ich ihn an.

Er zog seine Augenbrauen hoch.

»Ich weiß nicht, was du meinst«, entgegnete er und ich war erstaunt, wie kaltblütig er seine Schuld abstritt.

»Talin hat uns gerufen«, warf Elisien vermittelnd ein. Ungläubig sah ich sie an.

»Gegen die Magie, die Elin benutzt, kann Talin allein nichts ausrichten. Es ist dunkle Magie. Elin hätte sie nie benutzen dürfen«, erklärte sie weiter. »Es ist unsere Pflicht, diesen Missbrauch zu unterbinden. Es wird später zu klären sein, wie er dieses Wissen erlangen konnte.«

Sie schwieg und wandte ihren Blick zum Schloss. Die geschlossene Gruppe Elfen, die hinter ihr stand, öffnete sich, und wir sahen Merlin und Myron, die mit wehenden Mänteln zum See geeilt kamen. Ihnen folgten weitere Vampire und Zauberer. Ich konnte nicht so schnell zählen, um ihre Anzahl festzustellen, doch die Uferwiese war ziemlich bevölkert. Ohne ein Wort zu verlieren, stellten sich die Neuankömmlinge in einer seltsamen Formation am Ufer auf. Merlin, Myron, Elisien und Talin bildeten die erste Reihe. Raven zog mich fort.

»Emma, rühre dich von der Stelle«, wies sie mich an.

Ich lief zu Ferin, der seine Position am Ufer nicht verlassen hatte. Gebannt schauten wir beide dem Schauspiel zu, das sich uns bot.

»Das hat Elin auf keinen Fall einkalkuliert«, flüsterte Ferin mir zu. »Er muss sich sehr sicher gewesen sein, dass niemand ihm Einhalt gebieten wird. Aber dunkle Magie anzuwenden, das hätte ich ihm nicht zugetraut.«

Im Gleichklang begannen die Elfen, Zauberer und Vampire, das Wasser zu beschwören. Weißer Nebel floss aus ihren Fingerspitzen und legte sich über die Oberfläche des Sees. Das Wasser darunter versuchte, die Sperre zu durchbrechen, und an den Stellen, an denen der Nebel nicht fest genug war, gelang es einigen kleinen Fontänen, sich einen Weg zu bahnen. Kaum sprudelte das schillernde Nass durch die weiße Haut, murmelte Elisien einen Spruch und der Nebel verdichtete sich. Dann begann der Nebel in das Wasser einzudringen. Obwohl dies aussah, als würde er im Wasser versinken, vermutete ich, dass dieser weiße Nebel einen Kampf mit dem dunklen Nass ausfocht. Elisien, Merlin, Myron und Talin standen mit geschlossenen Augen am Ufer. Sie hielten sich mittlerweile an den Händen. Wie alle, die am Ufer standen und so miteinander verbunden waren. Dieser gewaltigen magischen Kraft würde Elin nichts entgegenzusetzen haben, hoffte ich. Aber er war nicht gewillt aufzugeben. Hier und dort veränderte sich die Farbe des Nebels. Erst wurde er grau und dann schwärzer. Die Luft um uns herum wurde kühler.

Ferin rückte näher an mich heran und legte einen Arm um mich, um mich zu wärmen. Nichts hätte in diesem Moment tröstlicher sein können. Trotzdem nahmen meine Anspannung und Angst wieder zu. Was, wenn alles nicht ausreichte, um Elin zu besiegen?

Da setzte Elisien sich in Bewegung und die gesamte Formation schloss sich ihr an. Sie gingen geradewegs ins Wasser. Eine stille, furchteinflößende Prozession setzte sich in Gang, um Elin in seinem ureigenen Element zu begegnen. Konnte das gutgehen?

Im selben Moment, in dem Elisien ins Wasser trat, begann der schwarze Nebel sich zurückzuziehen. Als würde die Magie der Elfen, Vampire und Zauberer sich im Wasser besser entfalten können. Elisien und Merlin sagten etwas in einer Sprache, die ich nicht kannte, und hoben zeitgleich ihre Arme in den Himmel. Ein Schrei entwich den Kehlen der anderen Elfen, Zauberer und Vampire, die reglos hinter ihr verharrten. In diesem Moment erhob sich eine Welle in der Mitte des Sees und rollte auf das Ufer zu. Ich wollte zurückweichen, doch Ferin hielt mich fest.

»Es ist vorbei, Emma. Du musst keine Angst mehr haben.« Erstaunt sah ich erst ihn an und dann den See.

Das Wasser wurde von einer einzigen Farbe dominiert und begann azurblau zu leuchten. Das Licht wurde stärker und stärker. Die Welle stoppte mehrere Meter vor dem Ufer, fiel in sich zusammen und rollte sanft am Ufer aus.

Es war nicht nur Wasser, das da an Land gespült wurde. Es waren auch Shellycoats. Auf allen Seiten des Uferstreifens wurden Gestalten an Land gespült. Die Wachen, die wir postiert hatten, nahmen sie in Empfang und brachten sie zu Elisien. Ich griff Ferins Hand, um ihn mit zum Ufer zu ziehen.

»Warte noch, Emma. Wir sollten sicher sein, dass es nur unsere Freunde sind, die da kommen.«

Ich konnte nicht warten. Ich brauchte Gewissheit. Ich musste wissen, ob Calum dabei war. Ich lief die paar Meter, als ginge es um mein Leben, und im Grunde ging es genau darum. Als ich am Ufer ankam, hatten die Elfen einen undurchdringlichen Ring gebildet und so sehr ich versuchte, mich durchzudrängeln, hatte ich gegen die kräftigen Elfen keine Chance.

Raven stand mit einem Mal hinter mir und zog mich fort.

»Ist er dabei, Raven, sag schon. Geht es ihm gut?«

Als sie nickte, fiel ich ihr um den Hals.

»Er ist verletzt«, sagte sie. Ich erstarrte, meine Arme noch um ihren Hals geschlungen.

»Nicht schlimm«, setzte sie hinzu. »Aber er ist noch nicht ganz bei sich. Vermutlich wirkt Elins Betäubungsmittel nach. Wir werden ihn erst einmal ins Schloss bringen.«

In diesem Moment öffnete sich der Ring aus Elfen vor mir und gab den Blick frei.

Da stand er. Gemeinsam mit all den anderen, die geholfen hatten, ihn zu befreien, und etlichen Shellycoats, die ich nicht kannte und die mit ihm angespült worden waren.

Wir hatten niemanden verloren, auch wenn einige verletzt zu sein schienen.

Ich konnte den Blick nicht von ihm wenden. Die Andeutung eines Lächelns lag auf seinem Gesicht. Nach der langen Trennung kam er mir schöner vor als je zuvor. Unendliche Erleichterung durchflutete mich. Der Knoten in meinem Bauch war verschwunden.

Im See war das Licht erloschen und Dunkelheit breitete sich aus. Der flackernde Schein der Fackeln hüllte uns in ein warmes Licht.

Ich konnte mich nicht bewegen. So sehr es mich zu ihm hinzog, wagte ich doch nicht, zu ihm zu gehen. Ich beobachtete, wie Myron Calum auf die Schulter klopfte und Peter Raven umarmte.

Allen war die Erleichterung über den gewonnenen Kampf anzumerken.

Merlin begann mit seinen Zauberern, sich um die Wunden der Verletzten zu kümmern.

Calum blutete am Arm. Es schien ihm nichts auszumachen. Ich suchte seinen Blick, aber er war zu sehr mit den Glückwünschen und Fragen beschäftigt, als dass er aufsehen konnte.

Immer noch bewegte ich mich nicht von der Stelle. Erst als der Zug sich in Richtung Schloss in Bewegung setzte, schloss ich mich an. Vince und Joel hatten Calum in ihre Mitte genommen und ließen ihn selbst nach seinen Protesten nicht los. Erst aus der Nähe sah ich, wie abgemagert er war, sein Haar war viel länger als früher. Als er sich eine Locke aus der Stirn strich, überrollte mich eine Welle der Zärtlichkeit. Für mich hatte er nichts von seiner Anziehungskraft eingebüßt.

Raven drängte sich zu mir und nahm meinen Arm.

»Emma, was ist los? Du schaust so ernst.«

Ohne eine Antwort abzuwarten, flüsterte sie mir ins Ohr.

»Warte, bis Calum allein ist, dann kannst du zu ihm.«

Ich nickte.

»Wo ist Amia?«, fragte sie dann.

Erschrocken sah ich mich um. Alle anderen waren, während der stumme Kampf am Ufer getobt hatte, von ihren Posten im Wald zurückgekehrt. Nur Amia nicht.

Im selben Moment kam Miro auf uns zu.

»Ich kann Amia nicht finden«, sagte er zaghaft.

Ich schluckte.

»Ich habe sie vorhin im Wald zurückgelassen ...«

Miro sah mich an und schüttelte ungläubig den Kopf.

»Allein?«

»Sie wollte unter keinen Umständen mit zum Ufer kommen und ich dachte, als ich die Lichter sah ...«, stammelte ich unzusammenhängend.

»Wo?«, fragte er knapp und lief zielstrebig zum Wald zurück.

Raven und ich sahen uns an und liefen hinter ihm her. Einige der Umstehenden hatten gehört, worüber wir gesprochen hatten, und schlossen sich uns an.

»Amia?« Miro begann zu rufen, noch bevor er den Wald erreicht hatte. Zwischen den Bäumen war es stockfinster. Ein paar Elfen stießen mit Fackeln zu uns.

Ich drückte Miro eine Fackel in die Hand und hielt ihn fest.

»Du musst dich konzentrieren, Miro. Dann wirst du sie spüren können.«

Mir kam diese Gabe immer noch merkwürdig vor. Aber hier würde im Moment nur Miro eine Chance haben, sie zu finden.

Er konzentrierte sich für einen kurzen Augenblick und lief tiefer in den Wald. Es dauerte nur wenige Minuten und wir hatten Amia erreicht, die im Moos saß und hemmungslos schluchzte.

»Amia. Es ist alles gut.« Miro kniete neben ihr nieder und zog sie an sich. Sofort klammerte sie sich an ihn.

»Sag schon, was ist mit dir? Es ist alles vorbei. Niemandem ist etwas geschehen. Niemand ist schwer verletzt«, versuchte ich, ihr Schluchzen zu durchdringen.

Tatsächlich wurde sie nach kurzer Zeit deutlich leiser und ließ sich von Miro hochziehen. Sie schniefte ein paar Mal und sah uns aus verweinten Augen an.

»Elin war hier«, erklärte sie mit zitternder Stimme.

Raven unterdrückte neben mir einen Ausruf.

»Hat er dir etwas getan?«, fragte Miro aufgeregt.

»Er ist geflohen und muss gespürt haben, dass ich allein im Wald war«, erklärte Amia. »Ich habe versucht, ihn dazu zu bringen, sich dem Rat zu stellen. Doch er wollte nicht. Er lebt lieber als Ausgestoßener, als sich einem Urteil des Rates zu unterwerfen. Das kann er niemals überleben.«

Wieder schluchzte sie.

Miro legte ihr einen Arm um die Schulter und versuchte, sie zum Gehen zu bewegen.

»Ich bring dich zum Schloss. Du musst dich aufwärmen und schlafen. Morgen können wir über alles reden.«

Ich sah aus den Augenwinkeln das ungläubige Kopfschütteln der Nebenstehenden. Elin hatte gegen so viele Gesetze verstoßen und dennoch nahm Amia ihn in Schutz.

»Sie hätte ihn aufhalten müssen«, murmelte ein Elf.

Ein Blick von Raven brachte ihn zum Schweigen.

Im Schloss angelangt, brachten Raven und ich Amia ins Bett. Miro trennte sich nur schweren Herzens von ihr. Ich hielt ihre Hand, bis sie eingeschlafen war. Erschöpft fiel ich auf mein Bett und begann mal wieder zu warten.

11. Kapitel

Es würde nicht lange dauern und der Tag würde anbrechen, dachte ich, als ich kurze Zeit später zu Calums Zimmer ging. Der erste Tag, an dem er wieder bei mir war. Dieser Zustand erschien mir unwirklich. Ich würde es erst glauben können, wenn er mich im Arm hielt. Das Warten darauf war unerträglich geworden.

Miro stand vor der Tür zu Calums Zimmer und sah mir ängstlich entgegen.

»Es tut mir leid, Emma, er möchte niemanden sehen. Du musst das verstehen, er ist sehr erschöpft, Merlin hat ihm ein Schlafmittel gegeben. Morgen kannst du bestimmt zu ihm.«

Verwirrt drehte ich mich um und lief in mein Zimmer. Amia wurde wach und sah mir verschlafen entgegen. Auch Raven lugte aus ihrem Bett hervor.

»Was ist los? Weshalb bist du nicht bei Calum?«, fragte Amia.

»Miro meinte, er wolle niemanden sehen.«

»Damit kann er unmöglich dich gemeint haben«, erwiderte Raven. »Miro ist ein Esel.«

Amia fuhr sich mit den Fingern durch ihre Haare und griff nach einem Umhang.

Sie nahm meinen Arm und zog mich trotz meiner Proteste durch die Flure zurück zum Krankenflügel.

»Miro, was denkst du dir dabei?«, begann sie leise auf ihn einzureden.

Miro wand sich unter ihren Vorhaltungen, dass er mir fast leidtat.

»Amia, jetzt kann ich auch noch warten, bis er aufwacht«, versuchte ich einzulenken.

»Er hat ausdrücklich ‚niemanden' gesagt«, begehrte Miro auf.

»Das ist großer Quatsch«, fuhr Amia ihm ins Wort. »Wahrscheinlich weiß er nicht, dass Emma hier ist.«

»Doch«, erwiderte Miro leise. »Ich hab es ihm gesagt. Aber er sagte ausdrücklich ‚niemand'.«

Wir starrten ihn an. Amia hatte es die Sprache verschlagen.

»Lass Emma trotzdem zu ihm.«

Wortlos trat Miro zur Seite.

»Bitte nur kurz, Emma«, bat er mich. Ich nickte und öffnete die Tür. In dem Zimmer war es dunkel. Nur wenig honiggelbes Mondlicht drang durch die Vorhänge herein. Es war kein Laut zu hören, außer Calums viel zu schnellen Atemzügen. Leise ging ich zum Bett und schob die Vorhänge beiseite. Calum lag zwischen den Kissen und wälzte sich im Schlaf hin und her. Erst jetzt sah ich, dass er nicht nur am Arm verletzt war. Um seinen Bauch war ein breiter weißer Verband gewickelt. Vorsichtig setzte ich mich an den Rand des Bettes und strich über seine fieberheiße Stirn. Die Haare fielen ihm feucht ins Gesicht. Neben dem Bett stand eine Schüssel mit kaltem Wasser. Ich befeuchtete den Lappen, der darin lag, und wischte ihm mit dem kalten Tuch über das Gesicht und seine glühend heiße Brust. Augenblicklich wurde er ruhiger. Es dauerte nicht lange und er begann wieder, sich unruhig hin und her zu drehen. Nochmals kühlte ich seine Stirn.

Er war wieder bei mir. Ich konnte es kaum fassen. Ich berührte sein Gesicht, seine schlanken Hände. Wie sehr ich ihn vermisst hatte.

Elin würde keine Macht mehr über uns haben. Wir würden hier in Avallach zusammenbleiben. Alles war gut, redete ich mir ein, während die Zweifel in meinem Hinterkopf zu nagen begannen.

Erschöpfung machte sich in mir breit. Ich weigerte mich, in mein Zimmer zu gehen. Ich wollte hierbleiben, bei Calum.

Ich legte mich neben ihn und legte einen Arm um seine Brust. Vorsichtig zog ich die dünne Decke über uns beide. Tief sog ich den Duft seiner Haut ein.

Als die ersten Sonnenstrahlen durch die Vorhänge lugten, stand ich auf. Noch einmal wischte ich mit einem kalten Tuch über Calums fieberheiße Stirn. Er wachte nicht auf. Dann verließ ich das Zimmer. Ich musste duschen und mich umziehen, dann würde ich zurückkommen.

Miro saß neben der Tür auf dem Boden und schlief.

Ein schöner Wächter.

Als ich keine halbe Stunde später vor Calums Tür stand, hatte eine mir unbekannte Elfe Wache bezogen und ließ sich nicht erweichen, mich zu ihm zu lassen.

Den ganzen Tag wartete ich, dass Miro oder jemand anders mich holen würde. Aber nichts geschah. Ich wusste, dass Peter bei Calum gewesen war, denn er hatte uns erzählt, dass es ihm besser ging. Das Fieber war gesunken. Für mich hatte er keine Nachricht.

Ich wurde immer unruhiger, etwas stimmte nicht. Es fühlte sich nicht richtig an. Wollte er mich nicht sehen? Wieder ging ich in den Krankenflügel. Doch egal wie ich bettelte, man ließ mich nicht zu ihm.

Das Ganze wurde immer unwirklicher. Calum war hier, ganz in meiner Nähe. Leider schien er weiter weg als jemals zuvor.

Ich beschloss, mit Myron zu reden. Er musste wissen, was los war. Allerdings war Myron nicht im Schloss. Auch bei Merlin klopfte ich vergebens. Zu Talin traute ich mich nicht. Ich hatte ihn mit meinen Verdächtigungen beleidigt.

Ich ging zu unserem Zimmer. Im selben Moment, als ich den Gruppenraum betrat, wurde mir klar, dass etwas nicht stimmte.

Die ganze Gruppe schien sich versammelt zu haben und alle redeten durcheinander, so dass ich nicht verstehen konnte, worum es ging.

Es dauerte eine Weile, bis ich begriff. Miss Lavinia war verschwunden und Gawain. Niemand wusste genau, was passiert war. Raven sah mich über die Menge hinweg an und ich bedeutete ihr, mit in unser Zimmer zu kommen. Erst als ich die Tür hinter uns verschlossen hatte, fragte ich: »Miss Lavinia und Gawain waren Elins Verbündete im Schloss?«

Raven nickte.

»Es sieht so aus. Beide sind verschwunden und was das Schlimmste ist - davon weiß allerdings noch niemand, und du musst versprechen, es vorerst für dich zu behalten - sie haben Muril gestohlen.«

Ich erstarrte. »Das ist unmöglich. Wie sollen sie das geschafft haben?«

»Ich habe keine Ahnung. Ich vermute, dass sie das lange geplant haben. Während des Kampfes hatten sie genug Zeit, den Spiegel zu stehlen. Wir versammeln uns gleich bei Talin, damit sie berichten können, was gestern Nacht im See passiert ist.«

Kurz darauf traten wir in Talins Zimmer, wo sich alle, die letzte Nacht mit uns am See gewesen waren, versammelt hatten. Nur Peter und Miro fehlten. Alle starrten auf die Stelle, an der die vorherigen Tage Muril gehangen hatte. Jetzt war auf dem Putz nur eine staubige Umrandung zu erkennen. Das seidene Tuch, das den Spiegel verhüllt hatte, lag achtlos auf dem Boden.

Bevor ich mir darüber klar werden konnte, was der Verlust des Spiegels bedeutete, traten Miro und Peter ins Zimmer.

»Nun, da alle sich endlich eingefunden haben«, begann Talin mit sarkastischem Unterton, der ihm nie verlorengehen würde, »können wir beginnen.«

Peter quetschte sich zu mir in den Sessel.

»Joel, Vince, würdet ihr uns bitte erzählen, was genau letzte Nacht im See passiert ist?«, forderte er die beiden auf.

Vince warf einen Blick zu Joel, damit dieser begann. »Erst lief alles wie geplant. Wir schwammen zum Schloss. Jeder einzeln und auf einem anderen Weg, wie wir es beschlossen hatten. An dem Eingang, den Vince und ich das letzte Mal benutzt hatten, trafen wir uns. Es war nichts Ungewöhnliches zu entdecken.«

Er machte eine Pause.

»Pat und Jason blieben am Eingang, damit nicht zufällig jemand den Palast aus dieser Richtung betreten konnte und dieser Rückweg für uns offen blieb«, erzählte Vince weiter. »Aber dann lief auf einmal alles schief. Während wir versuchten, Calums Zimmer zu erreichen, fiel uns auf, dass viel mehr Wachen unterwegs waren als bei unseren vorherigen Besuchen. Mehrmals gelang es uns nur im letzten Augenblick, uns zu verstecken. Wir erreichten den Flur, auf dem Calums Zimmer lag, und mussten feststellen, dass diesmal vier Wachen Stellung bezogen hatten. Wir beschlossen, dass jeder von uns eine Wache übernehmen und überwältigen sollte. Wir hofften, dass nicht auch in Calums Zimmer Wachen waren.«

Vince blickte zu Joel, der an seiner Stelle fortfuhr.

»Wir warteten einen geeigneten Augenblick ab und dann griffen wir an. Dummerweise konnte eine der Wachen entkommen. Die anderen überwältigten wir und drangen wir in Calums Zimmer ein. Dort erwartete uns Elin mit weiteren Wachen. Calum stand neben ihm und war immer noch unter dem Einfluss des Betäubungsmittels. »Haben meine

Informanten tatsächlich recht gehabt«, begrüßte Elin uns, als wir eintraten.«

Der Schreck stand Joel bei der Erinnerung ins Gesicht geschrieben.

»Spätestens jetzt war klar, dass wir verraten worden waren. Gegen diese Übermacht hatten wir nicht den Hauch einer Chance. Die Wachen nahmen uns in ihre Mitte und führten uns und Calum hinaus. Elin hatte sich etwas Besonderes ausgedacht, um uns zu bestrafen und seine Macht zu demonstrieren. Jedoch hatte er nicht damit gerechnet, dass zwei von uns an dem Geheimzugang warteten. Als Pat und Jason sahen, dass man uns gefangen genommen hatte, griffen die beiden Verrückten die ganze Truppe an. Die Ablenkung reichte aus, damit wir uns losreißen konnten. Ohne Waffen hatten wir keine Chance, aber wir wollten uns nicht kampflos ergeben. Sobald Elin sah, dass wir vorhatten, uns zu wehren, begann er, diesen furchtbaren Strudel zu beschwören. Ich glaube, er hat nur darauf gewartet, zu zeigen, dass er dunkle Magie beherrscht.«

»Ich war sicher, dass wir sterben würden. Wir alle, ausnahmslos«, fiel Vince ihm ins Wort und der Schrecken der Erinnerung stand in seinem Gesicht.

Schon vom Ufer aus hatte der Strudel bedrohlich gewirkt. Wie ein namenloses Monster, das alles und jeden verschlingen wollte. Wie mussten sich die Jungs in seinem Inneren gefühlt haben?

»Niemals hätten wir uns daraus befreien können«, ergänzte Joel. »Elin zwang Calum, alles mit anzusehen. Er versuchte sich loszureißen. Vier Wachen waren nötig, um ihn daran zu hindern, uns zu helfen. Elin stand daneben und amüsierte sich prächtig. Er wollte an uns ein Exempel statuieren, um jeden weiteren Widerstand zu ersticken. Dann konnte Calum sich befreien und sprang in den Strudel. Elin befahl seinen Wachen, uns zu folgen und zu töten. Wenn die

Elfen, Vampire und Zauberer uns nicht zu Hilfe gekommen wären, hätten wir das nie überlebt«, beendete er seinen Bericht.

»Danke, Talin«, setzte Vince hinzu. »Wenn du sie nicht zu Hilfe gerufen hättest, wären wir alle tot.«

Talin nickte und ich verkroch mich tiefer in meinen Sessel. Ich dummes Schaf hatte die ganze Zeit gedacht, dass er hinter dem Verrat steckte, und nun stellte sich heraus, dass er der Held und große Retter war. Das war zu peinlich.

»Danke, dass ihr uns so ausführlich berichtet habt. Wie ihr alle wisst, ist Elin nach dem Kampf geflohen und mit ihm viele seiner Anhänger. Sie werden sich einen Platz suchen, wo sie ungestört Pläne schmieden können. Elin hat sich in den vergangenen Jahren offenbar einen großen Erfahrungsschatz an dunkler Magie zugelegt. Er hat es geschafft, sich seinem Volk zu entziehen. Wir können ihn nicht mehr aufspüren. Er hat einen Bann um seine Spur und die seiner Anhänger gelegt.«

Totenstille erfüllte den Raum bei diesen Enthüllungen.

»Und jetzt besitzt er Muril«, sagte er mit schleppender Stimme und wir alle konnten den Verlust mit ihm fühlen.

»Niemals hätte ich gedacht, dass Gawain diesen Verrat an seinem Volk mitträgt. Wenn ich nur geahnt hätte ...«

»Niemand von uns hat Gawain jemals verdächtigt«, fiel Raven ihm ins Wort. »Nur Miss Lavinia haben wir misstraut, aber ohne Beweise ...« Sie brach ab. »Emma hat uns darauf gebracht.«

Alle sahen mich an.

»Es war nur ein unbestimmtes Gefühl«, wehrte ich ab. »Sie hielt sich auffällig oft in meiner Nähe auf und na ja, jeder weiß ja, dass ich kein Meister im Verbergen meiner Gedanken bin.«

Weiter kam ich nicht.

»Meinst du etwa, Lavinia konnte die ganze Zeit in deinem Kopf unseren Plan durchstöbern?«

Pat klang aufgebracht.

»Nein, ich habe darauf geachtet, dass Emma sich einigermaßen verschließt«, beschwichtigte Raven ihn.

»Ich glaube, sie hat uns mehr beobachtet, als wir glaubten, und sie und Gawain haben sich einiges zusammengereimt. Dass Emma Calum befreien wollte, war im Schloss kein großes Geheimnis. Dass wir es tatsächlich planten und umsetzen wollten, schon.«

Das war einigermaßen untertrieben. Als sich die Ereignisse heute Morgen im Schloss rumgesprochen hatten, summte es wie in einem Bienenstock. Jeder, der erst jetzt von der Aktion erfahren hatte, wollte genau wissen, was passiert war, und die wildesten Gerüchte hatten die Runde gemacht. Das meiste davon war, wie in dieser Situation nicht anders zu erwarten, völlig abstrus.

»Was können wir unternehmen, um Muril zurückzubekommen?«, fragte Amia zaghaft.

»Wir tun erst einmal nichts. Der Große Rat ist zusammengetreten und Elisien, Myron und Merlin werden die Faune, Werwölfe und die anderen Völker überzeugen müssen, dass ihr Eingreifen notwendig war. Die dunkle Magie, die Elin angewandt hat, ermächtigte sie dazu. Das wird zu ihren Gunsten sprechen. Das Gesetz sieht diese Möglichkeit ausdrücklich vor«, antwortete Talin.

»Wie geht es Calum heute?«, fragte Joel, der den Vormittag verschlafen hatte.

»Den Umständen entsprechend. Die Wunden sind nicht so schwer. Die Nachwirkungen des Betäubungsmittels, das Elin ihm verabreicht hat, und der Blutverlust machen ihm mehr zu schaffen. Er schläft immer wieder ein. Es wird einige Tage dauern, bis das vergeht«, antwortete Peter.

»Wann kann ich endlich zu ihm?«, fragte ich ihn flüsternd.

»Keine Ahnung.«

Peter sah zerknirscht aus.

»Was ist los?«, fragte ich alarmiert.

»Lass ihm einfach ein paar Tage Zeit, sich zu erholen. Ok? Dann wird er nach dir schicken, da bin ich sicher.«

Ich kannte Peter zu gut, um zu wissen, dass er mir nicht die volle Wahrheit sagte.

Ein unangenehmes Kribbeln machte sich in meinem Bauch bemerkbar.

Ich hörte der folgenden Diskussion nur mit halbem Ohr zu und versank in meinen eigenen Überlegungen.

Was, wenn Calum mich nicht mehr liebte? Was, wenn ihm während der Trennung seine Gefühle für mich verloren gegangen waren? Wäre das so unmöglich? Wir hatten uns ein gutes Jahr nicht gesehen, nicht miteinander gesprochen, einander nicht berührt. Ich liebte ihn immer noch, aber ging es ihm genauso?

Ich schreckte aus meinen Gedanken, als die Stimmen im Raum lauter wurden.

»Ich verstehe nicht, Amia, wie du ihn gehen lassen konntest. Du hättest ihn festhalten oder wenigstens um Hilfe rufen müssen.«

Die Anschuldigungen kamen von Joel und Amia lief bei seinen Worten rot an.

»Ich konnte nicht«, flüsterte sie. »Ich konnte ihn nicht daran hindern, zu fliehen. Er ist immer noch mein Bruder. Ich wollte ihn nicht verraten.«

»Das kann ich nicht glauben. Er hat uns alle beinahe umgebracht. Du kannst froh sein, dass er dich nicht mitgenommen hat. Was, wenn er Calum mit dir erpresst hätte? Hast du denn gar nicht nachgedacht?«, schrie er sie an.

»Schrei sie nicht so an.«

Ich hatte Miro noch nie so wütend erlebt. Er legte einen Arm um Amias Schultern und dankbar lehnte sie sich an ihn.

Joels Gesicht wurde womöglich noch röter, wenn das möglich war.

»Fass sie nicht an«, fuhr er Miro an. »Sie ist deine zukünftige Königin. Wie kannst ausgerechnet du es wagen ...«

Miro wurde blass.

»Jetzt beruhigt euch erst einmal wieder.«

Talin zog Amia von Miro weg und platzierte sie auf einem Sofa. Ich stand auf und setzte mich neben sie.

Sie starrte kreidebleich auf ihre Hände. Nach einer Weile sah sie auf und suchte Miro. Liebevoll lächelte sie ihn an und er strahlte zurück. Nur kurz dauerte dieser Blickwechsel und ich glaubte nicht, dass ihn außer mir jemand bemerkt hatte.

Langsam gingen wir, nachdem alles Wichtige besprochen worden war, in unser Zimmer zurück.

»Was ist da zwischen dir und Miro?«, fragte ich Amia.

»Wieso? Was soll da sein?«

»Ich sehe doch, wie ihr euch immer anschaut und wie er versucht, auf dich aufzupassen. Er hat gestern Nacht fast den Verstand verloren, als du nicht am Ufer zu finden warst. Er hat dich im Wald aufgespürt. Sag mir nicht, da ist nichts zwischen euch beiden.«

»Erzähl niemandem davon«, bat sie mich.

»Du bist verliebt in ihn, stimmt's?«

Sie nickte zaghaft.

»So nennt man das wohl bei den Menschen, oder?«

»Nicht nur bei den Menschen, du Schaf. Ihr mit euren vorsintflutlichen Gesetzen habt dafür bloß kein eigenes Wort«, mischte Raven sich ein, die neben uns ging.

Gegen unseren Willen mussten wir lachen und ich drückte Amias Hand.

So viel hatte ich mittlerweile auch kapiert, auch bei den Shellycoats gab es Standesunterschiede, die eine Verbindung unmöglich machen konnten.

Die Welt war eben überall ungerecht.

»Nicht überall«, mischte Raven sich in meinen Kopf.

»Ich kann als Partner wählen, wen ich will.«

Triumphierend lächelte sie uns an.

»Und verrätst du uns auch, wer der Glückliche ist?«

Sie schüttelte ihren Kopf. »Keine Chance.«

Damit wandte sie sich der nächstliegenden Treppe zu und lief hinunter.

»Bis später«, rief sie und verschwand.

»Weißt du, wer es ist?«, fragte ich Amia neugierig.

Sie schüttelte ihren Kopf und öffnete die Tür zu unserem Gruppenraum.

»Ich verstehe es nicht, Amia. Erklär es mir. Was soll das? Weshalb will er mich nicht sehen? Ich warte seit vier Tagen.«

»Emma, ich weiß nicht, ob du es verstehen kannst. Du hast so viel für ihn getan. Und jetzt verhält er sich so ...«

»Er verhält sich gar nicht«, unterbrach ich sie schneidend.

Ich spürte, wie Raven versuchte, mich zu beruhigen.

»Lass das«, wandte ich mich wütend zu ihr um. »Ich will nicht beruhigt werden. Ich will wissen, was los ist. Ich dachte, wenn wir ihn befreit haben, dann ...«

Ich verstummte.

Was hatte ich gedacht? An den Gesetzen seines Volkes hatte sich schließlich nichts verändert. Weshalb sollte sich etwas an unserer vertrackten Beziehung geändert haben?

»Ich werde ihn nie so lieben können, wie du ihn liebst«, kam es jammernd von Amia.

Mein Kopf ruckte zu ihr herum. »Wie meinst du das?«

»Er will sich so schnell wie möglich mit mir verbinden.«

Ich schüttelte ungläubig den Kopf.

»Nein, das kann nicht sein. Sag, dass das nicht wahr ist.«

Sie nickte traurig.

Ich ließ mich auf mein Bett fallen und starrte von Raven zu Amia. »Seit wann wisst ihr das?«

»Er hat es Amia am Tag nach seiner Befreiung gesagt.«

»Ich habe versucht, mit ihm zu reden, Emma. Das musst du mir glauben. Ich möchte mich nicht mit ihm verbinden. Aber er hat mir nicht zugehört.«

Amia begann in ihr Kissen zu schluchzen.

Es klang so herzzerreißend, dass ich zu ihr ging und ihr über den Rücken strich.

Sie setzte sich auf und umarmte mich. »Du bist die Schwester, die ich mir immer gewünscht habe, und meine allerbeste Freundin, ich will dir nicht wehtun.«

»Ich weiß. Ich gebe dir keine Schuld.«

»Er verlangt, dass ich mich an die Gesetze halte. Ich darf mich ihm nicht verweigern.«

Ich nickte, dann stand ich auf.

Ich würde ihn zur Rede stellen und ich musste es jetzt tun. Später hätte ich nicht mehr den Mut dazu, da war ich sicher.

Zornig lief ich die Flure entlang.

Ich riss die Tür zu seinem Zimmer auf, ohne vorher anzuklopfen. Mittlerweile standen keine Wachen mehr davor. Er und Myron fuhren herum, als ich hineinstürmte. Erstaunt sahen beide mich an. Myron fasste sich als Erster.

»Ich lasse euch beide allein«, erklärte er und verließ fluchtartig das Zimmer.

Calum sah mich abwartend an. Diesen Blick kannte ich. Er war kalt und abweisend. So hatte er mich angesehen, als ich ihm damals in Portree das erste Mal begegnet war. Mein Herzschlag beruhigte sich nur langsam.

»Was möchtest du, Emma?«

Diese Stimme war nicht seine Stimme. Sie klang nach klirrendem Eis.

In meinem Kopf polterte alles durcheinander.

Endlich stand ich ihm gegenüber, von Angesicht zu Angesicht. Wie anders hatte ich mir diesen Moment vorgestellt. Jetzt fiel mir nichts mehr von dem ein, was ich hatte sagen wollen. Alles, was ich mir in den Monaten der Trennung für diesen Augenblick gewünscht hatte war fort. »Amia hat mir erzählt, dass du darauf bestehst, dass sie sich mit dir verbindet«, fuhr ich ihn an und bereute es, kaum dass ich ausgesprochen hatte. Es so anzugehen, konnte nur falsch sein. Doch es gab kein Zurück, die Worte waren heraus.

»Du wusstest immer, dass das für uns so beschlossen wurde. Es ist an der Zeit, das Ritual zu vollziehen.«

»Aber, das ... das kannst du nicht tun«, stotterte ich.

Er kam einen Schritt auf mich zu. Langsam, als ob er zu einem begriffsstutzigen Kind sprach, sagte er dabei: »Emma, unsere Beziehung damals in Portree ... war ein Fehler. Ich glaube, du weißt das. Ich bin dir dankbar für deinen Mut und deine Beharrlichkeit. Ohne dich wäre ich heute noch in Elins Gewalt. Glaub mir, das werde ich dir nie vergessen. Aber ich liebe Amia und wir beide werden tun, was wir tun müssen.«

In meinem Kopf drehte sich alles. Ich hörte, was er sagte, aber ich verstand ihn nicht.

Was meinte er mit: »Ich liebe Amia«? Sie liebte ihn nicht, verdammt noch mal. Wusste er das nicht?

»Sie liebt dich aber nicht«, flüsterte ich und wusste, dass er, egal was ich sagte, seinen Entschluss nicht mehr ändern würde.

Er drehte sich um und sah aus dem Fenster.

»Das tut nichts zur Sache. Sie weiß, was ihre Pflicht ist.«

Ich schüttelte den Kopf, aber er sah mich nicht mehr an.

»Ich möchte, dass du in Avallach bleibst«, sagte er nach einer Weile. »Es ist sicherer für dich. In Portree werden wir dich nicht schützen können. Du wirst bleiben, bis Amia und ich uns verbunden haben. Erst dann wird Elin hoffentlich sein Interesse an dir verlieren.«

Er musste den Verstand verloren haben. Glaubte er, dass ich mir das seelenruhig mit anschauen konnte? Was war aus ihm geworden? Was hatte Elin mit ihm gemacht? Das war nicht der Calum, in den ich mich verliebt hatte. Der hier hatte ein Herz aus Stein. Weshalb sollte Elin mir noch etwas antun wollen? Sicher hatte der andere Probleme.

Ich drehte mich um und verließ ohne ein weiteres Wort den Raum, während sich ein eiserner Ring um mein Herz legte. Raven und Amia sahen mich erwartungsvoll an, aber ich konnte ihnen nicht von meiner Unterhaltung mit Calum erzählen.

Ich nahm meine Jacke und ging zum See.

Friedlich war es dort. Keine Spur zeugte von dem Kampf, der vor wenigen Nächten hier stattgefunden hatte.

Ich hatte keinen Blick für diese Schönheit. Wut überrollte mich. Am liebsten hätte ich meinen Zorn in die Welt hinausgeschrien, aber kein Ton kam mir über die Lippen. Ich ließ mich ins Gras fallen.

Es war dumm von mir gewesen, zu hoffen, dass er mich noch liebte. Er hatte nie ein Geheimnis daraus gemacht, dass er letztendlich den Gesetzen seines Volkes gehorchen würde. Amia war Teil des Gesetzes. So gern ich es wollte, ich konnte ihr nicht böse sein. Ihre Welt funktionierte so, und das seit Jahrhunderten.

In der ganzen Zeit, während wir seine Befreiung geplant hatten, hatte ich nie darüber nachgedacht, was danach sein würde. Jetzt kam ich mir dumm vor. Wie hatte ich denken können, dass er ausgerechnet in Avallach mit mir zusammen sein würde? Andererseits, selbst wenn ich darüber nachgedacht hätte, hätte ich nicht trotzdem gewollt, dass er befreit wird? Im Grunde war seine Befreiung meinem egoistischen Wunschdenken entsprungen. Hätte ich weitergedacht, wäre mir klar gewesen, dass er sich nach seiner Rückkehr auf sein Volk konzentrieren würde. So gut hätte ich ihn kennen müssen. Und was war das Erste, was er dafür tun würde?

Mit einem Mal stand Myron neben mir. Ich schaute zu ihm auf.

»Darf ich?«

Er wartete mein Einverständnis nicht ab, sondern setzte sich neben mich.

»Es ist schwer zu verstehen, weshalb er sich so verhält, oder?«

Ich schwieg und schaute weiter aufs Wasser.

»Manchmal denke ich, es wäre besser gewesen, der Rat hätte eure Beziehung erlaubt und die Entscheidung darüber nicht den Shellycoats überlassen. Es wäre viel leichter für Calum. Aber ich bin nicht sicher, ob er sich dann anders entscheiden würde.«

Ich wandte mich ihm zu und sah ihn an.

»Ich habe nie verstanden, weshalb die Shellycoats dieses Gesetz nicht endlich abschaffen.«

»Ginge das denn?«, fragte ich zaghaft.

»Aber sicher. Sie müssten im Ältestenrat einen einstimmigen Beschluss fassen. Bisher hat nur niemand versucht, dieses Gesetz zu ändern. Calum wird sich daran halten müssen, wenn er die Wahl gewinnen will.«

So etwas hatte ich mir gedacht.

»Scheidung gibt es wohl nicht?«, fragte ich kleinlaut.

»Leider nicht, Emma. Es tut mir leid.«

Er stand auf.

»Komm mit zurück ins Schloss. Mir ist nicht wohl bei dem Gedanken, dass du hier draußen allein bist. Man kann nie wissen.«

Ich rappelte mich auf und klopfte mir das Gras von der Hose.

»Elin wird sich nicht in die Nähe des Schlosses wagen, meint Talin«, entgegnete ich.

»Tja, das mag sein, aber da Talin ihn nicht mehr orten kann, können wir dessen nicht sicher sein. Und er hat die Barriere, die den See schützen soll, schon einmal durchbrochen. Er kann es jederzeit wieder tun. Wir müssen sehr vorsichtig sein.«

»Was denkst du, wann die Vereinigung stattfinden soll?«, fragte ich ihn, obwohl jedes einzelne Wort mir körperliche Schmerzen bereitete.

»So schnell wie möglich, denke ich.«

Gemeinsam gingen wir zum Schloss zurück.

»Was ist bei der Ratsversammlung eigentlich beschlossen worden?«, unsicher, ob ich das fragen durfte.

»Die Wölfe und Faune haben eingesehen, dass wir angesichts der Umstände nicht anders handeln konnten. Jetzt hoffen alle, dass Calum schnellstmöglich König der Shellycoats wird und die Lage sich beruhigt. Die Faune haben angeboten, bei der Suche nach Elin zu helfen. Er wird sich in keinem Wald verstecken können.«

Das war jedenfalls eine gute Nachricht. Nicht auszudenken, was passiert wäre, wenn die Befreiung den Zwist unter den Völkern verstärkt hätte.

»Niemand ist an einem Krieg interessiert, Emma. Alle wissen, dass wir uns damit selbst schaden. Nur wenn wir zusammenhalten, können wir gegen die Menschen bestehen. Allerdings verstehe ich, dass es für die Wölfe, die Faune und die anderen Geschöpfe, die viel stärker von ihrem Lebensraum abhängig sind als wir Vampire oder auch die Zauberer, schwerer ist, den Vormarsch der Menschen zu akzeptieren. Aber ein Krieg kann keine Lösung sein.«

Er klang wie in einer Unterrichtsstunde. Sicher meinte er es gut, aber für so einen Vortrag hatte ich keine Nerven.

»Ich will nicht unhöflich sein, Myron, aber mich interessiert in erster Linie, wie Calum sich entscheiden wird.«

»Er hat sich entschieden, Emma«, sagte Myron sanft.

Ich nickte, wandte mich ab und lief zum Schloss.

Da ich nicht wusste, was ich sonst machen sollte, ging ich am nächsten Tag mit Raven zu Talins nachmittäglichen Treffen. Jetzt, da wir uns nicht mehr heimlich in der Hütte am See treffen mussten, versammelten wir uns in seinem Unterrichtsraum. Dort fanden wir genügend Platz und konnten uns ungestört über alle Neuigkeiten austauschen.

Schon im Flur hörten wir das Gemurmel der vielen vertrauten Stimmen. Als Raven und ich in der Tür standen, erblickte ich als Erstes Calum, der gemeinsam mit Amia bei Talin und Joel stand.

Mein Herz setzte einen Moment aus.

Sein zimtfarbenes Haar trug er etwas länger als früher. Die Zeichen der Krankheit waren aus seinem Gesicht verschwunden und auf seinen Zügen lag ein Ausdruck von Ruhe und Ausgeglichenheit. Er trug eine Jeans und ein weißes T-Shirt. Ganz so ausgemergelt wie in der Nacht seiner Befreiung wirkte er darunter nicht mehr. Ich musste schlucken und atmete tief ein, bevor ich in den Raum trat.

Ernst diskutierte er mit den beiden Männern. Worüber sie sprachen, verstand ich nicht.

Ich konnte meine Augen nicht von ihm lösen und erst als Raven mich zu zwei freien Sesseln zog, wandte ich mich ab.

Miro und Ferin setzten sich zu uns. Ich hoffte, dass man mir mein Unglück nicht genauso ansah wie Miro. Ich drückte seine Hand und er lächelte mich wehmütig an.

Er hatte sein Leben für Calum aufs Spiel gesetzt, und dieser nahm ihm das Mädchen weg, das er liebte. Wie musste er sich fühlen, fragte ich mich. Vermutlich sah er das anders. Er war schließlich mit diesen unsinnigen Gesetzen aufgewachsen.

»Ich wusste, dass Amia sich nicht für mich entscheiden kann«, flüsterte er mir als Antwort auf meine stumme Frage zu.

»Kann sie sich nicht wehren?«

Miro schüttelte erschrocken den Kopf.

»Das würde sie niemals tun. Sie wird es nicht wagen, gegen den Ältestenrat aufzubegehren. Das würde ich nicht von ihr verlangen. Aber Calum – er könnte sie freigeben. Ein bisschen hatte ich darauf gehofft. Aber wie es aussieht, wird auch er das tun, was der Ältestenrat vor vielen Jahren beschlossen hat.«

In diesem Moment drehte Calum sich um und die Gespräche im Raum verstummten.

Er sprach nicht sehr laut und trotzdem war er mit seiner klaren Stimme gut zu verstehen. Ich lauschte dem Klang seiner Worte, die mich umschmeichelten wie ein seidenes Tuch.

»Ich möchte mich bei euch allen bedanken, dass ihr euch an meiner Befreiung beteiligt habt und für mich eure Sicherheit und euer Leben aufs Spiel gesetzt habt. Ich werde versuchen, die Hoffnungen, die mein Volk in mich setzt, in den nächsten Wochen und Monaten zu erfüllen.«

Joel neben ihm nickte und blickte mich dabei ausdruckslos an.

Er hatte immer gewollt, dass Calum den Gesetzen seines Volkes folgte, schoss es mir durch den Kopf. Calum hatte ihm viel zu verdanken, er würde ihn nicht enttäuschen.

»Ich möchte euch bitten, mir auch in Zukunft zur Seite zu stehen. Ich glaube nicht, dass Elin sich geschlagen geben wird. Wir wissen nicht, wie seine Pläne sind, geschweige denn, wo er sich versteckt hält. Wir müssen darauf gefasst sein, dass er versuchen wird, sich zu rächen. Zur Durchsetzung seiner Interessen wird ihm jedes Mittel recht sein. Er glaubt, dass nur er unser Volk vor den Menschen schützen kann. Sein heimtückischer Plan, mich kampfunfähig zu machen, um mich im Zweikampf zu besiegen, zeigt, wie skrupellos er bereit ist vorzugehen. Wir müssen auf alles gefasst sein. Ich bin sicher, dass er den Diebstahl von Muril lange geplant hat, für den Fall, dass er nicht zum König gewählt wird. Er muss Vorbereitungen für sein Exil getroffen haben. Da wir nicht wissen, wo er sich versteckt hält, müssen wir doppelt vorsichtig sein.

Deshalb bitte ich jeden von euch: Seid wachsam. Elin kann nicht wissen, wer zum engsten Kreis meiner Verbündeten gehört. Passt auf, wem ihr von unseren Treffen erzählt. Wir können erst sicher sein, wenn Elin und seine Anhänger gefangen genommen sind. Unsere Aufgabe ist es, ihn zu finden, Muril unversehrt zurückzubekommen und Elin dem Großen Rat zu übergeben. Erst dann werden wir wieder beruhigt schlafen können. Elin ist in seinem Hass auf die Menschen unberechenbar geworden.«

Calums Blick glitt zu mir und blieb einen Moment zu lange auf mir ruhen, als dass er unbeabsichtigt sein konnte.

»Jetzt wo er weiß, dass er allein steht, nur mit seinen wenigen Anhängern, wird er jede Möglichkeit, die ihm zur Verfügung steht, nutzen, um seine Ziele durchzusetzen. Sollte er beginnen, den Menschen Schaden zuzufügen, wird er unsere ganze Welt zum Gegner haben. Es ist noch nicht an der Zeit, uns den Menschen zu offenbaren. Ob wir es wollen oder nicht, wir werden die Menschen vor Elin schützen müssen.«

Ich betrachtete ihn, wie er da vorn stand und sprach. Er wirkte älter als vor einem Jahr, älter und reifer. Früher hätte ich seine Schönheit mit der eines warmen, im Sonnenlicht glitzernden Regentropfens verglichen, heute ähnelte sie eher einem makellosen kalten Eiskristall.

Ich verließ den Raum mit den anderen, während Miro und Ferin sich zu Joel und Calum gesellten.

»Emma, warte.«

Amia lief hinter mir her und griff nach meiner Hand. »Ich hab keine Lust, noch länger mit den Jungs zusammenzubleiben«, erklärte sie.

»Amia«, sagte ich, einer plötzlichen Eingebung folgend. »Ich werde Avallach verlassen und zu meiner Familie zurückkehren.«

Sie blieb stehen und sah mich entgeistert an.

»Das darfst du nicht tun, Emma. Das darfst du mir nicht antun. Du kannst mich nicht allein zurücklassen.«

»Du bist nicht allein. Du hast Calum. Er wird für dich sorgen und auf dich aufpassen.«

Ich konnte nicht verhindern, dass meine Stimme bei diesen Worten zitterte.

»Ich will nicht, dass er für mich sorgt. Das weißt du genau.«

»Amia.« Calums Stimme hallte durch den Flur. »Kommst du bitte? Wir müssen zu Myron.«

Unglücklich sah Amia mich an und seufzte ergeben.

»Du darfst es niemandem verraten, Amia. Versprich mir das.«

Sie nickte und lief zu Calum, der besitzergreifend einen Arm um ihre Schulter legte und sie mit sich fortzog.

Ich sah den beiden hinterher. Meine Augen brannten.

Raven war nicht in unserem Zimmer. Eigentlich hätte ich mich freuen müssen, mal allein zu sein.

Ich kramte in meiner Kommode und beschloss bei dieser Gelegenheit, diese aufzuräumen. Zuerst sortierte ich meine Schulbücher und Hefte. Dann stapelte ich die Bücher, die ich in die Bibliothek zurückbringen musste, auf einen Haufen. Zuletzt sortierte ich meine Malsachen und meine Zeichnungen.

Ich ließ mich auf mein Bett fallen und blätterte durch meine Zeichenmappe. Oft war ich in dem letzten halben Jahr nicht dazu gekommen, zu malen. Es gab nur fünf Zeichnungen, die ich in Avallach gemacht hatte. Eine zeigte die Berge und den See in ein warmes Abendlicht getaucht. Ein Bild war eine Bleistiftzeichnung von Amia, die in ein Buch vertieft auf ihrem Bett saß. Auch an dem Schloss hatte ich mich versucht. Leider war mir das aufgrund der vielen Details nicht besonders gut gelungen. Ferin hatte das Bild gut gefallen und ich beschloss, es ihm zum Abschied zu schenken. Auch Amia würde ihr Bild bekommen. Andererseits würde ich mich gern so an sie erinnern. Sie wirkte ruhig auf diesem Bild – und glücklich. Ich hatte es an dem Tag gezeichnet, an dem sie mir das erste Mal erzählt hatte, wie gern sie Miro hatte.

Ich blätterte weiter und stieß auf die Bilder, die ich in Portree gemalt hatte. Calum sah mich an. Fast auf jedem der Bilder war er zu sehen. Es schien, als hätte ich jeden Augenblick mit ihm eingefangen. Ich legte die fünf Bilder von Avallach auf mein Bett und ging in den Gemeinschaftsraum. Im Kamin brannte ein Feuer. Selbst Anfang Juni war es im Schloss immer etwas zu kühl.

Ein Bild nach dem anderen wanderte ins Feuer.

Calum vor dem Pfarrhaus, Calum an unserem kleinen See, Calum beim Gitarrespielen, Calum in der Bibliothek und in Sophies Laden.

Das Feuer fraß ein Bild nach dem anderen. Fasziniert betrachtete ich die schwarzen Flocken, die übrig blieben.

Die Tür öffnete sich. Amia stand neben mir und zog die verbliebenen Blätter aus meiner Hand.

»Tu das nicht. Irgendwann wird es dir leid tun.«

Ich drehte mich um und sah, dass Calum hinter ihr stand und mich mit diesem kalten Blick ansah. Ich zog Amia die Blätter aus der Hand und schmiss alle auf einmal ins Feuer. Die Flammen stoben auf und fraßen sich gierig durch das Papier. Ohne die beiden noch einmal anzusehen, ging ich zurück in unser Zimmer. Ich zog die Vorhänge meines Bettes zu und schmiegte mich in meine Kissen.

Diese Situation war schlimmer als alles, was ich vorher mit Calum erlebt hatte. Ich konnte es nicht ertragen, ihn mit Amia zu sehen. Zwar wirkten sie nicht wie ein frisch verliebtes Paar, sondern eher wie Bruder und Schwester. Aber das machte es für mich nicht besser.

Bei keinem unserer Treffen hatte ich erlebt, dass Amia sich Calum widersetzte. Immer war sie mit ihm einer Meinung. Diese Harmonie kotzte mich an.

Weshalb lehnte sie sich nicht gegen ihn auf? Weshalb sagte sie ihm nicht, dass sie Miro liebte?

Und Miro? Er lief herum wie ein geprügelter Hund und sagte fast nichts mehr. Niemand würde mich vermissen, da war ich sicher. Vielleicht Raven, aber in den letzten zwei Wochen war sie ständig in der Bibliothek. Ich hatte den Verdacht, dass sie mir aus dem Weg ging.

Allerdings wollte sie Avallach nächstes Jahr verlassen und ich hatte gehört, dass Elisien persönlich Raven zu ihrer Nachfolgerin ausbilden wollte. Das war eine große Ehre und die Aussicht, Königin des Elfenvolkes zu werden, ließ Raven Tag und Nacht arbeiten.

Ich würde Peter eine Nachricht schicken, dass er mich abholen sollte. Erst im letzten Augenblick würde ich mich von Myron verabschieden.

Trotzdem ging ich zum Unterricht, machte meine Hausaufgaben und lernte für die Tests, die wir andauernd schrieben. Einerseits lenkte mich das ab, andererseits fragte ich mich, was der Stoff mir in meiner Welt nützen sollte. Die Alternative wäre gewesen, mich endlosen Diskussionen auszusetzen. Darauf hatte ich keine Lust.

Mir reichte Peters Brief, in dem er mir Vorwürfe machte. Ob ich bedachte, was mein Weggang aus Avallach für Calum bedeuten würde. Wahrscheinlich war er froh, dachte ich beim Lesen. Oder ob mir klar war, dass Elin sicher noch hinter mir her war. Weshalb sollte er?

Wenigstens versprach er, niemandem von meinem Entschluss zu erzählen und mich in zwei Wochen abzuholen.

Vorher war es ihm nicht möglich, da sein Studium in Edinburgh ihn zu sehr in Anspruch nahm.

Ich war erleichtert, als ich diese Worte las. Ich glaubte nicht daran, dass Elin noch Interesse an mir hatte. Calum würde Amia heiraten, und Elin war Amia etwas schuldig. Außerdem war er sicher froh, dass Amia den Mann bekam, der ihr von Kindheit an versprochen war. Ich war nur eine Episode in Calums Leben gewesen.

Sehnsüchtig wartete ich auf den Tag, an dem Peter mich holen würde. Ich freute mich darauf, Amelie, Ethan, Bree und die Zwillinge wiederzusehen und zu Sophie in den Buchladen zu gehen, um mich von ihr mit Keksen und Tee verwöhnen zu lassen. Die Menschenwelt erschien mir mit ihrer Normalität anziehender als je zuvor. Abenteuer hatte ich für den Rest meines Lebens genug erlebt.

Zwei Wochen bedeuteten auch, dass ich an den Sprungwettkämpfen teilnehmen konnte, die am nächsten Wochenende stattfinden sollten.

Wir hatten, nachdem Gawain verschwunden war, einen neuen Schwimmtrainer bekommen. Sein Name war Loris. Er war von meinem Sprungtalent ebenso überrascht wie Gawain und ermutigte mich jede Stunde, neue Formationen zu üben. Oft ging ich nachmittags zum See, um mit ihm zu üben. Im Wasser konnte ich meine Gedanken, die sich sonst nur um Calum drehten, verdrängen.

Myron hatte Loris und mich davor gewarnt, im Wasser zu unvorsichtig zu sein. Zu meinem Schutz ließ Loris aus diesem Grund eine Eskorte in der Nähe der Barriere schwimmen. Ob diese Elin im Ernstfall aufhalten konnte, wussten wir allerdings nicht. Das Elin sich nicht blicken ließ, nahm ich als Beweis, dass er das Interesse an mir verloren hatte.

Was mir weitaus mehr Kopfzerbrechen bereitete, war die Erzeugung meines Lichtes. Bis auf ein kleines Flackern hatte ich nichts erreicht. Es war immerhin ein Anfang. Für mein Leben in der Menschenwelt war es ohnehin ohne Belang. Mein Ehrgeiz war trotzdem geweckt und ich arbeitete unermüdlich daran. Nicht zuletzt, weil ich Calum, der an unseren Schwimmstunden teilnahm, beweisen wollte, dass ich es konnte. Dieser Grund war kindisch, das wusste ich, doch ich konnte nicht anders. Ich wollte ihn beeindrucken.

Als ich einige Tage vor dem Wettkampf nachmittags zum See kam, sah ich von weitem Calum und Loris. Konnte er mich nicht wenigstens hier in Ruhe lassen? Sie stritten. Ihr Wortgefecht war weithin zu hören. Als sie mich bemerkten, verstummten sie.

Doch ich hatte gehört, was ich wohl nicht hören sollte. Calum wollte Loris überzeugen, dass meine Teilnahme an dem Wettkampf zu gefährlich war. Empört wandte ich mich ihm zu. Bildete er sich ein, dass ich mir von ihm das Einzige verbieten ließ, was mir noch Spaß machte?

Calum beachtete mich nicht, sondern ging in eine der kleinen Hütten.

»Ich werde mir das nicht verbieten lassen«, wandte ich mich an Loris.

Er schüttelte den Kopf.

»Ich weiß, Emma, und ich denke, Calum weiß das noch besser als ich.«

Er lachte leise in sich hinein und ich hatte das Gefühl, dass er sich köstlich amüsierte. Überhaupt kannte ich keinen Shellycoat, der so viel Humor besaß wie Loris. Das machte allemal wett, dass er nicht so makellos aussah wie die meisten anderen Angehörigen seines Volkes. Er hatte Narben im Gesicht, die ihn zwar nicht entstellten, aber seine Gesichtszüge unregelmäßig verzerrten. Amia hatte mir erzählt, dass er als Kind einmal in ein brennendes Ölfeld geraten war und nur mit Müh und Not überlebt hatte. Trotzdem schien ihm dieses Erlebnis nicht sein fröhliches Temperament geraubt zu haben.

Ich ging in meine Kabine und zog meinen Anzug an. Als ich auf die Wiese trat, entging mir nicht Calums Blick. Ich wusste, dass ich in dem Anzug schön aussah, das konnte nicht einmal er leugnen. Sein Blick strich über meinen Körper und ich sah, dass er sich nur mit Mühe abwandte und ins Wasser lief. Ich lächelte triumphierend.

»Er schwimmt mit der Eskorte«, erklärte Loris auf meinen fragenden Blick hin.

Er sorgte sich um mich. Sofort war diese blöde Hoffnung wieder da.

Ich lief ins Wasser, um mich warm zu schwimmen, und begann dann mit meinen Sprungübungen. Eine volle Stunde übte ich bis zu völligen Erschöpfung die Sprünge, mit denen ich am Wochenende antreten wollte.

Als ich aus dem Wasser mehr kroch als lief, war Calum an meiner Seite.

Er fasste mich um die Taille, um mich zu stützen. Seine Wärme übertrug sich auf meinen Körper. Ich wusste nicht wohin mit meinen Händen und hätte sie am liebsten um seine Hüften geschlungen.

Bevor ich etwas Unbedachtes tun konnte, hörte ich seine klirrende Stimme: »Dir ist hoffentlich klar, wie gefährlich das ist. Elin könnte sich diesen Wettkampf aussuchen, um mit Hilfe seiner dunklen Magie in Avallach einzudringen. Der Wettkampf ist eins der wichtigsten Ereignisse des Jahres. Vertreter aller Völker werden dazu eingeladen. Kannst du nicht vernünftig sein und es lassen?«

Wir waren vor der Hütte angekommen und Loris hielt sich verdächtig im Hintergrund. Er hätte mir ruhig gegen Calum beistehen können. Aber vermutlich wollte er es sich mit seinem zukünftigen König nicht verscherzen. Feigling, dachte ich.

»Ich hoffe, dass Elins dunkle Magie mit Hilfe der anderen Völker gebannt werden kann. Da wir wissen, welche Fähigkeiten er besitzt, sollte es möglich sein, Avallach vor ihm zu schützen.«

Er zischte und es klang nach: »Ich habe gewusst, dass du so unvernünftig bist.«

Dann ließ er mich los und ging in die Hütte, um sich umzuziehen.

Ich sah ihm hinterher, als Loris an meiner Seite bemerkte: »Ich wusste, dass du allein mit ihm zurechtkommst.«

Ich sah ihn empört an, aber er grinste frech zurück, so dass ich ihm unmöglich böse sein konnte.

Nachdem ich mich umgezogen hatte, lief ich zum Schloss, um mit Raven über den Wettkampf zu sprechen.

Sie fand, und im Grunde war ich nicht verwundert, Calums Einwände berechtigt, versprach aber, mit Elisien über weiteren Schutz zu sprechen.

An dem Tag, an dem der Wettkampf stattfinden sollte, wachte ich mit dem Gefühl drohender Gefahr auf. Calums Befürchtungen waren womöglich nicht unberechtigt. In meinem Magen zog sich alles zusammen, so dass ich keinen Bissen hinunterbekam, trotz der Bemühungen von Ms. Summer, die vorübergehend Miss Lavinias Stelle als Hausmutter übernommen hatte. Sie war mir hier viel lieber als im Mathematikunterricht.

Eine Stunde vor den Wettkämpfen ging ich mit Amia zum See. Ich wollte mich ausgiebig einschwimmen. Es herrschte großes Gedränge. Ich hatte nicht gewusst, wie viele Zuschauer erwartet wurden, doch als ich die Ausmaße der Tribünen sah, die am Ufer des Sees aufgebaut worden waren, erschrak ich.

»Amia, wie viele Gäste werden eigentlich erwartet?«

Es gab in Avallach gut dreihundert Schüler. Auf diese Tribünen passte bestimmt die doppelte Anzahl.

»In der Regel sind es um die fünfhundert Personen. Die Wettkämpfe werden gut besucht. Die Angehörigen der Springer kommen und viele Vertreter der anderen Völker.«

Mein Herz rutschte in die Hose und meine Handflächen wurden feucht vor Aufregung.

Amia bemerkte meine Anspannung.

»Du brauchst keine Angst haben. Die meisten Jungs können nicht so springen wie du. Du wirst einen der vorderen Plätze belegen. Du musst es den Angebern zeigen, wir Mädchen bauen auf dich.«

Während sie sprach, zupfte sie meinen Anzug zurecht. Danach machte sie sich daran, meine Haare zu einem festen Knoten zusammenzustecken.

Nachdem sie fertig war, nahm sie mich in den Arm und drückte mich fest. Der bevorstehende Wettkampf hatte für den Moment auch ihre Sorgen verdrängt.

»Ich muss jetzt zu Calum«, sagte sie dann. »Ich werde mit ihm auf der Tribüne sitzen.«

Ich nickte und blieb noch einen Moment in der Kabine, um mich zu sammeln. Dann ging ich zum See und schwamm mich langsam warm.

Als der Trommelwirbel ertönte, der den Wettkampf einläutete, war ich ein wenig entspannter.

Die Teilnehmer traten vor die Tribüne und Myron eröffnete mit wenigen Worten den Wettkampf. Er begrüßte die Zuschauer und die Teilnehmer und wünschte uns viel Glück.

Ich war das einzige Mädchen und machte mir nicht viele Hoffnungen auf einen der vorderen Plätze.

Die Kampfrichter hatten sich am Ufer des Sees aufgestellt und losten die Startreihenfolge aus.

Jeder von uns musste dafür eine Karte mit einer Nummer ziehen. Ich zog die Sechs. Damit war ich genau in der Mitte an der Reihe und konnte die Sprünge meiner Vorgänger begutachten.

Vince lächelte mich aufmunternd an, während Joel mit finsterem Blick ins Wasser starrte. Meine anderen Gegner kannte ich höchstens dem Namen nach.

Es waren gute Sprünge, die vor mir ausgeführt wurden. Das musste ich neidlos zugestehen. Der ein oder andere konnte Formationen springen, die ich noch nicht beherrschte.

Nervös biss ich mir auf die Lippen.

Mein Blick suchte Raven. Sie saß auf der Tribüne neben Elisien. Raven hatte meine Nervosität bemerkt und schickte mir ihre beruhigenden Gefühle entgegen.

Das war höchste Zeit, denn nun war ich an der Reihe.

Ich trat an den Rand des Sees und ging ins Wasser, dann blendete ich die Welt und den Lärm um mich herum aus. Ich wusste, dass ich die Sprünge sicher beherrschte. Ich musste mich konzentrieren und durfte an nichts anderes denken. Ich stieß in die Tiefe, um mich Sekunden später in die Höhe zu schrauben. Als ich die Wasseroberfläche durchstieß, hörte ich den jubelnden Aufschrei der Menge. Ich drehte mich zweimal um meine eigene Achse, streckte mich wieder, um kurz darauf einen doppelten Salto zu schlagen, und klappte danach zusammen wie ein Taschenmesser, um lautlos und so gerade wie möglich wieder ins Wasser einzutauchen.

Unter dem tosenden Applaus der Menge schwamm ich ans Ufer, um die Wertung der Kampfrichter abzuwarten.

Vince klopfte mir auf die Schulter.

»Das hast du super gemacht«, flüsterte er mir ins Ohr.

Er selbst hatte bei seinem ersten Sprung leicht gepatzt und seine Hoffnung auf eine gute Platzierung abgeschrieben.

Atemlos wartete ich auf die Entscheidung. Auf der Tribüne war es still geworden.

Endlich hoben die Kampfrichter ihre Blätter. Zwei von ihnen hatten mir neun von zehn Punkten gegeben und der dritte nur acht. Tosender Beifall erklang von den Zuschauern und ab und zu ein Buhruf. Ich war zufrieden, setzte mich auf eine Bank und wartete auf meinen nächsten Sprung.

Diese Bewertung war so gut, dass ich damit durchaus eine Chance auf einen der ersten Plätze hatte.

Kritisch beäugte ich die Sprünge der anderen.

Als ich ein zweites Mal an der Reihe war, versuchte ich, mehr Kraft in meinen Anlauf zu stecken. Ich wusste, dass ich besser auf meine Armhaltung achten musste. Diese hatte mir die Abzüge eingebracht. Voll konzentriert schoss ich durch das Wasser wie ein Pfeil. In der Luft hockte ich die Beine an, um mich kurz darauf dreimal zu drehen und direkt im Anschluss eine vierfache Schraube zu vollführen. Während des Trainings hatten wir bisher nur die Dreifachschraube geübt, aber ich war mir plötzlich sicher, dass ich auch diese schaffen konnte. Dann glitt ich ins Wasser.

Es war ein unbeschreibliches Gefühl, als ich ans Ufer trat. Die Menge tobte. Nur bei Joel hatten die Zuschauer sich so begeistert gezeigt. Berechtigterweise, wie ich neidlos zugestehen musste, denn er war ein hervorragender Springer. Vince umarmte mich stürmisch.

So glücklich war ich lange nicht gewesen. Als die Kampfrichter mir dann einmal zehn und zweimal neun Punkte gaben, konnte ich mein Glück nicht fassen.

Damit lag ich auf Platz drei. Mehr konnte ich mir nicht wünschen.

Gegen die Kunstsprünge war das Zielspringen, das nun folgte, fast langweilig.

Dreizehn Reifen wurden aus den Tiefen des Sees hochgefahren. Mit jeder Runde würde man sie höher stellen. Wer es nicht schaffte, in der jeweiligen Höhe durch den Reifen zu springen, schied aus.

Loris hatte das bis zum Erbrechen mit mir geübt. Ich kam ziemlich hoch, hatte aber keine Ahnung, welche Höhe die anderen schafften.

Nach der fünften Runde waren nur noch Joel, zwei andere Shellycoats und ich dabei.

Gegen die beiden anderen konnte ich mich durchsetzen, aber gegen Joel hatte ich keine Chance. Der zweite Platz war mir sicher und reichte mir allemal.

Am Ufer stellten wir uns der johlenden Menge und warteten auf die endgültige Auswertung.

Joel belegte wie vermutet den ersten Platz. Ich hatte die zweithöchste Punktzahl. Vince kam auf den sechsten Platz, trug es aber mit Fassung.

Amia und Calum kamen zu uns, um uns zu beglückwünschen und uns die Pokale zu überreichen. Amia strahlte übers ganze Gesicht und drückte mich fest an sich.

Calum blieb steif vor mir stehen und hielt mir den Pokal hin.

»Ich gratuliere dir, Emma. Jetzt verstehe ich, weshalb du unbedingt teilnehmen wolltest. Ich habe nie ein Mädchen gesehen, das so springen kann. Ich hätte es nicht für möglich gehalten.«

Entschuldigte er sich etwa bei mir? Ich war so mit diesem absurden Gedanken beschäftigt, dass ich von seinem Kuss überrumpelt wurde. Er legte einen Arm um mich, zog mich an sich und gab mir einen Kuss auf die Wange.

Leider störte dieser blöde Pokal dabei etwas, aber die Stelle brannte sofort wie Feuer. So schnell, wie er mich umfasst hatte, ließ er mich wieder los.

Raven hinter ihm blinzelte mir zu. Als sie mich umarmte, flüsterte sie mir frech ins Ohr: »Na, die Stelle wird wohl nie wieder Wasser sehen.«

Ich spürte, wie ich feuerrot wurde.

Traditionsgemäß sprangen die Sieger des Wettkampfes zum Abschluss noch einmal verschiedene leichtere Sprünge. Joel, ich und der Drittplatzierte traten an den Rand des Sees und schwammen gemeinsam in die Mitte, wo die Reifen mittlerweile wieder verschwunden waren. Erst sprangen wir nacheinander, dann gemeinsam.

Als wir zu unserem dritten Sprung ansetzten, sah ich sie. Es war zu spät, um den Sprung abzubrechen. Es waren mindestens zwanzig Shellycoats, die sich hinter der unsichtbaren Barriere versammelt hatten. Etwas leuchtete auf und machte die Barriere sichtbar. Flammen schossen auf einmal über den See direkt auf uns zu. Ich hörte ein Kreischen und dann passierte es. Ich krachte mitten im Flug mit Joel zusammen und es wurde dunkel um mich. Ich spürte noch, wie ich ins Wasser fiel.

Ich kam erst wieder zu mir, als ich am Ufer abgelegt wurde. Ich wusste sofort, wer mich im Arm hielt. Seine Hände brannten auf meiner Haut. Mein Kopf schmerzte. Ich wollte mich hochstemmen, doch Merlin drückte mich zurück auf den Boden.

»Es wird alles gut«, versuchte er, mich zu beruhigen. »Elin ist wieder abgezogen. Wir sind in Sicherheit. Sein Feuer konnte die Barriere nicht durchbrechen. Lass mich deine Verletzung untersuchen.«

Er taste an meinem Kopf herum, was ziemlich schmerzhaft war.

»Wir sollten dich erst mal hineinbringen. Hier verkühlst du dich noch.«

Er sah sich um.

»Ich kann laufen, Merlin«, wandte ich ein, als er nach einer Trage schickte.

»Kommt gar nicht in Frage.«

»Ich werde sie tragen.« Calum kniete sich neben mich.

Ich stöhnte. Blieb mir denn nichts erspart?

»Ich warte lieber auf die Trage«, stieß ich hervor, bemüht, meinen schmerzenden Kopf nicht zu sehr zu bewegen.

»Ich hätte dich gern so schnell wie möglich aus der Schusslinie und es ist schließlich nicht das erste Mal, dass ich dich irgendwohin trage.«

Er hob mich auf seine Arme, als wäre ich nicht schwerer als ein Bündel Stroh, und lief los. Ich registrierte, dass kaum noch Zuschauer am See war.

»War ich lange ohnmächtig?«, fragte ich Calum.

»Nicht so lange, um irgendwelche Schäden davonzutragen, aber lange genug, um Amia einen Heidenschreck einzujagen.«

»Wo ist sie?«, fragte ich weiter.

»Ich habe sie selbstverständlich ins Schloss geschickt, nachdem Elin aufgetaucht ist. Allerdings ist sie erst gegangen, nachdem ich dich aus dem Wasser gefischt hatte.«

Er hatte mich rausgeholt? Erst jetzt bemerkte ich, dass seine Haut ganz nass war.

»Wie geht es Joel?«

»Dem geht's gut, sein Schädel ist härter als deiner.«

Er lachte in sich hinein.

»Was ist so lustig?«, fragte ich misstrauisch.

»Da hätte ich vorher nicht drauf gewettet«, erwiderte er.

Das war die reinste Unverschämtheit, dachte ich empört. Anstatt mich zu bedauern, machte er sich über mich lustig.

Ich schloss die Augen und lehnte meinen Kopf an seine Schulter.

»Lauf nicht so schnell, mein Schädel dröhnt schon genug.«

Wenn ich ehrlich war, wollte ich bloß jede Sekunde in seinen Armen ausnutzen.

Er legte mich im Krankenzimmer auf ein Bett und zog fürsorglich eine Decke über meinen nassen Anzug.

Merlin und Amia tauchten auf und Calum verschwand schneller, als mir lieb war.

Amia half mir beim Umziehen und Merlin versorgte meine Wunde am Kopf. Danach ließ er Amia und mich allein.

»Du hast mir so einen großen Schreck eingejagt«, sprudelte es aus ihr heraus.

»Hmm«, murmelte ich als Erwiderung und spürte, wie der Trank, den Merlin mir verabreicht hatte, zu wirken begann.

»Joel konnte dich nicht finden und Calum musste sich erst durch die Menge drängeln, um ins Wasser zu kommen. Ich glaube, er war selbst einer Panik nah. Aber die Zuschauer versuchten alle gleichzeitig, von der Tribüne zu kommen. Es gleicht einem Wunder, dass niemand besonders schwer verletzt wurde. Diese Blitze, die Elin durch die Barriere schickte, konnten uns nicht erreichen. Aber sie waren gruselig anzusehen und verursachten einen Höllenlärm. Ich frage mich, wie er dazu imstande ist. Ich habe so etwas noch nie gesehen. Ich bin so froh, dass Raven mit Elisien gesprochen hat und die Barriere verstärkt wurde. Sonst hätten die Blitze wer weiß was für Schaden anrichten können. Nicht auszudenken, wie viele von uns hätten sterben können.«

Ich hörte an ihrer Stimme, dass sie weinte, doch ich war so müde, dass ich mich nicht in der Lage fühlte, ihr zu antworten, geschweige, sie zu trösten.

»Ich mache mir solche Vorwürfe. Sollte Elin es schaffen, jemanden zu töten, dann bin ich mitschuldig.«

Sie redete Unsinn. Ich musste ihr das ausreden, doch im selben Moment fiel ich in einen tiefen Schlaf, aus dem ich erst am nächsten Morgen erwachte.

Als Erstes bemerkte ich Calum.

Ich richtete mich auf und stöhnte. Mein Kopf hatte doch mehr abgekriegt.

Calum drehte sich um und betrachtete mich.

»Was machst du hier?«, fragte ich und klang unhöflich.

»Ich wollte nach dir sehen, wissen, wie es dir geht.«

»Wo ist Amia?«

Mir war nicht wohl dabei, mit ihm allein in einem Raum zu sein.

»Sicher schläft sie noch, wie die meisten. Trotz des Zwischenfalls wollte niemand auf die große Party gestern Abend verzichten. Du hast den Höhepunkt verpasst. Die meisten haben wohl gefeiert, dass Elins Attacke so glimpflich ausgegangen ist.«

»Klar, hat ja nur den Halbling erwischt«, erwiderte ich missmutig.

Er grinste.

»Ich hatte dich gewarnt, dass etwas passieren könnte, aber du wolltest nicht auf mich hören. Wie fast immer übrigens.«

Machte er sich schon wieder über mich lustig? Es klang danach.

»Schön, dass es dich amüsiert«, murmelte ich leise.

Er trat an mein Bett und musterte mich. Sein Blick drang in jeden Winkel meines Körpers.

»Ich habe mir Sorgen um dich gemacht«, erwiderte er dann.

»Damit werde ich nicht aufhören, bis ich Elin unschädlich gemacht habe.«

Ich wusste später nicht mehr, welcher Teufel mich geritten hatte. Aber dieses zärtliche Geständnis war zu viel für mich.

»Tu dir keinen Zwang an, du musst nicht auf mich aufpassen. Ich bin sicher, dass ich jemanden finde, der besser dazu geeignet ist, und im Übrigen solltest du dich um deine Braut kümmern.«

Im selben Moment versteinerte sein Gesichtsausdruck und wurde zu einer eisige Maske.

Er nickte kurz und verschwand aus dem Zimmer.

Ich war sicher, dass er sich nicht mehr blicken lassen würde.

Drei Tage später war ich so weit hergestellt, dass ich in mein Zimmer zurückdurfte. Bis auf ein kleines Pflaster war von der Verletzung nichts mehr zu sehen.

Ich wurde im Gruppenraum mit einer kleinen Party empfangen. Keine Ahnung, ob meine Freunde mich für das entgangene Fest entschädigen wollten, jedenfalls machten wir die Nacht zum Tag und feierten meinen zweiten Platz beim Wettkampf.

Miss Summers hatte in der Küche ein köstliches Büfett organisiert und obwohl es ein Gruppenfest war, kamen Merlin, Myron und auch Calum im Laufe der Nacht vorbei.

Während Myron und Merlin mich nochmals beglückwünschten und sich erkundigten, ob es mir gut ginge, würdigte mich Calum keines Blickes.

Womöglich hatte ich es nicht besser verdient. Amia hatte mir mittlerweile mindestens dreimal erzählt, dass ich ohne Calum ertrunken wäre, weil Vince und Joel, die viel näher bei mir gewesen waren, mich nicht hatten finden können. Erst als Calum nach mir getaucht war und sein Licht die

Tiefe des Sees erhellt hatte, konnten sie mich aus einem Gewirr aus Algen und Seegras heraufziehen.

Währenddessen hatte Elin oben vergeblich versucht, mit seinen Blitzen die Tribünen zu zerschmettern. Zwar hatte die Barriere die zerstörerische Kraft der Blitze abgehalten, doch die zuckenden Lichter, die über den See jagten, hatten genügt, alle in Panik zu versetzen.

Ich musste Calum dankbar sein, beschwor mich Amia. Etwas, das mir nicht leichtfiel.

Aus reiner Gewohnheit begleitete ich Raven zu dem nächsten Treffen bei Talin. Ich hatte Calum vier Tage nicht gesehen und sehnte mich fürchterlich danach, ihn wenigstens anzuschauen.

Myron saß neben Talin in dessen Zimmer, als wir ankamen. Ihre Gesichter waren ernst. Nur Myron begrüßte mich mit einem Kopfnicken.

Anders als bei unseren vorherigen Treffen, herrschte heute eine gedrückte Stimmung, die ich mir nicht erklären konnte. Ich setzte mich zu Amia und Raven zu Ferin. Dann schwiegen auch wir. Ich sah Amia an und mir fiel die unnatürliche Blässe auf, die ihr Gesicht überzog.

»Was ist passiert, Amia?«, flüsterte ich. Amia reagierte nicht. Es war unheimlich, wie sie mit weit aufgerissenen Augen vor sich hin stierte.

Hilfesuchend sah ich zu Raven, aber diese beachtete mich nicht. An ihrem Gesicht konnte ich so deutlich wie selten erkennen, dass sie versuchte, in fremde Gedanken einzudringen.

Ich sah, wie sich erst Fassungslosigkeit und dann Entsetzen in ihren Zügen manifestierten.

Myron schloss die Tür und begann zu sprechen. Zu Beginn war seine Stimme so leise, dass ich ihn kaum verstand.

Nach seinem ersten Satz räusperte er sich und begann noch einmal, lauter und deutlicher von vorher.

»Danke, dass ihr alle gekommen seid. Wir haben eine furchtbare Nachricht bekommen und es ist nicht abzusehen, was sie für Auswirkungen haben wird.«

Unruhe breitete sich aus.

»Wir werden uns umgehend mit den Anführern der anderen Völker in Verbindung setzen müssen«, sagte er mehr zu sich selbst. »Ich habe keine Ahnung, wie das enden wird. Was geschehen wird.«

Die letzten Worte waren kaum noch zu verstehen. Er wirbelte herum und stürmte aus der Tür.

Verblüfft sahen wir ihm nach. Was konnte einen Mann wie Myron derart durcheinandergebracht haben? Niemals hatte er für eine Minute die Fassung verloren.

Talin sprang auf und lief ihm hinterher.

Calum schloss die Tür und blieb einen Moment von uns abgewandt an der Tür stehen, als müsse er sich sammeln.

Als er sich zu uns umdrehte, war er womöglich noch blasser als Myron.

»Ihr müsst ihn entschuldigen.«

Er machte eine unbestimmte Geste zur Tür und lehnte sich dann gegen Talins Schreibtisch, als befürchte er, sonst umzufallen. Ich sah, dass seine Hände krampfhaft versuchten, an der Platte Halt zu finden.

Ohne jemanden anzusehen, begann er zu sprechen.

»Wir haben erfahren, woher Elin sein Wissen über die dunkle Magie besitzt. Seit dem Tag meiner Befreiung haben Elisien und Merlin versucht, dies herauszufinden. Wie ihr wisst, sind sämtliche Zeugnisse dunkler Magie und Anweisungen zu deren Anwendung in der Zeit nach den Großen Kriegen vernichtet worden. Selbst in der Bibliothek von Avallach ist dazu kein einziges Schriftstück aufbewahrt worden. Es war uns völlig unklar, wie Elin in den Besitz derartiger Kenntnisse kommen konnte.«

Ich spürte, dass Amia neben mir nach meiner Hand tastete, und sah zu ihr. Nur ungern wandte ich meinen Blick von Calum ab, denn während er sprach, konnte ich ihn ungeniert betrachten.

Amia liefen die Tränen über die Wangen. Ich reichte ihr ein Taschentuch und versuchte leise, sie zu trösten.

Calum sah zu uns, sprach aber weiter.

»Also, wie gesagt, wir wissen nun, woher er dieses Wissen hat.«

Wieder machte er eine Pause und ich verstand nicht, was so schwierig daran war, uns dieses Wissen mitzuteilen.

Im Gegensatz zu mir, waren die anderen nicht im Mindesten ungeduldig.

»Nun sag schon«, entfuhr es mir und prompt erntete ich einen missbilligenden Blick.

»Er war bei den Undnnnn«, flüsterte Calum, und ich verstand kein Wort.

Alle anderen wussten offensichtlich, wovon er sprach, denn kollektives Aufstöhnen ging durch die Reihen.

»Wo war er?«

Miro nutzte den Augenblick des Aufruhrs und quetschte sich auf Amias andere Seite. Tröstend nahm er ihre Hand. Niemand bemerkte es, da alle wild durcheinanderredeten.

Miro wandte seinen Blick nicht von Amia, was nur bedeuten konnte, dass er diese Enthüllung nicht so furchtbar fand.

»Miro. Ich verstehe nicht. Woher hat Elin sein Wissen?«

Er sah mich an, und nun konnte ich auch in seinen Augen das Entsetzen sehen.

»Er war bei den Undinen.«

»Muss ich wissen, wer oder was das ist?«

»Wassergeister«, erklärte er abwesend.

Verwirrt wandte ich mich Calum zu, nur um festzustellen, dass sich im Raum mehrere Grüppchen gebildet hatten, die miteinander diskutierten.

Hier und da schnappte ich Bruchstücke der Gespräche auf, doch immer noch konnte ich mir nicht erklären, was alle so in Aufruhr versetzte.

Mit Miro kam ich nicht weiter, das stand fest. Ich musste mir meine Informationen an der Quelle holen.

Langsam ging ich zu Calum, der mit Raven und einigen anderen Leuten zusammenstand, die aufgeregt auf ihn einredeten.

Vorsichtig zupfte ich an seinem Pulli.

Erst nach einer Weile hatte ich damit Erfolg.

»Emma?« Er drehte sich zu mir um. Nicht das winzigste freundliche Funkeln sah ich in seinen Augen.

»Kannst du mir erklären, was das bedeutet? Was Undinen sind?«

Er musterte mich vom Kopf bis zu den Zehenspitzen, als ob er überlegte, wie viele Informationen ich verdiente.

Ich atmete tief ein, um ihn nicht ungeduldig anzufahren. Es funktionierte.

»Undinen sind Wassergeister.«

So viel wusste ich schon.

»Seelenlose Wassergeister.«

Ok. Das klang gruselig.

»Sie leben versteckt in Flüssen oder Bächen und ihr Gesang treibt denjenigen, der ihn hört, in den Wahnsinn.«

»Du glaubst, dass Elin davon verrückt geworden ist?«

Er zuckte mit den Schultern.

»Ich weiß nicht, wie er sie finden konnte«, sagte er mehr zu sich selbst.

Ich schwieg und wartete, ob er mir mehr verriet.

»Vor Jahrtausenden bevölkerten die Undinen die Stadt Ys. Niemand weiß heute mehr, wo dieser Ort gelegen haben soll. Die Undinen waren ein großes Volk. Im Laufe der Zeit verfielen sie dem Hochmut und der Habsucht. Eines Tages vernichtete ihre Göttin zur Strafe die ganze Stadt. Die Undinen, die das Unglück überlebten, zerstreuten sich in alle Winde, beladen mit dem Fluch der verlorenen Seelen.«

Gänsehaut überzog mich, während er diese Geschichte erzählte. Erst als er geendet hatte, merkte ich, dass alle Gespräche im Raum verstummt waren.

»Angeblich leben heute nie mehr als fünf oder sechs Undinen zusammen. Aber wenn ich ehrlich bin, hätte ich nicht gedacht, dass es sie überhaupt noch gibt.«

»Wieso sind sie seelenlos und Geister?«

»Ihre Göttin raubte ihnen ihre Seelen und ihre Körper. Seitdem sind sie verdammt, so zu leben. Angeblich erscheinen sie einem als wunderschöne Frau mit langem goldenen Haar. Aber das ist nur Illusion, da sie keinen Körper mehr besitzen. Ihre Augen sind leer. Es gibt nur wenige Berichte darüber, da die meisten, die einer Undine begegnen, dies nicht überleben.«

Joel mischte sich ein.

»Elin hat es überlebt und es ist ihm gelungen, ihnen ihre Geheimnisse zu entlocken. Ich will nicht wissen, was er ihnen dafür angeboten hat.«

Angst schwang in seiner Stimme mit. Ein Gefühl, von dem ich nicht gedacht hätte, dass Joel dazu fähig war.

»Ihr denkt, dass Elin von ihnen in die Geheimnisse der dunklen Magie eingeweiht wurde?«, fragte Vince.

Calum und Joel nickten beide gleichzeitig.

»Wie habt ihr davon erfahren?«

»Miss Lavinia hat sich Elisien gestellt«, eröffnete uns Calum die nächste Neuigkeit.

»Gawain hat sie fallen lassen, nachdem sie ihm nicht mehr von Nutzen war.«

Obwohl sie es nicht verdient hatte, hatte ich Mitleid mit Ms. Lavinia. Ich wusste selbst zu gut, was eine unerwiderte Liebe bedeuten konnte. Lavinia hatte für Gawain ihr Volk und ihre ganze Welt verraten. Ich fragte mich, welche Strafe sie dafür erwartete.

»Elin kann nicht gewollt haben, dass wir in den Besitz dieser Informationen kommen. Das war sehr mutig von Lavinia«, ergänzte Calum.

»Oder berechnend«, wandte Joel ein.

»Oder dumm«, widersprach Vince.

»Wir müssen weitere Diskussionen auf einen anderen Tag verschieben«, beendete Calum das Gespräch. »Ich muss mit den Anführern der anderen Völker darüber sprechen, was jetzt geschehen soll und wie wir vorgehen wollen. Amia, kommst du bitte.«

Er ging zu dem Sofa, auf dem Amia mit Miro saß, reichte ihr die Hand und gemeinsam verließen sie den Raum.

Im Grunde ging mich das alles nichts mehr an. In ein paar Tagen würde ich von hier verschwinden und diese wahr gewordenen Märchen hinter mir lassen.

Langsam ging ich aus dem Raum, nicht ohne, wie alle anderen, von Raven zu absolutem Stillschweigen verdonnert zu werden.

Eine unkontrollierte Panik würde alles nur schlimmer machen, als es schon war.

13. Kapitel

Ich stand am Fenster und schaute auf den Vorplatz, als ich Peters Wagen vorfahren sah. Der Himmel war grau und es nieselte ununterbrochen. Das Wetter passte zu meiner Stimmung. Der Tag des Abschieds war endlich gekommen.

Ich drehte mich um und betrachtete ein letztes Mal das Zimmer, das ich mit Raven und Amia geteilt hatte. Meine Ecke sah verlassen aus. Das Bett hatte ich abgezogen und die Bettwäsche am Fußende gestapelt. Meine Kommode war leer geräumt. Nichts erinnerte mehr an mich.

Ich würde die beiden vermissen, würde all meine Freunde vermissen. Ich strich ein letztes Mal die Tagesdecke auf meinem Bett glatt und zog meine Reisetasche aus dem Schrank. Seit zwei Tagen stand sie gepackt da drinnen. Ich brauchte nur noch meine Waschsachen aus dem Bad zu holen.

Als ich zurück ins Zimmer kam, stand Peter im Raum. Ich musste sein Klopfen überhört haben. Ich machte einen Schritt auf ihn zu, um ihn zu begrüßen. Sein schuldbewusster Blick hielt mich ab und augenblicklich wurde mir klar, warum er so schaute.

Hinter ihm erschien Calum.

Bei seinem Anblick wurde mir gleichzeitig heiß und kalt. Es würde das letzte Mal sein, dass er so eine Reaktion bei mir auslöste ... hoffte ich.

Gern hätte ich auf ein letztes Zusammentreffen mit ihm verzichtet, und hätte mich nach einem Gespräch mit Myron auf und davon gemacht. Das war feige, aber ich hatte das Gefühl, dass mir für Abschiede die Kraft fehlte, ganz bestimmt für diesen. Ich wusste, dass mein Entschluss, zu gehen und Avallach zu verlassen, zu Problemen führen konnte, die noch nicht abzusehen waren. Ich wusste, dass mein

Verhalten eigennützig und unvernünftig war, und trotzdem konnte ich nicht anders.

Calums eisblaue Augen funkelten mich an.

»Ich werde dir nicht erlauben, Avallach zu verlassen«, stieß er hervor.

So wütend hatte ich ihn selten erlebt. Aber er konnte mir keine Angst machen.

»Du kannst mir nichts befehlen«, gab ich mit fester Stimme zurück. Nur ein besonders aufmerksamer Zuhörer hätte das Zittern in meiner Stimme gehört.

»Sei dir da nicht sicher.«

Er trat auf mich zu, riss mir meine Tasche aus der Hand und warf sie auf mein Bett. Es quietschte ungehalten.

Mir entging nicht, dass Peter versuchte, sich aus dem Zimmer zu schleichen.

»Es ist zu gefährlich für dich in der Menschenwelt. Du wirst in Avallach bleiben, bis wir wissen, wo Elin ist, und bis der Große Rat ihn bestraft hat. Hast du verstanden?«

Ich konnte nicht glauben, dass er es wagte, in diesem Ton mit mir zu sprechen.

»Was denkst du dir eigentlich? Du bist noch kein König und meiner wirst du nie sein«, schrie ich aufgebracht zurück.

»Ich bin ein Mensch und werde ein Mensch bleiben, das ist es doch, was dich stört. Also gehe ich dahin zurück, wo ich hingehöre. Du kannst meinetwegen mit Amia glücklich werden und sie herumkommandieren. Ich bin sicher, dass sie alles tun wird, was du verlangst.«

Calum wich zurück und ich sah, dass seine Haut eine Spur blasser wurde. Ich konnte mich nicht bremsen.

»Du bist ein aufgeblasener Wichtigtuer. Wenn du dein Volk so rumkommandierst, dann bist du nicht besser als Elin. Ich werde mit Peter zurückgehen und niemand wird mich daran hindern, du zu allerletzt.«

Ich zitterte und spürte, wie mir Tränen in die Augen stiegen. Tränen der Wut. Ich würde nicht vor ihm weinen, diese Blöße würde ich mir nicht geben. Ich drehte mich zum Bett und nahm meine Tasche. Ich musste auf der Stelle raus aus diesem Zimmer, weg von ihm.

Calum sagte kein Wort mehr. Er stand da und sah mich an. Als ich an ihm vorbeiging, griff er nach meinem Arm. Sofort begann meine Haut unter seiner Berührung zu prickeln. Er zog mich zu sich heran. Ich blickte zu ihm auf und für einen Augenblick sah ich den Calum, den ich geliebt hatte.

»Pass wenigstens auf dich auf«, seine Stimme klang flehend. Nur kurz dauerte dieser Moment, dann war er vorbei und zwei eisblaue Steine funkelten mich an.

Er ließ mich los und trat zur Seite.

»Ich will dich nicht länger aufhalten«, waren seine letzten Worte.

Ich lief aus dem Zimmer und hatte das Gefühl, dass die Gänge des Schlosses sich heute unbarmherzig in die Länge zogen, als würden sie mich nicht freigeben wollen.

Peter hatte Mühe, mir zu folgen. Den Abschied von Myron sparte ich mir, schließlich wusste Calum Bescheid, wohin ich ging.

Ich stieg ins Auto und schweigend legten wir die ersten Kilometer von Avallach nach Portree zurück. Ich war froh, dass Peter mir keine Vorwürfe machte, obwohl seine Miene mir verriet, dass er meine Entscheidung nicht guthieß. Darauf konnte ich keine Rücksicht nehmen.

Jeder Kilometer, der mich von Avallach und Calum fortbrachte, befreite mich. Ich wusste, dass die Trauer und der Schmerz nicht lange auf sich warten lassen würden, aber es kam mir vor, als hätte ich es keine Minute länger mit Calum unter einem Dach ausgehalten.

Ich dachte an Raven und Amia und an all die anderen, die in den letzten Monaten meine Freunde geworden waren. Es war komisch, sich vorzustellen, dass ich sie nie wiedersehen würde.

»Ob Raven und Amia mir sehr böse sein werden? Was meinst du?«, brach ich das Schweigen und sah Peter an.

»Ich habe Raven eine Nachricht hinterlassen und ihr deine Beweggründe erklärt.«

Erstaunt sah ich ihn an.

»Ich habe ihr einen Brief auf den Tisch gelegt, während du mit Calum gestritten hast«, setzte er wie ich fand schuldbewusst hinzu.

Dankbar lächelte ich ihn an und erleichtert lächelte er zurück.

»Ich war nicht sicher, ob das in deinem Sinne ist.«

»Eigentlich hätte ich das machen müssen, aber ich hatte nicht die Kraft dazu.«

»Ich habe Raven gebeten, mit Amia zu reden. Ich befürchte, sie wird es am härtesten treffen«, sagte Peter ruhig.

»Sie hat ihren Bruder verloren und jetzt auch noch ihre Schwester. Calum wird ihr verbieten, mit dir in Kontakt zu treten, das ist dir klar?«

Ich nickte.

»Und sie muss einen Mann heiraten, den sie nicht liebt, und der sie ununterbrochen bevormunden wird«, setzte ich hinzu. Vielleicht war mein Los nicht das schlechtere.

»Er hat sich sehr verändert. Er ist viel ernster geworden.«

»Hast du dir mal überlegt, dass es für ihn nicht einfach ist, die Ansprüche, die sein Volk an ihn stellt, zu erfüllen?«, fragte Peter.

Doch ich war nicht bereit, sein Verhalten zu entschuldigen.

»Er hätte eine Wahl gehabt«, erwiderte ich störrisch. »Niemand kann ihn zwingen, Amia jetzt zu heiraten. Vielleicht hätte es später eine andere Lösung gegeben.«

Ich sah aus dem Fenster und jetzt rollten mir doch Tränen die Wangen hinunter.

Peter tastete nach meiner Hand und drückte sie tröstend, sagte zum Glück nichts weiter.

Mein Zimmer sah genauso aus, wie ich es verlassen hatte. Bree hatte nichts verändert, außer dass sie ein paar frische Blumen auf das Fensterbrett gestellt und mein Bett frisch bezogen hatte. Der Raum duftete nach frischem Waschmittel und Rosen.

Ich fühlte mich auf der Stelle zu Hause. Als Amelie aus der Schule kam, saß ich mit Bree und Peter in der Küche.

Sie flog mir um den Hals und drückte mich stürmisch.

»Gott, wie habe ich dich vermisst«, sagte sie immer wieder, bis Bree sie von mir fortzog.

Als kurze Zeit später Ethan mit Hannah und Amber nach Hause kam und wir alle an dem Küchentisch saßen und Brees selbstgebackenen Schokokuchen aßen, war es, als wäre ich nie fortgewesen.

»Du musst morgen unbedingt mit in die Schule kommen«, plapperte Amelie in vertrauter Weise drauf los. »Alle freuen sich, dass du aus den Staaten zurück bist.«

Fragend zog ich meine Augenbrauen nach oben und sah Ethan an. Er zuckte mit den Achseln und meinte kauend: »Irgendetwas mussten wir erzählen, weshalb du plötzlich verschwunden warst. Das war das Einfachste. Du wolltest eine Zeit lang zurück, um Calum zu vergessen und bei deinen alten Freunden zu sein. Die meisten haben es geschluckt. Manchen kam es natürlich etwas überstürzt vor. Aber nach einer Weile hat niemand mehr nachgefragt«, erklärte er mit einem Seitenblick auf die Zwillinge, die sich angeregt mit ihrem großen Bruder unterhielten.

Es kam nicht oft vor, dass Peter mitten in der Woche auftauchte, seit er in Edinburgh studierte.

»Habe ich eine Wahl?«, fragte ich Ethan und hoffte, dass er mir ein oder zwei Tage Zeit geben würde, um mich einzuleben.

Amelie wartete seine Antwort nicht ab.

»Kommt nicht in Frage«, fiel sie mir ins Wort. »Ich muss dir unbedingt jemanden vorstellen«, fügte sie geheimnisvoll hinzu, worauf Ethan seine Augen verdrehte und sich hinter seiner Zeitung versteckte und Bree schmunzelnd aufstand, um den Tisch abzuräumen.

Es hatte sich während meiner Abwesenheit kaum etwas verändert. Ich konnte mir gut vorstellen, was Amelie mir zeigen wollte. Sicher ein Prachtexemplar von Mann und sicher wieder ohne viel Hirn. Aber vielleicht war das immer noch besser als meine unerwiderte Liebe. Ich würde zukünftig meine Ansprüche nach unten schrauben müssen, oder als alte Jungfer enden. Beides waren keine verlockenden Aussichten.

Gemeinsam halfen Amelie und ich Bree, die Küche aufzuräumen. Dann zog mich Amelie in ihr Zimmer, um mir all den Klatsch und Tratsch zu erzählen, der sich während meiner Abwesenheit zugetragen hatte. Erst abends, allein in meinem Bett, kam ich zum Nachdenken. Es war komisch, wieder ein Zimmer für mich allein zu haben, aber daran würde ich mich gewöhnen, wie ich mich an jede Veränderung in den letzten zwei Jahren gewöhnt hatte. Ich wälzte mich hin und her und vermisste die Geräusche meiner Freundinnen - Amias leichten Atem und Ravens Stift, der die halbe Nacht über das Papier glitt und ihre Gedanken in ihr Tagebuch bannte. Zum Glück ließ der Schlaf nicht allzu lange auf sich warten.

Am nächsten Tag in der Schule, ich war einfach nicht drum herumgekommen, empfingen mich meine alten Freunde wie den sprichwörtlich verlorenen Sohn. Es war schön, dass sie mich vermisst hatten. Sofort schmiedeten Jamie und Amelie Pläne, wie wir gemeinsam das Wochenende verbringen könnten. Am liebsten hätten die beiden gleich jede Aktivität, die ihnen einfiel, in die nächsten zwei Tage gepackt. Nach meinen Protesten entschieden wir uns für Kino und Pub. Es war egal, was wir unternahmen. Ich würde den Erinnerungen an Calum in dem winzigen Ort nicht ausweichen können, da konnte ich mich den Dämonen meiner Vergangenheit gleich stellen. In der Hinsicht war ich abgehärtet.

Das Objekt von Amelies Begierde erwies sich genau als das Sahneschnittchen, das ich befürchtet hatte. Er hieß Jake, war blond und äußerst attraktiv, wenn man auf groß gewachsene Muskelprotze stand, deren Gehirnkapazität nach drei Sätzen erschöpft war. Das war ungerecht, aber momentan war ich auf Männer im Allgemeinen nicht gut zu sprechen, das würde im Laufe der Zeit wieder besser werden, hoffte ich.

Mein erster Tag wäre nur halb so anstrengend gewesen, wenn sich Tim und Brian nicht in jeder Pause an mich gehängt hätten, um sich einen genauen Überblick über mein vermeintliches Liebesleben in den USA zu verschaffen. Leider konnte ich damit nicht dienen und sog mir die haarsträubendsten Erlebnisse aus den Fingern.

Als die letzte Stunde überstanden war, ließ ich es mir nicht nehmen, zu Sophie in den Laden zu gehen. Trotz Amelies Protesten, die am liebsten nicht von meiner Seite gewichen wäre.

Sophie hatte Tränen in den Augen, als ich unter dem gewohnten Bimmeln ihres Ladenglöckchens eintrat. Sie umarmte mich und ich hatte den Eindruck, als wolle sie mich nicht mehr loslassen. Der Laden roch vertraut nach altem Papier und Leder, nach Tee und den unvermeidlichen Duftstäbchen, dass mir prompt Tränen in die Augen stiegen, die ich versuchte wegzublinzeln.

Sie schob mich auf Armeslänge von sich fort und musterte mich von oben bis unten.

»Wie erwachsen du in der kurzen Zeit geworden bist«, schüttelte sie den Kopf. »Das war keine einfache Zeit für dich, du musst mir alles erzählen. Calum schreibt manchmal, seit er frei ist. Aber ich muss sagen, besonders aussagekräftig sind seine Briefe nicht.«

»Das wundert mich nicht«, murmelte ich missmutig.

Doch sie schien meinen Einwand nicht gehört zu haben, sondern setzte mich in eins der Sesselchen. Dann lief sie in ihre Küche und holte Tee und Kekse.

Es war offensichtlich, dass sie mich erwartet hatte. Als sie zurückkam, drehte sie ihr Ladenschild um, so dass von außen »closed« zu lesen war, und setzte sich mir gegenüber.

Wie gestern Abend Amelie musste ich ihr alles von Avallach und meinen Erlebnissen erzählen. Geduldig hörte sie sich meine Beschwerden über Calums empörendes Verhalten an.

Ihre Reaktion war nicht so, wie ich erhofft hatte. Zwar nahm sie ihn nicht in Schutz, aber leider war sie längst nicht so aufgebracht, wie ich es erwartet hatte. Alle schienen ihn besser zu verstehen als ich.

Nachdem wir zwei Stunden geredet hatten, machten wir uns gemeinsam auf den Rückweg. Mir war aufgefallen, dass immer ein Familienmitglied in meiner Nähe war, selbst als ich gestern Abend in den Garten ging, war Bree nicht von meiner Seite gewichen. Ich hoffte, dass das im Laufe der Zeit nachlassen würde, jetzt hatte ich weder die Kraft noch die Lust, darüber zu diskutieren.

»Was wirst du jetzt tun?«, fragte Sophie, während wir nebeneinander zum Pfarrhaus liefen.

»Erst mal werde ich versuchen, die Schule einigermaßen zu beenden, bestimmt habe ich einiges versäumt. Das muss ich aufholen. Was ich in Avallach gelernt habe, wird mir nicht viel helfen.«

»Du solltest dir überlegen, was du nach den Sommerferien machen möchtest. Die Bewerbungen für die Universitäten sind längst raus.«

Ich wusste nicht, weshalb sie annahm, dass ich studieren wollte, aber tatsächlich war das am wahrscheinlichsten. Was bedeutete, dass ich Portree bald wieder verlassen musste.

»Ich werde es mir überlegen«, versprach ich, kurz bevor wir am Pfarrhaus ankamen.

Dr. Erickson begrüßte mich herzlicher, als ich nach meiner »Flucht« aus Avallach angenommen hätte. Er begleitete mich später unter einem Vorwand nach Hause, wo er sich mit Ethan in dessen Arbeitszimmer einschloss.

Amelie nahm mich in Beschlag und begann mich für den Abend zurechtzumachen. Ich ließ diese Prozedur klaglos über mich ergehen. Es machte sogar mehr Spaß, als ich erwartet hatte. Wir durchstöberten ihren Kleiderschrank und ich entschied mich für eins ihrer neuen, angeblich unglaublich angesagten Tops.

»Dazu kannst du keine von deinen ausgewaschenen Jeans anziehen«, protestierte Amelie, kaum dass ich es übergestreift hatte. Es saß perfekt und ich fand, dass meine Jeans ausgesprochen gut dazu passte.

»Hier«, Amelie hielt mir einen knallbunten langen Rock entgegen, der aussah, als wäre er aus einem von Sophies Kaftanen geschneidert worden.

Entgeistert sah ich sie an und fing an zu lachen.

»Das kann nicht dein Ernst sein, Amelie. Niemals werde ich das bunte Ding anziehen. Das kannst du vergessen.«

Beleidigt hängte sie den Rock in den Schrank, um gleich darauf ein winziges Stückchen Stoff hochzuhalten, das nur mit sehr viel Fantasie als Minirock bezeichnet werden konnte. Ich schüttelte meinen Kopf und auch das Teilchen verschwand wieder in den Tiefen von Amelies Kleiderschrank. Amelie wäre nicht meine Amelie gewesen, wenn sie sich dadurch den Abend hätte verderben lassen.

»Dann musst du wohl in diesem abgetragenen Ding losziehen.« Sie bedachte meine Lieblingshose mit einem abfälligen Blick und schob mich, trotz meiner Proteste, zu ihrem Schminktischchen. Sie tuschte, zupfte und malte an mir herum, dass ich ganz müde wurde.

Zu guter Letzt machte sie sich an meinen Haaren zu schaffen. Als sie mir eine halbe Stunde später einen Spiegel vor die Nase hielt, musste ich zugeben, dass ich viel besser aussah als vorher. Mein Gesicht war nicht mehr so blass und meine Augenbrauen, sorgfältig gezupft, waren jetzt schön geschwungen. Meine Augen hatte Amelie dezent mit verschiedenen Grautönen geschminkt und meinen Mund mit etwas Lipgloss betont.

Ich drehte mich vor dem hohen Spiegel in ihrem Zimmer, um mich zu bewundern, und Amelie strahlte bei meiner Begeisterung übers ganze Gesicht.

»Das wäre doch gelacht, wenn sich heute nicht einer von den Jungs im Pub für dich interessieren würde«, sagte sie, während sie ihre Sachen zusammenkramte.

Ich schüttelte den Kopf, doch das bemerkte sie nicht. Sie würde nie verstehen, was Calum mir bedeutet hatte, dachte ich. Gleich darauf schüttelte ich diesen traurigen Gedanken ab. Ich würde mich heute Abend amüsieren und diese Geschichte ein für alle Mal hinter mir lassen.

Um sieben fuhren wir los, um Jamie abzuholen. Mir war nicht entgangen, dass Ethan Amelie eingeschärft hatte, mich nicht aus den Augen zu lassen.

»Dad, Emma braucht keinen Babysitter. Aber wenn es unbedingt sein muss, ich finde bestimmt jemanden, der auf sie aufpasst.«

Frech hatte sie ihn angegrinst.

»Das ist kein Spaß, Amelie«, hatte Peter, der am Tisch saß, sich eingemischt. »Wir wissen nicht, wo Elin ist und was er vorhat. Nehmt eure Handys mit, damit ihr anrufen könnt, falls etwas Ungewöhnliches passiert.«

»Das kann ja nicht verkehrt sein«, hatte Amelie eingelenkt und mich schnell aus dem Haus gezogen, bevor den Männern noch weitere Belehrungen einfielen.

Nachdem wir Jamie abgeholt hatten, fuhren wir zum Kino. Es lief »Black Swan«, der Film hatte gute Kritiken bekommen. Während Amelie die Karten holte, stellten Jamie und ich uns an, um Popcorn und Cola zu besorgen.

»Wusstest du, dass ich mit Brian Schluss gemacht habe?« Jamie erzählte drauflos, während ich die Umstehenden musterte. Obschon ich mir vorgenommen hatte, ein normales Leben zu führen, hatte Peters Warnung mir Angst gemacht. Ein bisschen Vorsicht konnte nicht schaden. Allerdings waren weit und breit nur popcornessende, colatrinkende Teenager zu sehen. Alles total normal also. Ich versuchte mich zu entspannen.

»Emma, ich rede mit dir«, stupste Jamie mich an, gerade in dem Moment, als ich glaubte, lange schneeweiße Haare um eine Ecke verschwinden zu sehen. Als ich panisch zurück zu der Stelle schaute, standen da nur ein paar kichernde Mädchen.

Ich wandte mich Jamie zu.

»Brian«, erinnerte sie mich. »Wir haben uns getrennt.«

»Weshalb? Ihr wart letzten Sommer ganz verliebt.«

»Er wollte ständig, dass wir mit seinen Freunden abhängen. Jedes Mal, wenn ich mit ihm ins Kino oder zum Eis essen gehen wollte, hatte er keine Lust«, beschwerte sie sich. »Allein sein wollte er mit mir nur, um fernzusehen oder rumzuknutschen.«

Na, die Sorgen wollte ich haben, dachte ich bei mir, hörte aber weiterhin zu, wie sie die Nachteile ihrer Beziehung mit Brian vor mir ausbreitete. Ich versuchte, dabei nicht ständig die Umgebung zu mustern. Das ungute Gefühl, das sich in mir breitmachte, war nicht leicht zu ignorieren. Ich atmete erst auf, als wir im Kino saßen und von einer langen weißen Haarmähne nichts zu sehen war.

Kurz überlegte ich, ob ich Peter eine SMS schreiben sollte.

»Alles klar mit dir?«, stupste Amelie mich an.

»Ich glaube, ich habe im Vorraum eine lange weiße Haarmähne gesehen«, antwortete ich leise.

Amelie wusste sofort, was ich meinte.

»Meinst du, ich sollte Peter eine Nachricht schicken?«

»Du weißt, was dann passiert. Er bringt es fertig und rückt mit einer ganzen Armee an und unser Abend ist im Eimer«, flüsterte sie zurück. »Lass uns erst mal abwarten, nach dem Film können wir überlegen, was wir tun.«

Nachdem ich nochmal den ganzen Kinosaal unter die Lupe genommen hatte, und nichts Verdächtiges entdeckt hatte, beschloss ich, mich auf den Film zu konzentrieren. Das fiel mir zuerst nicht leicht, aber später war es an manchen Stellen so unheimlich, dass ich es schaffte, den Grusel in meinem eigenen Leben für den Moment zu verdrängen.

Als wir aus dem Kino auf die dunkle Straße traten, war weit und breit nichts Verdächtiges zu entdecken. Wahrscheinlich litt ich an Verfolgungswahn.

Amelie musterte aufmerksam die Straße.

»Los, kommt«, rief sie. Sie griff nach meiner Hand und lief so schnell los, dass Jamie Schwierigkeiten hatte, uns zu folgen. Atemlos erreichten wir nach wenigen hundert Metern den Pub und Amelie schob mich hinein.

»Was sollte das denn?«, fragte Jamie und versuchte gleichzeitig, zu Atem zu kommen.

»Kleine sportliche Einlage«, erwiderte Amelie und drängelte sich zu einem der Tische durch, an dem sie Jake ausgemacht hatte.

»Na, Mädels«, begrüßte er uns und zog Amelie besitzergreifend auf seinen Schoß. »Wie war der Film?«

»Ziemlich spannend«, antwortete Amelie und griff nach seinem Bier. »Leider keine hübschen Männer. Aber Emma wollte ja auf gar keinen Fall in einen Liebesfilm.«

Sie blickte mich auffordernd an und wandte sich Tim zu. Ich ahnte Böses und drehte mich zu Jamie um. Die starrte mit zusammengezogenen Augenbrauen auf die Tanzfläche, wo Brian eine langhaarige Blondine umschlungen hielt.

Ich stupste sie an.

»Lass uns eine Cola holen, Jamie«, versuchte ich sie abzulenken.

Sie nickte und wir schoben uns durchs Gewühl in Richtung Bar. Lange würde ich es hier nicht aushalten Es roch nach Bier, Rauch und verschwitzten Menschen.

Wir bestellten eine Cola und beschlossen, an der Bar stehen zu bleiben und abzuwarten, bis auch Amelie genug haben würde. Unwillkürlich schweiften meine Gedanken zu der Nacht, in der Calum im Pub plötzlich hinter mir gestanden und mich gebeten hatte, mit ihm zu tanzen. Damals hatte ich nicht gewusst, wer er wirklich war. Er war nur der attraktivste Junge gewesen, dem ich je begegnet war. Ich seufzte und Jamie blickte mich an.

»Es ist immer noch Calum, oder?«

Ich nickte, sagte jedoch nichts.

»Ich habe mich immer gefragt, wohin er verschwunden ist, damals. Du hast es mir nie erzählt.«

Jetzt war ihr Tonfall fordernder.

»Er hat mir nur gesagt, dass er zu Verwandten nach London zieht«, antwortete ich ausweichend. Das hatte Dr. Erickson damals verbreitet und wir hatten uns alle dieser Erklärung angeschlossen. Jamie hatte es offenbar nicht geglaubt.

Sie sah mich skeptisch an.

»Ich muss ja nicht alles wissen«, entgegnete sie und blickte mit traurigem Blick zur Tanzfläche.

»Du bist aber auch nicht über Brian hinweg, wie es aussieht.«

Sie sah mich an und wir begannen beide zu lachen.

»Was ist denn mit euch los? Kann ich das auch trinken?«

Amelie gesellte sich zu uns und schnupperte an meiner Cola.

»Nichts drin«, erklärte ich. »Wir lachen über unser Pech in unserem Liebesleben.«

Sie rümpfte ihre Nase und schielte zur Tanzfläche.

»Brian ist sich auch für nichts zu schade«, beurteilte sie rüde dessen Tanzpartnerin und erst jetzt erkannte ich, wer es war. Valerie. Sie hatte früher die ganze Zeit versucht, mir Calum abspenstig zu machen.

»Die hat sich ja rausgeputzt, als ob sie den ganzen Pub aufreißen wollte«, setzte sie gehässig hinzu.

»Nur Brian«, antwortete Jamie. »Kaum, dass Calum fort war, war sie hinter ihm her. Aber du hast ja nichts davon bemerkt, so weggetreten, wie du warst.«

»Ich geh mal für kleine Mädchen«, warf ich ein, in der Hoffnung, dass sie nach meiner Rückkehr das Thema gewechselt hatten.

»Ich komm mit.«

Amelie drängelte hinter mir her, ohne auf die dicht gedrängten Körper Rücksicht zu nehmen.

»Weshalb bist du nicht mehr bei Jake?«, fragte ich, als wir uns die Hände wuschen.

»Der hat viel zu viel getrunken und fummelt die ganze Zeit an mir rum. Ich hasse das.«

Sorgfältig zog sie mit einem Lipliner ihre Lippen nach.

»Wollen wir gehen? Das hier ist nichts für mich«, schlug ich vor.

Zu meiner Überraschung nickte Amelie. Jamie erhob keine Einwände und ich war froh, als wir draußen an der frischen Luft standen. Sofort war auch das Unbehagen da. Selbst mit Amelie und Jamie hätte ich keine Chance, falls Elin auftauchen würde. Amelie hatte dasselbe ungute Gefühl, denn sie musterte aufmerksam die Straße.

»Lass uns schnell zum Auto gehen«, flüsterte ich ihr zu.

In dem Moment öffnete sich hinter uns die Tür und laut grölend kamen Jake und Brian heraus.

Ich stöhnte auf. Zwei betrunkene Jungs hatten mir heute Abend noch gefehlt.

»Wo wollt ihr hin, Mädels?«, lallte Jake mehr, als dass er verständliche Worte herausbrachte. »Seid nicht so langweilig. Wir wollen noch ein bisschen Party machen, was meint ihr?«

Brian war nicht mehr viel nüchterner, wie unschwer zu erkennen war.

»Am besten, ihr werdet erst mal nüchtern, dann könnt ihr euch wieder bei uns melden«, erteilte Amelie ihnen eine Abfuhr und zog mich mit sich davon.

Jamie, die Brian mit einem sehnsüchtigen Blick bedacht hatte, trabte hinter uns her.

»Wer hat eigentlich Schluss gemacht, Jamie?«

Ich drehte mich zu ihr um, kaum dass wir im Auto saßen.

»Du guckst ihn jedes Mal an wie ein verwundetes Reh«, erklärte ich.

»Ich wollte nur, dass er sich mehr um mich kümmert«, versuchte Jamie zu erklären. »Er war nach einer Weile nicht mehr gerade liebevoll. Da dachte ich, wenn ich ihm sage, dass ich mich von ihm trenne, wird er wieder so wie am Anfang.«

Verständnislos sah ich sie an.

»Tolle Taktik«, bemerkte Amelie und betrachtete Jamie durch den Rückspiegel wie ein seltenes Objekt.

»Hättest du mich vorher gefragt, dann hätte ich dir gleich sagen können, dass das nie im Leben funktionieren wird.«

»Aber was hätte ich denn sonst machen sollen?«

»Du hast was Besseres verdient, Jamie«, versuchte ich sie zu trösten.

Doch mein Versuch, sie aufzumuntern, schlug fehl. Sie ließ sich mit dem Kopf auf die Rückbank fallen und murmelte unverständliches Zeug in die Polster.

»Hab ich ihr auch schon erklärt. Ungefähr hundert Mal. Hat alles nichts genützt. Jetzt habe ich zwei liebeskranke Freundinnen. Ich wünschte, ihr würdet die Sache mit der Liebe nicht so schwernehmen.«

Ich begann zu kichern und kurze Zeit später stimmten Amelie und Jamie mit ein.

In den nächsten Wochen nahm die Schule mich ganz in Beschlag. Eine Prüfung jagte die nächste, so dass ich kaum zum Nachdenken kam. Ethan war entschlossen, mich durch die Abiturprüfungen zu bringen. Tag und Nacht quälte er mich mit Aufgaben, was den positiven Nebeneffekt hatte, dass ich nicht zum Nachdenken kam. Er hatte erreicht, dass ich einige Prüfungen auch noch in den Ferien nachholen konnte.

Als Amelie und ich endlich alle Prüfungen mehr oder weniger erfolgreich hinter uns gebracht hatten, erschien mir meine Zeit in Avallach wie ein Traum.

Die Erinnerung an Calum schmerzte noch, doch ich hatte sie in die hinterste Ecke meines Herzens verschoben. Oft vermisste ich Amia und fragte mich, wie es ihr ging.

Leider hatte sie keinen meiner Briefe beantwortet, die ich Peter mit der Bitte um Weiterleitung geschickt hatte. Von ihr hatte ich schließlich keine Adresse. Aber irgendwie musste die Post auch in Avallach funktionieren, schließlich hatte auch ich dort Briefe von Bree oder Sophie bekommen und beantwortet.

Und dann kam ein Brief. Eines Morgens lag er auf meinem Fensterbrett. Mit einem kleinen Stein darauf, damit der Wind ihn nicht forttrug.

Verwundert drehte ich den cremefarbenen Umschlag in meinen Händen.

»Für Emma«, stand in geschwungener Schrift darauf und erst beim zweiten Lesen erkannte ich Amias Schrift. Ich fragte mich, wie der Brief hierhergekommen war, und sah mich um. Da entdeckte ich Morgaine, die an einem der Äste des Apfelbaumes vor meinem Zimmer hin- und herschaukelte.

»Morgaine, was tust du hier?«, rief ich leise und öffnete mein Fenster, damit die kleine Fee hereinfliegen konnte. Sie machte es sich auf meinem Schreibtisch bequem und sah mich vorwurfsvoll an.

»Was ist?«, fragte ich. »Seit wann bist du unter die Briefträger gegangen?«

»Ich mach das nur Amia zuliebe«, erklärte die Kleine. »Du hast dich nicht einmal von mir verabschiedet. So rücksichtslos wäre Amia nie«, warf sie mir vor.

Ich machte ein zerknirschtes Gesicht.

»Da bist du sicher nicht die Einzige, die mir böse ist«, stellte ich fest.

»Oh, Ferin war auch nicht gerade begeistert. Aber Calum, der hat getobt.«

Sie kicherte frech.

»Er hat gewusst, dass ich fortgehe«, warf ich zu meiner Verteidigung ein. »Er wollte mich daran hindern, aber ich habe es nicht mehr ausgehalten.«

Jetzt sah Morgaine mich verständnisvoller an.

»Weißt du, was in dem Brief steht?«, fragte ich ängstlich und wendete diesen wieder in meinen Händen.

»Es ist die Einladung«, bestätigte Morgaine meine Befürchtungen.

»Für die Verbindung?«

Sie nickte.

»Glaubt sie tatsächlich, dass ich komme?«, fragte ich fassungslos.

»Ich nehme an, sie glaubt es nicht nur, sondern sie wünscht es sich mehr als alles andere. Deshalb hat Amia ja auch mich gebeten, dir den Brief zu bringen, und ihn nicht einfach in die Feenpost gegeben wie die anderen Einladungen.«

»Feenpost?«

Davon hatte ich noch nie etwas gehört.

»Hast du dich nie gewundert, weshalb die Briefe, die du von deiner Familie und den Ericksons in Avallach bekommen hast, keine Briefmarken trugen?«

Altklug schüttelte sie ihr Köpfchen über meine Ignoranz.

Tatsächlich hatte ich darauf nicht geachtet.

Ich traute mich nicht, den Umschlag zu öffnen.

»Jetzt mach ihn schon auf«, forderte sie. »Der Brief beißt nicht.«

Das hatte ich auch nicht befürchtet.

Endlich riss ich den Umschlag auf und zog den zartgrünen, durchscheinenden Zettel heraus. Ich strich darüber und stellte fest, dass es sich nicht um gewöhnliches Papier handelte.

»Es ist Grament, hergestellt aus Seegras«, klärte Morgaine mich auf. »Die Tinte ist echte Oktopustinte.«

Oktopustinte. Ich sah auf Amias Schrift, die sich schillernd blau über das Papier zog.

Vorsichtig strich ich darüber. Erst dann begann ich zu lesen.

Ihre Vereinigung
geben bekannt
Amia und Calum -
Tochter und Ziehsohn des Ares, König der Shellycoats.
Die Feierlichkeiten finden am
dritten Sonntag des Augustes
in Avallach statt.
Wir erwarten Ihr Kommen.

»Wir erwarten Ihr Kommen? Frechheit. Habe ich keine Wahl?«

Sie ignorierte meine Frage.

»Es wird ein großes Fest. Ganz Avallach ist in Aufruhr für die Vorbereitungen. Zum Glück sind zurzeit Ferien und kaum Schüler dort, so dass wir uns darum kümmern können.«

»Du hast meine Frage nicht beantwortet.«

»Da ist noch ein Zettel in dem Umschlag«, sagte Morgaine nur. Ich sah noch einmal hinein, und richtig, da war ein kleiner Zettel. Es war ganz normales Papier, stellte ich fest, und begann zu lesen:

»Liebe Emma, ich weiß, dass es zu viel verlangt ist, und trotzdem bitte ich dich darum. Komm. Du musst an meiner

Seite sein. Allein schaffe ich das nicht. Bitte, bitte, komm. Deine Schwester.«

»Sie sollte mich nicht damit unter Druck setzen, dass ich ihre Schwester bin. Ich finde, das gehört sich nicht.«

Morgaine lächelte schelmisch.

»Ich habe ihr gut zugeredet und Raven fand auch, dass der Zweck die Mittel heiligen würde.«

»Das habt ihr drei euch ja super ausgedacht.«

Morgaine nickte.

»Und was soll ich Amia ausrichten?«

»Kann ich nicht wenigstens ein paar Tage darüber nachdenken?«, versuchte ich, Zeit zu schinden.

Morgaine schüttelte ihren Kopf.

»Ich darf nicht zurück, bevor du nicht versprochen hast, dass du kommst.«

»Aber was soll ich da?«, jammerte ich. »Wie soll ich ihr helfen? Ohne mich ist sie viel besser dran.«

»Sie ist anderer Meinung«, erklärte Morgaine geduldig.

In diesem Moment ging die Tür auf und Amelie kam ins Zimmer.

Morgaine flatterte auf und sah sich nach einem geeigneten Versteck um, da war es schon zu spät.

»Ach du lieber Himmel«, stieß Amelie aus. »Was ist das denn?«

»Amelie, das ist Morgaine, eine Fee aus Avallach«, klärte ich sie auf.

Amelie nickte und war zur Abwechslung mal sprachlos.

»Morgaine«, fuhr ich fort. »Das ist meine Cousine Amelie.«

»Sehr erfreut.« Morgaine machte eine winzige Verbeugung und setzte sich wieder auf den Schreibtisch.

Amelie ließ sich auf mein Bett plumpsen.

»Abgefahren«, sagte sie. »Fällst du tot um, wenn ich sage, dass ich nicht an Feen glaube?«

Morgaine verdrehte ihre Augen.

»Sie hat einen Brief von Amia gebracht. Das Datum für die Vereinigung steht fest«, unterbrach ich den Quatsch.

Ich brauchte Amelie nichts weiter zu erklären, sie verstand sofort, was das bedeutete.

»Oh, das tut mir leid, Emma.« Sie griff nach meiner Hand.

»Sie möchte, dass ich komme.«

»Wie bitte?«

»Siehst du«, wandte ich mich an Morgaine. »Sie versteht es auch nicht. Niemand würde das verstehen.«

»Aber Amia braucht dich.«

Morgaine würde nicht lockerlassen.

»Was bedeutet: Amia braucht sie?«, wandte Amelie sich an Morgaine.

Diese antwortete bereitwillig: »Amia ist nicht glücklich über diese Entwicklung. Sie hat die ganze Zeit gehofft, dass Calum sich anders entscheidet. Aber er ist entschlossen, die Erwartungen, die sein Volk in ihn setzt, zu erfüllen. Dazu gehört eindeutig diese Verbindung.«

Amelie nickte.

»Sie konnte ihn nicht umstimmen, habe ich recht? Sie hat ihm nicht gesagt, dass sie Miro liebt.«

Morgaine schüttelte den Kopf.

»Dafür ist sie nicht tapfer genug. Nur Calum kann die Verbindung auflösen und er hat keinen Grund dazu.«

Ich schob Amelie die Einladung hin und sie las sie aufmerksam.

Dann ließ sie das Blatt sinken.

»Ich finde, du solltest hinfahren. Du kannst sie nicht allein lassen.«

»Super, wenigstens du könntest auf meiner Seite sein.«

»Ich bin auf deiner Seite, Emma. Aber stell dir vor, du müsstest jemanden heiraten, den du nicht liebst. Wie würdest du dich fühlen? Wenn du nicht hinfährst, wird Amia denken, dass du ihr böse bist. Das willst du doch nicht, oder?«

Ich schüttelte den Kopf.

»Nein, natürlich nicht. Aber ich möchte auch dieser Vereinigung, wie immer sie vor sich geht, nicht unbedingt zusehen. Das kann doch nicht schwer zu verstehen sein. Calum war die Liebe meines Lebens und jetzt heiratet er meine Schwester. Das ist schlimmer als in einem Kitschfilm.«

»Sie wird kommen«, wandte sich Amelie an Morgaine. »Du kannst dich darauf verlassen. Sag Amia, dass Emma sie nicht allein lassen wird.«

Morgaine verbeugte sich nochmals in Richtung Amelie.

»Vielen Dank. Ich werde es Amia ausrichten.«

Dann flatterte sie durch das Fenster davon.

Amelie und ich schwiegen.

»Du wirst mitkommen«, sagte ich nach einer Weile zu Amelie. »Allein gehe ich da nicht hin.«

»Mit dem größten Vergnügen. Aber geht das denn?«

»Keine Ahnung, aber unsere Familie steckt so tief in der Geschichte drin, dass es darauf jetzt nicht mehr ankommt. Ein Mensch mehr oder weniger macht auch nichts mehr. Wir sollten Peter fragen.«

Ich versuchte, hoffnungsvoll zu klingen, war aber nicht sicher, ob das möglich war.

»Ich ruf ihn gleich an.«

Amelie stürmte aus dem Zimmer.

Drei Wochen hatte ich noch, überlegte ich, nachdem sich die Tür hinter ihr geschlossen hatte. Drei lange Wochen, in denen ich mir die geschickteste Strategie für meine Absage überlegen konnte. Ich könnte krank werden, überlegte ich. Ich könnte mich weigern. Ich könnte ... Mehr fiel mir nicht ein. Aber ich hatte Zeit. Irgendetwas würde mir einfallen.

»Peter hat auch eine Einladung bekommen«, eröffnete mir Amelie beim Abendessen. Fragend sah ich sie an.

»Ich hab ihn in Edinburgh angerufen«, erklärte sie, »und ihn gefragt, ob ich mitkommen kann.«

»Was hat er gesagt?«

»Er wird Calum fragen. Wenn Calum mich einlädt, kann ich mitkommen. Er ruft in ein paar Tagen zurück.«

»Willst du das ehrlich tun?« Bree sah mich an.

»Von Wollen kann keine Rede sein. Ich wünschte, ich hätte eine Wahl. Amia möchte unbedingt, dass ich dabei bin.«

Bree nickte.

»Das muss schwer für sie sein. Du solltest ihr zur Seite stehen. Sie hat sonst keine Familie mehr.«

Toll, als ob ich das nicht alles selbst wusste. Jetzt machte mir auch noch Bree ein schlechtes Gewissen.

Ich rückte meinen Stuhl zurück und stand auf.

»Wenn ihr nichts dagegen habt, würde ich gern ein bisschen in den Garten gehen.«

Ethan nickte, obwohl er es hasste, wenn einer vom Tisch aufstand, bevor alle fertig waren.

Ich nahm meine Jacke vom Haken im Flur und lief hinaus.

Weshalb taten sie mir das an? Amia konnte ich verstehen. Aber Calum? Er hätte es ihr verbieten müssen. Ich konnte mir nicht vorstellen, dass er erpicht darauf war, mich zu sehen. Mit Sicherheit hatte er gehofft, dass das Emma-Kapitel abgeschlossen war. Mich als Schwägerin serviert zu bekommen, war kaum in seinem Interesse.

Ich war hin- und hergerissen. Einerseits kribbelte mein Magen schon bei dem Gedanken, ihn zu sehen, andererseits konnte ich mir nicht vorstellen, dabei zuzuschauen, wie er mir für immer entrissen wurde. Aber im Grunde hatte er diese Entscheidung längst getroffen. Das hier war nur die Besiegelung seiner Entscheidung.

Ich hatte gewusst, dass dieser Tag kommen würde. Also würde ich hinfahren und damit abschließen. Wieder einmal.

14. Kapitel

Meine Ungeduld wuchs von Tag zu Tag. Was würden Calum und Amia dazu sagen, dass ich darauf bestand, Amelie mitzubringen?

Würde es erlaubt werden?

Ich sah mich außerstande, ohne sie nach Avallach zu fahren. Der Anlass erforderte all meinen Mut. Es erschien mir unmöglich, das allein zu schaffen. Amelie würde an meiner Seite sein, egal was geschah.

Morgaine kam ein paar Tage später und überbrachte einen zweiten Brief von Amia.

Sie bat mich, eine Woche früher zu kommen, damit sie ein bisschen mehr Zeit mit mir verbringen konnte.

Diesen Wunsch wollte ich ihr nur zu gern erfüllen und zwar nicht zuletzt deshalb, weil ich mich selbst nach Avallach sehnte.

Leider kam mit dem Brief keine Erlaubnis für Amelie.

»Morgaine, ich habe doch geschrieben, dass ich ohne Amelie nicht kommen werde. Weshalb schreibt Amia nichts dazu? Weißt du, ob sie mit Calum darüber gesprochen hat?«

»Sie sind beide deswegen zu Myron gegangen. Calum wollte es nicht erlauben, aber Amia hat ihn förmlich angefleht. Nach einer Weile hat er sich geschlagen gegeben. Aber ich weiß nicht, was Myron dazu gesagt hat. Tut mir leid.«

Im selben Augenblick klingelte mein Handy. Peter war am anderen Ende der Leitung.

»Amelie darf mitfahren«, verkündete er mir.

Amelie, die mitgehört hatte, kreischte auf und umarmte mich so heftig, dass das Handy auf den Boden fiel. Sie hüpfte und sprang in meinem Zimmer herum und quietschte dabei, dass Bree und die Zwillinge hereingestürmt kamen, um zu sehen, was mit ihr los war.

Morgaine hatte sich hinter meinem Laptop in Sicherheit gebracht.

Ich versuchte Peter noch mal zu erreichen, der aufgelegt hatte.

»Sie darf wirklich mit?«, fragte ich ungläubig ins Telefon.

»Myron hat es persönlich erlaubt«, versicherte mir Peter. »Amelie zählt zur Familie. Damit ist es möglich, dass sie mich nach Avallach begleitet. Schließlich darf jeder Eingeweihte eine Begleitung mitbringen. Das kann eine Ehefrau oder eine Schwester oder Tochter sein«, erklärte er.

Während er sprach, beobachtete ich Bree. Sie schüttelte den Kopf, als sie ihre große Tochter ausflippen sah, und scheuchte die Kleinen hinaus. Wir versuchten weiterhin, vor den beiden die Geschichte geheim zu halten. Obwohl dies von Tag zu Tag schwieriger wurde.

»Du darfst mit?« Bree verschränkte ihre Arme vor der Brust. Sie hatte von Anfang an klargemacht, dass ihr diese Entwicklung nicht behagte. Zu ihrem Leidwesen konnte sie Amelie es nicht verbieten, schließlich war sie längst volljährig.

So musste sie sich mit Ermahnungen begnügen und ließ dafür keinen Moment ungenutzt, den Amelie in ihrer Nähe verbrachte.

Die ließ sich ihre Vorfreude nicht verderben. Und je stiller ich in den nächsten Tagen wurde, umso hibbeliger wurde sie.

Endlich war der Tag der Abreise gekommen. Da ich etwas wortkarg war, bestritt Peter während der Fahrt das Gespräch mit Amelie.

Amia erwartete uns auf dem Parkplatz und fiel mir um den Hals, kaum dass ich aus dem Auto geklettert war.

Sie sah abgemagert aus.

Kein bisschen wie eine Braut, die in den nächsten Tagen mit der Liebe ihres Lebens verbunden werden sollte.

Das hatte ich zwar nicht erwartet, aber dieses Häufchen Elend, das jetzt vor mir stand, war erbarmungswürdig.

Sie brachte uns ins Schloss. Amelie und ich würden in denselben Räumen wohnen wie damals, als ich mit Calum zur Ratsversammlung gekommen war.

Ich war ein bisschen traurig, dass wir nicht gemeinsam mit Raven und Amia in einem Zimmer schliefen.

»Wir essen alle zusammen im Saal«, erklärte Amia. »Es sind nur wenige Lehrer hier und ein paar Freunde. Wir dachten, so ist es am besten für alle.«

Ich nickte.

»Ich bin so froh, dass ihr gekommen seid«, sagte Amia an Amelie gewandt. »Morgaine hat mir erzählt, dass du Emma überredet hast. Dafür werde ich dir ewig dankbar sein.«

Amelie bedankte sich mit einem Lächeln.

»Ich werde euch allein lassen, damit ihr auspacken könnt. Ich sage Raven Bescheid, dass ihr angekommen seid. In einer halben Stunde hole ich euch zum Essen ab.«

»Wahnsinn«, kreischte Amelie, nachdem Amia uns verlassen hatte. Ausgiebig begutachtete sie jede Ecke des luxuriösen Zimmers.

Ich fragte mich kurzzeitig, ob es eine gute Idee gewesen war, sie mitzunehmen. Allerdings hätte ich mich sonst einsam gefühlt.

Amia war mir fremd geworden. Ich wusste nicht genau, ob es an mir, an ihr oder an Amelie lag. Ich hoffte, dass dieses Gefühl nicht lang anhalten würde.

Amelie und ich folgten Amia später in den großen Saal. Meine Nervosität verstärkte sich. Wie würden meine Freunde sich mir gegenüber verhalten, nachdem ich weggelaufen war, ohne mich zu verabschieden? Ob sie mir noch böse waren? Würde Raven mir Vorwürfe machen? Ich bekam kalte

Füße, wie meistens, wenn ich aufgeregt war, doch es gab kein Zurück mehr.

Wie bei meinem ersten Besuch war eine festliche Tafel gedeckt, wenn diese auch nicht ganz so groß war, wie beim letzten Mal.

Als wir eintraten, wandten sich mir vertraute Gesichter zu.

Myron kam mir entgegen und griff nach meinen Händen.

»Du hast dich nicht von mir verabschiedet, Emma. In unserer Welt gilt das als sehr unhöflich.«

Sein Ton klang vorwurfsvoll, aber er lächelte.

»Entschuldige«, murmelte ich.

Merlin strich mir zur Begrüßung übers Haar und strahlte mich an.

Ich hatte nicht erwartet, dass ich mich so freuen würde, alle wiederzusehen.

Ferin drängelte sich zu mir durch und umarmte mich.

»Das verzeihe ich dir nie, dass du uns einfach sitzen gelassen hast«, flüsterte er in mein Ohr, damit die anderen es nicht hörten.

»Ging nicht anders«, murmelte ich und drückte ihn fest.

Da sah ich Raven, die hinter ihm stand.

»Ferin hat sich wieder eingekriegt, aber er war echt sauer«, sagte sie.

Calum war als Einziger am Kamin am Kopf des Tisches stehen geblieben. Als ich ihn ansah, kam er zu uns, reichte mir seine Hand und sagte steif: »Hallo Emma. Schön, dass ihr gekommen seid. Amia ist sehr glücklich darüber.«

Ich nickte und versuchte, das Kribbeln in meiner Hand zu ignorieren. Immer noch hatte er diese unmittelbare körperliche Wirkung auf mich.

»Lasst uns Platz nehmen und mit dem Essen beginnen«, rief Merlin und klatschte in die Hände.

Calum ließ meine Hand los und wandte sich Amia zu. Er nahm ihren Arm und führte sie zu ihrem Platz. Ich sah ihnen hinterher und versuchte, mein Herzklopfen zu ignorieren.

Ferin stupste mich an und zog mich mit sich.

»Komm, erzähl mir, wie es dir in den letzten Wochen ergangen ist. Hast du uns vermisst?«

Er blickte mich so treuherzig an, dass ich unwillkürlich loslachen musste.

»Erzähl du mir lieber, wer zurzeit deine große Liebe ist«, neckte ich ihn.

Er stöhnte auf und winkte ab.

»Mit der Liebe hab ich abgeschlossen. Das ist mir zu kompliziert. Und ihr seid keine guten Vorbilder in dieser Angelegenheit. Du liebst Calum. Calum will Amia, warum auch immer. Amia liebt Miro. Raven, keine Ahnung. So kann das nie und nimmer funktionieren«, flüsterte er.

»Du kannst mir glauben, dass das hier nicht meine leichteste Übung ist. Ich tue das für Amia.«

»Das dachte ich mir.«

Während wir aßen, musterte ich das glückliche Paar, das mir schräg gegenüber saß.

Amia stocherte ohne Appetit in ihrem Essen herum. Als sie bemerkte, dass ich sie ansah, lächelte sie mir zu.

»Wie geht es dir bei den Menschen, Emma? Hast du dich wieder eingelebt?«, fragte sie.

Ich nickte und fragte mich, ob sie das in ihrem Zustand wirklich interessierte.

»Wir hatten vor den Sommerferien unsere Abschlussprüfungen. Ich hatte erwartet, dass ich mehr verpasst habe, aber das war zum Glück nicht so. Zwar haben wir noch keine Ergebnisse, aber ich denke, dass ich alles bestanden habe.«

»Was wirst du nach den Ferien tun?«, mischte sich Calum zu meiner Verwunderung in das Gespräch ein.

Hätte ich ihn nicht so gut gekannt, wäre mir die Unsicherheit in seiner Stimme entgangen.

»Ich habe einen Studienplatz in den Staaten«, beantwortete ich seine Frage.

Überrascht sah er mich an.

»Ist das nicht ein bisschen zu weit fort?«, fragte er nach einem Moment des Schweigens.

Ich zuckte mit den Schultern und widmete mich meinem Essen. Sollte ich ihm sagen, dass ich nicht weit genug von Schottland wegkommen konnte, um ihn zu vergessen? Dieses Geständnis war für die vielen Ohren am Tisch nicht geeignet.

»Ich bin noch dabei, sie zu überzeugen, mit mir nach Edinburgh zu gehen«, wandte sich Amelie Calum zu. »Aber bisher leider ohne Erfolg. Als ob sie dort nicht Geschichte studieren könnte.«

»Dann werden wir uns nicht mehr sehen können«, wandte Amia kläglich ein und ich sah Tränen in ihren Augen.

»Ich bin nicht aus der Welt«, versuchte ich einzulenken. »In den Semesterferien komme ich bestimmt zurück. Sicher kann ich dich besuchen, falls Calum es erlaubt«, fügte ich hinzu. Ein schwacher Versuch, um sie zu trösten.

Calum äußerte sich nicht und Amia schob ihr Essen von einer Seite des Tellers zur anderen und nickte.

»Was macht ihr eigentlich in eurer Freizeit?«, fragte Amelie Raven.

»Das Schloss ist toll, aber gibt es eine Disco oder einen Pub? Solch ein Internat ist ja gut und schön, aber wo amüsiert ihr euch?«

»Hier kann man sich nicht amüsieren«, brummte Ferin missmutig. »Wir sind zum Lernen hier.«

Entgeistert sah Amelie ihn an.

»Keine Disco?«

Er schüttelte den Kopf.

»Keine Partys?«

Wieder erntete sie Kopfschütteln.

»Wir sind hier, um auf unser Leben in den Clans vorbereitet zu werden und um so viel wie möglich voneinander zu lernen und Freundschaften zwischen den Völkern zu knüpfen«, erklärte Calum.

Amelie sah ihn an.

»Du warst früher auch unterhaltsamer und vor allem unternehmungslustiger, Calum.«

Ferin neben ihr begann zu lachen und hatte Mühe, seinen Gefühlsausbruch unter Kontrolle zu bringen.

Selbst Raven grinste vor sich hin.

»Es war an der Zeit, Verantwortung zu übernehmen«, erklärte er gestelzt und wandte sich Amia zu, die ihren Teller von sich geschoben hatte.

Vergeblich versuchte er, ihr etwas von dem leckeren Nachtisch aufzudrängen, den die Feen herumtrugen.

Ärgerlich wandte ich mich ab.

Während ich mich mit Raven, Amelie und Ferin unterhielt, spürte ich, dass er mich beobachtete.

Ich wurde wütend. So wütend, dass ich meine gute Erziehung vergaß und mit Ferin zu flirten begann.

Ich strahlte ihn an und legte ihm eine Hand auf den Arm.

Er lächelte zurück und beugte sich zu mir hinüber.

»Dem zeigen wir es jetzt mal, oder?«

Er hatte verstanden. Gott, war ich leicht zu durchschauen.

»Emma, ich muss sagen, die Menschenwelt bekommt dir. Du siehst gut aus. Viel besser als damals, als du zu uns gekommen bist und davon besessen warst, Calum zu befreien. Du scheinst glücklich zu sein.«

Er zog an einer meiner Haarsträhnen und ich lehnte mich gegen ihn.

Amelie zog ihre Augenbrauen nach oben, ließ sich aber sonst nichts anmerken.

Ferin und ich kicherten und flüsterten um die Wette, während wir uns gegenseitig die Leckereien vom Teller stibitzten. Ich amüsierte mich prächtig und verbot mir jeden Blick in Calums Richtung. Er sollte ruhig merken, dass ich mit ihm durch war.

Ein Stuhl kratzte geräuschvoll über den Boden. Ohne aufzublicken wusste ich, dass es Calums war.

»Ich bringe Amia auf ihr Zimmer. Sie muss sich ausruhen«, erklärte er, als die meisten Köpfe sich ihm zuwandten.

Amias Proteste erstickte er im Keim. Er zog ihren Stuhl zurück und nahm sie am Arm. Bevor er sie aus dem Saal führte, warf er mir und Ferin einen wütenden Blick zu.

»Was war das denn für ein Theater?«

Amelie schüttelte ihren Kopf, konnte sich ein Lachen nicht verkneifen. »Ich sehe, ich habe dir doch etwas über Jungs beibringen können«, bemerkte sie. »Und ich habe gedacht, dass du nie zugehört hast, weil du solche Tricks bei Super-Calum nicht nötig hattest. Aber da sieht man mal wieder, sie sind alle gleich.«

Raven warf uns einen Blick zu, der deutlich sagte, dass sie meine und Ferins Vorstellung nicht guthieß.

Mir war das egal, mit Genugtuung dachte ich an Calums Blick, mit dem er mich beim Hinausgehen bedacht hatte.

Es war ihm nicht egal gewesen, dachte ich bei mir und verlor mich in diesem Gedanken, bis Ferin mich anstupste.

»Erde an Emma, deine hübsche Cousine langweilt sich. Wir haben beschlossen, ins Dorf in den Pub zu gehen. Kommst du mit?«

Ich sah mich um und bemerkte, dass außer Raven, Ferin, Amelie, Peter, Vince, Miro und Joel niemand mehr im Saal war. Die anderen hatten sich offensichtlich schon verabschiedet.

Ich war über Ferins Vorschlag erstaunt.

»Welches Dorf?«

»Wie welches Dorf, Marycroyd. Es liegt direkt hinter dem Wäldchen.«

Ich schüttelte den Kopf. Ich hatte mich hier immer wie auf einem anderen Stern gefühlt. Die Vorstellung, dass keine fünfhundert Meter entfernt ein kleines schottisches Dorf lag, erschien mir eher unwahrscheinlich.

Ferin sah Raven missbilligend an.

»Ich hab gedacht, Emma hätte nie Lust gehabt mitzukommen, dabei hast du sie nie gefragt.«

»Das wäre für Emma zu gefährlich gewesen«, verteidigte sie sich. »Jeder, der in Avallach studiert, kennt den Pub von Marycroyd und weiß, dass wir da hingehen. Auch Elin ist früher oft da gewesen. Sicher hat er Informanten, die ihn benachrichtigt hätten, wäre Emma dort aufgekreuzt.«

»Na dann wird es Zeit, dass du den Pub kennenlernst.«

Skeptisch betrachtete ich Ferins kleine Hörnchen, die durch sein Haar lugten.

»Menschen können sie nicht sehen«, erklärte er mir. »Wie so vieles nicht.«

»Was nicht sehen?«, mischte Amelie sich in unser Gespräch.

»Seine Hörner«, klärte ich sie auf.

»Seine was?«

Entgeistert sah sie mich an.

»Seine Hörner.«

Ich fuhr Ferin ins Haar, um die kleinen Dinger besser sichtbar zu machen.

»Emma, willst du mich verkohlen? Was haben die dir in dein Glas gemacht?«

Ich sah von ihr zu Ferin. Er lächelte wissend.

»Du kannst sie nicht sehen?«

Ich konnte es nicht fassen.

Amelie griff nach meiner Hand.

»Kann es losgehen?«

»Wollen wir nicht Amia fragen, ob sie mitkommen möchte?«, wandte ich mich an Raven.

»Ich glaube nicht, dass sie Lust hat.«

»Ich glaube eher, sie wäre dankbar, wenn sie mal rauskäme«, warf Ferin ein. »Calum weicht ihr kaum von der Seite und überwacht jeden ihrer Schritte«, erklärte er an mich gewandt.

»Calum wird nicht begeistert sein, wenn ihr seine Braut entführt«, warf Joel ein.

»Ich hole sie.«

Ohne einen weiteren Einwand abzuwarten, lief ich los. So schnell ich konnte, rannte ich durch die Gänge und stürmte in mein altes Zimmer.

Amia saß komplett angezogen auf dem Bett.

Erstaunt sah sie auf, als ich ins Zimmer stürzte.

Dann lächelte sie mir entgegen.

»Emma, schön, dass du kommst. Hast du dich gut amüsiert?«

»Ja, allerdings und das wirst du jetzt auch tun.« Ich zog sie vom Bett hoch. »Wir gehen ins Dorf zum Pub und wir wollen, dass du mitkommst.«

Erwartungsgemäß schüttelte sie den Kopf.

»Calum würde das nicht erlauben.«

»Siehst du Calum hier irgendwo?«, fragte ich ungeduldig und sah hinter die Tür.

Sie lächelte.

»Also los, nimm es als Junggesellinnen-Abschlussparty. Das wird dir dein Zukünftiger kaum verwehren.«

Amia war leichter zu überzeugen, als ich gedacht hatte. Ich ahnte, dass sie hauptsächlich mitkam, um mir einen Gefallen zu tun.

Ich zog sie hinter den anderen her. Hinaus über den dunklen Hof und durch das kleine Wäldchen und über die Brücke, die Avallach von der realen Welt trennte. Als der Pfad sich öffnete, lag vor uns ein kleines Dorf, dessen Häuser fast alle in tiefer Dunkelheit lagen. Laute Musik drang aus einem zu uns hinüber.

Zielstrebig liefen wir darauf zu.

Es war genau wie zu Hause in Portree. Dicht gedrängt standen die Leute an der Bar und schwatzten durcheinander. Die Luft war getränkt von dem Geruch des Bieres, des Whiskys und dem Qualm der Zigaretten. Wir tanzten, lachten und tranken und fast hätte ich vergessen können, dass ich mich in Gesellschaft von lauter Wesen befand, die normalerweise nur Bücher und Filme bevölkerten. Niemand schenkte unserer Gruppe besondere Aufmerksamkeit.

Als die Morgendämmerung heraufzog, liefen wir todmüde und dennoch ausgelassen zum Schloss zurück.

Am Portal stand Calum und sah uns finster entgegen.

Amia rückte näher an meine Seite. Ihre Wangen waren gerötet und das Lächeln wich nur langsam aus ihrem Gesicht, als sie seiner ansichtig wurde.

»Kann mir mal jemand sagen, was das zu bedeuten hat?«, fragte er schneidend.

Amia zog den Kopf ein. Ich konnte nicht glauben, wie sie sich von ihm bevormunden ließ.

»Keine Panik.« Joel klopfte ihm auf die Schulter. »Wir haben Junggesellinnen-Abschied gefeiert und gut auf deine Braut aufgepasst.«

Dann ging er mit Vince an ihm vorbei und auch Amia lief mit gesenktem Kopf die Treppe hinauf.

Ich wollte als Letzte durch das Tor schlüpfen, aber Calum hielt mich fest.

»Was soll das, Emma? Was bezweckst du damit?«

»Ich weiß nicht, was du meinst, Calum.«

Seinen Namen auszusprechen, verursachte mir ein Kribbeln im Magen.

Er rieb sich mit den Händen übers Gesicht. Er sah müde aus. Zärtlichkeit überrollte mich bei diesem Anblick. Am liebsten hätte ich ihn in den Arm genommen. Mein Verhalten vom Vorabend erschien mir kindisch und unreif. Ich hob meine Hand, um ihn wenigstens einmal zu berühren, doch als ob er ahnte, was ich vorhatte, wich er zurück.

Ich sah in seine Augen, doch vor der Abwehr, die ich dort sah, erschrak ich und lief in mein Zimmer.

Trotz der durchwachten Nacht fiel es mir schwer, einzuschlafen, während Amelie sich längst wie ein Kätzchen zusammengerollt hatte und schlief.

Ich drehte mich von einer Seite auf die andere.

Nach einer Stunde, in der ich mich nur herumgewälzt hatte, zog ich meinen Bademantel über und machte mich auf den Weg quer durchs Schloss in mein altes Zimmer.

Als ich vorsichtig die Tür öffnete, hörte ich leises Schluchzen.

Ich schlich zu Amias Bett. Raven richtete sich auf und sah mir entgegen.

»So ist das jede Nacht«, sagte sie resigniert.

»Das ist schrecklich.«

Ich setzte mich auf den Rand von Amias Bett und strich ihr über den Rücken. Als sie mich bemerkte, setzte sie sich auf und schlang mir ihre Arme um den Hals. Ich hielt sie fest, bis sie sich einigermaßen beruhigt hatte.

»Raven, du musst mit Calum reden. Du bist die Einzige, die das kann. Amia darf sich nicht mit ihm verbinden und das sage ich nicht, weil ich ihn für mich möchte. Sie wird an seiner Seite verkümmern.«

Amia wischte sich die Tränen aus dem Gesicht und schüttelte den Kopf.

»Ich schaff das schon. Sicher werde ich mich daran gewöhnen. Du hast es auch geschafft.«

Ich pustete empört in die Luft.

»Geschafft? Was geschafft?«

»Na ja, du hast dich damit abgefunden, dass du Calum nicht haben kannst, oder?«

»Ach, Amia, das glaubst du doch selbst nicht. Ich habe nur keine Wahl. Er will mich nicht. Er liebt mich nicht mehr. Aber Miro liebt dich. Mit ihm würdest du glücklich werden. Willst du das opfern, für diese unsinnige Pflicht? Denk an deine Mutter. Ares hat sie nicht geliebt. Willst du deinen Kindern das antun? Meinst du, sie werden nicht merken, dass dein Herz jemand anderem gehört? Wie lange willst du ihnen dieses Theater vorspielen? Was ist, wenn du anfängst, Calum zu hassen?«

Ich hatte mich in Rage geredet. Meine Stimme versagte.

»Meine Mutter war so voller Zorn.«

Erst verstand ich kaum, was Amia sagte. Sie wischte sich ihre Tränen aus dem Gesicht.

»Ich glaubte, dass sie Ares vor allem hasste, weil er Elin nicht so liebte wie Calum. Aber wenn ich es jetzt bedenke, war es wohl, weil er sie nicht liebte. Er war ihre große Liebe gewesen. Manchmal hat sie mir davon erzählt. Doch er kehrte völlig verändert aus der Welt der Menschen zurück. Ich weiß nicht, wann sie von deiner Mutter erfuhr. Ich schätze, er hat es ihr gesagt. Er hätte wissen müssen, dass er von ihr kein Verständnis erwarten konnte. Sie liebte ihn zu leidenschaftlich. Sie beschwerte sich beim Ältestenrat und damit zerriss sie das letzte Band zwischen ihnen. Der Ältestenrat bestimmte, dass deine Mutter den Tod verdient hatte. Elin machte es sich zur Aufgabe, diesen Beschluss umzusetzen.«

Zwar war mir nicht neu, was sie erzählte, trotzdem schnürte sich mir bei ihren Worten die Kehle zu. Obwohl so viele Jahre vergangen waren, hatte Elin meine Mutter noch immer mit aller Inbrunst gehasst. Wie lange würde er mich verfolgen?

»Es gab Tage, da hoffte sie, er würde zu ihr zurückkehren«, sprach Amia weiter. »Er war zwar körperlich immer anwesend, aber in Gedanken weit weg von uns. Aber wie gesagt, es gab Tage, da schien er glücklich, und das machte auch meine Mutter glücklich. Und dann kam sie eines Tages nicht zurück. Ich glaube, er trauerte nicht einmal um sie. Das war das Schlimmste.«

»Möchtest du so enden?«, fragte Raven in erbarmungslosem Tonfall.

Amia schüttelte den Kopf.

»Ich kann nicht glauben, dass er dich zwingen würde, dich mit ihm zu verbinden. Hast du ihm gesagt, dass du Miro liebst?«, fragte ich.

Wieder ernteten wir nur Kopfschütteln.

»Wieso nicht, Amia? Ihr werdet beide unglücklich werden«, kam es gepresst über meine Lippen. Ich atmete tief durch.

»Ich glaube nicht, dass er eine Frau möchte, die einen anderen Mann liebt. Du bist es nicht nur dir schuldig, mit ihm zu reden, sondern auch Calum und Miro. Das kann dir niemand abnehmen.«

Raven nickte von ihrem Bett aus zustimmend.

»Amia, Emma hat recht. Du hast zu lange gezögert. Calum kann dich freigeben. Der Ältestenrat wird ihn nicht zwingen, wenn er dich nicht möchte. So unerbittlich sind selbst die nicht. Wenn ihr euch beide einig seid, dass ihr diese Verbindung nicht wollt, dann kann sie gelöst werden. Es ist längst an der Zeit, dass damit einer den Anfang macht. Ich glaube nicht, dass Calum scharf darauf ist, dass eure Vereinigung stattfindet. Er hat sich darin verrannt, dass es das Beste für euer Volk ist. Er kann nicht mehr zurück. Aber wenn du ihm einen Ausweg bietest, vielleicht ist er sogar dankbar.«

»Meinst du, er würde gestatten, dass Miro und ich ...«, Amia schniefte und blickte Raven hoffnungsvoll an.

»Wer weiß das schon. Momentan ist so viel im Umbruch. Das wär eine gute Gelegenheit, zu zeigen, dass ihr eure mittelalterliche Vorstellung der Standesunterschiede und Partnerwahl aufgebt. Miro ist ein tapferer Kerl, er hat bei Calums Befreiung bewiesen, dass er mindestens genauso viel wert ist wie Vince und Joel, obwohl er von niederem Stand ist. Ich finde, Calum ist ihm was schuldig.«

Amias Wangen röteten sich.

»Ich werde mit ihm sprechen«, erklärte sie und versuchte, das Beben in ihrer Stimme zu unterdrücken. »Am besten, ich gehe gleich zu ihm, bevor mich der Mut verlässt.«

Schnell zog sie sich an und kämmte ihr Haar.

Dann drehte sie sich vor uns.

»Kann ich so in die Höhle des Löwen?«

Raven und ich nickten.

»Kann nicht eine von euch mitkommen?«, fragte sie piepsig.

Sie durfte jetzt keinen Rückzieher machen.

»Das wirst du allein schaffen müssen«, erklärte Raven mit einer Stimme, die keinen Widerspruch duldete.

»Ich werde hier warten«, sagte ich aufmunternd.

Sie nickte uns zu und ich zeigte ihr meine Daumen, die ich fest gedrückt hielt. Dann verschwand sie durch die Tür.

»Meinst du tatsächlich, dass er die Verbindung absagt?«

»Keine Ahnung. Aber sie muss es wenigstens versuchen. Es war eine gute Idee, sie an ihre Mutter zu erinnern. Da hätte ich selbst drauf kommen können. Das war kein Zustand in den letzten Wochen. Das Calum nicht aufgefallen ist, dass mit ihr etwas nicht stimmt? Früher war er definitiv sensibler.«

Früher, dachte ich und legte mich in Amias Bett. Ich ließ meine Gedanken in die Vergangenheit wandern. Früher war er ganz anders gewesen. Zärtlich, sensibel, großartig. Bilder zogen durch meinen Kopf, Bilder, die ich verdrängt hatte. Okay, ich hatte ihn verloren. Damit musste ich leben. Aber das Schlimmste war, dass er sich so verändert hat. Dass er mir fremd geworden war. Ein anderer Mensch. Unvorstellbar, dass wir uns einmal so nah gewesen waren. Andererseits fiel es mir so leichter, zu akzeptieren, dass es für uns keine gemeinsame Zukunft gab. Der Calum, den ich geliebt hatte, war in den Fluten ertrunken. Mit diesem Calum hier hatte er nicht das Geringste gemein.

Meine Augen fielen zu und ich rutschte in einen unruhigen Schlaf, aus dem ich erst erwachte, als eine Tür ins Schloss fiel.

»Er gibt mich frei«, flüsterte Amia und sah uns an, als würde sie es selbst nicht fassen. »Er gibt mich frei«, schrie sie dann, stürzte sich auf mich, umarmte mich, lachte und fing an zu weinen.

Ich hielt sie fest, wiegte sie wie ein kleines Kind, strich ihr beruhigend übers Haar.

»Ich weiß nicht, wie ich euch danken soll. Ohne euch hätte ich mich das niemals getraut«, sagte sie nach einer Weile mit zittriger Stimme.

»Was hat er gesagt?«, fragte Raven interessiert.

»Er hat getobt – zuerst. Dann wurde er ruhiger und fragte, ob du mich dazu überredet hättest.«

Amia sah mich an.

»Er hat in den ganzen Wochen nicht gemerkt, dass ich die Vereinigung nicht wollte. Als ich ihm sagte, dass Miro und ich uns lieben, stand er auf und hielt mich fest. Dabei schaute er so grimmig, dass ich dachte, alles wäre aus. Aber er war nicht wütend darüber, dass ich die Vereinigung lösen wollte, sondern darüber, dass ich nicht längst mit ihm gesprochen hatte. Er warf mir vor, grausam zu sein. Grausam gegen Miro. Stellt euch das mal vor. Er sagte wortwörtlich: »*Ich habe Miro so viel zu verdanken und du hältst es nicht einmal für notwendig, mir zu sagen, dass ihr euch liebt. Ich hätte ihn ins Unglück gestürzt, ohne etwas davon zu ahnen. Amia, kannst du dir vorstellen, wie ich mich fühle? Weshalb hat niemand mir etwas gesagt?*«

»Ich wurde wütend und warf ihm alles an den Kopf, was mich seit seiner Befreiung gestört hatte. Wie er sich verändert hatte und wie verbohrt er geworden war, und dass ich Angst gehabt hatte, mit ihm zu reden. Er wurde immer stiller und nachdem ich alles gesagt hatte, sagte er, dass er mich freigebe und dass er allein sein wolle.«

Amia strahlte.

In diesem Augenblick stürzte Miro ins Zimmer. Er stolperte, so viel Schwung hatte er vom Laufen. Ohne auf Raven und mich zu achten, zog er Amia in seine Arme und küsste sie stürmisch. Raven bedeutete mir, ihr zu folgen und wir verließen das Zimmer.

»Ich glaube, es gibt noch Frühstück«, meinte Raven lakonisch und betrachtete mich in meinem Bademantel. Wir gingen zu meinem Zimmer, wo ich mich duschte und umzog.

»Amelie.« Ich rüttelte an ihrer Schulter. »Raven und ich gehen frühstücken. Kommst du mit?«

Sie zog sich ihre Decke über den Kopf und brummte etwas Unverständliches. Sie würde die Neuigkeit wohl als Letzte erfahren.

Auf dem Weg zum Frühstück diskutierten Raven und ich, ob wir den anderen von der neuen Entwicklung erzählen sollten, oder ob wir dies Calum überlassen sollten. Wir beschlossen, erst einmal nichts zu sagen.

Calum und Myron saßen beim Frühstück.

Die Feen hatten die lange Tafel abgebaut und jetzt standen lauter kleine Tische in dem Saal. Sie waren mit gelben

Tischdecken bezogen und um jeden Tisch standen vier Stühle.

Ich ging zum Büfett und nahm mir eine Portion Rührei. Zum Glück kam in diesem Moment Ferin in den Saal und entband mich und Raven von der »Pflicht«, uns zu Calum und Myron setzen zu müssen. Die beiden waren in eine hitzige Diskussion vertieft, bei der sie sicherlich gern unter sich blieben.

Es kostete mich viel Mühe, Ferin nichts zu verraten, und ich fragte mich, wann Calum mit der Neuigkeit herausrücken würde. Schließlich waren wir alle nur wegen der Verbindung hier.

Nach dem Frühstück holte ich meine Malsachen und lief zum See. Die anderthalb Tage in Avallach hatten mich aufgewühlt, dass ich dringend ein bisschen Ruhe brauchte.

Es war warm am Seeufer. Die Luft flirrte über dem Wasser. Ich setzte mich ins Gras und ließ die Schönheit der Umgebung auf mich wirken. Außer dem Gezwitscher der Vögel und dem Summen der Insekten war nichts zu hören. Die Berge am anderen Ufer ragten in den strahlend blauen Himmel. So wunderschön war es an keinem anderen Ort in Schottland. Alles wirkte unberührt und unschuldig.

Ich zupfte ein paar Blümchen aus dem Gras und begann, diese zu zeichnen. Jedes einzelne Blütenblatt übertrug ich mit einem Bleistift auf das jungfräuliche Papier.

Ich war so vertieft in meine Arbeit, dass ich nicht bemerkte, wie sich jemand näherte.

Erst als er hinter mir stehen blieb und sagte: »Das ist wunderschön«, schreckte ich auf.

Die Sonne stand mittlerweile hoch am Himmel und blendete mich, als ich zu ihm aufblickte. Seine Stimme hatte ich sofort erkannt. Ihr Klang jagte mir Schauer über den Rücken.

Mir wurde mit einem Mal heiß. Sicher war er gekommen, um mir Vorwürfe zu machen.

Calum ließ sich neben mir ins Gras fallen und betrachtete den See. Er sieht nicht wütend aus, dachte ich erleichtert und widmete mich meiner Zeichnung.

Minutenlang saß er neben mir und sagte kein Wort.

»Es ist fast wie damals, findest du nicht?«

Verständnislos sah ich ihn an.

»Damals, an dem kleinen See im Wald«, erinnerte er mich und ich registrierte, dass seine Wangen eine Spur blasser wurden.

Ich nickte, schwieg aber weiter. Ich war nicht daran interessiert, mit ihm in Erinnerungen zu schwelgen.

»Weshalb hast du alle Bilder verbrannt?«, fragte er in die Stille.

»Wie du dir denken kannst, habe ich an diese Zeit nicht die schönsten Erinnerungen.«

»Ich schon. Du hättest sie mir geben können. Nun sind sie für immer verloren.«

Ich nickte und hoffte, dass er aufstehen und gehen würde. Seine Gegenwart beunruhigte mich in einer Weise, die nicht gut für mein Gefühlsleben war. An dieser Nähe und Vertrautheit, die sich zwischen uns ausbreitete, würde ich wochenlang zu knabbern haben. Was dachte er sich dabei? Aber auch ich blieb wie angenagelt sitzen und genoss jede Sekunde.

Das würde nie aufhören.

»Hast du Amia dazu überredet, mit mir zu reden?«

Schuldbewusst sah ich ihn an.

»Ich habe es nur für Amia und Miro getan«, erklärte ich.

»Ich verstehe.«

Sein Gesicht verschloss sich unmerklich und seine Augen begannen zu glitzern.

Er machte Anstalten aufzustehen, aber jetzt wollte ich nicht, dass er ging.

Ich griff nach seiner Hand und hielt ihn fest. Schauer durchströmten meinen Körper.

»Was wirst du tun?«, fragte ich und versuchte, meiner Stimme einen festen Klang zu geben.

»Ich habe, nachdem Amia gegangen ist, mit Miro gesprochen. Ich fürchte, er denkt, für immer in meiner Schuld zu stehen. Dabei werde ich das, was er für mich getan hat, niemals gutmachen können.«

»Ich glaube nicht, dass er das erwartet«, warf ich leise ein.

»Vielleicht hast du recht. Er war so glücklich ...«

Er schwieg und blickte auf den See.

»Was wird der Ältestenrat dazu sagen?«, fragte ich, um das Gespräch in Gang zu halten.

»Das ist mir egal. Ich wäre meiner Pflicht nachgekommen, aber so kann mir niemand einen Vorwurf machen.«

Er ließ sich zurückfallen und verschränkte seine Arme hinter dem Kopf. Wie früher so oft, kaute er gedankenverloren an einem Grashalm. Zärtlich betrachtete ich sein entspanntes Gesicht und begann, seine Züge auf das weiße Papier zu bannen. Er hatte recht, es war, als hätte jemand die Zeit zurückgedreht.

»Ich werde Miro und Amia erlauben, sich zu verbinden«, erklärte er.

»Ohne die Einwilligung des Ältestenrates? Bist du unter die Revolutionäre gegangen?«

Erstaunt sah ich ihn an.

»Ich werde ihnen gute Argumente liefern, meine Entscheidung zu unterstützen, und außerdem wäre es schade, wenn die Feier ins Wasser fallen würde, bloß weil die Braut es sich anders überlegt hat.«

Er lächelte mein geliebtes Calumlächeln und stand auf. »Am besten, ich sage es den beiden gleich, bevor ich es mir anders überlege.«

Er stiefelte mit großen Schritten davon und ließ mich völlig konfus zurück. Aus diesem Mann würde ich niemals schlau werden. Musste ich auch nicht, fiel mir im selben Augenblick ein, und dies verdunkelte meine Stimmung.

Ich stand auf, um einen Spaziergang zu machen. Amelie würde sich auch ohne mich zurechtfinden. Stundenlang lief ich durch den Wald und dachte über Amia, Miro, Calum und mich nach. Erst der Hunger trieb mich abends zurück ins Schloss.

»Ich wollte schon eine Vermisstenanzeige aufgeben«, begrüßte Amelie mich.

Alle hatten sich bereits im Saal eingefunden. Amelie wurde flankiert von Joel und Vince.

»Du warst sicher nicht einsam«, bemerkte ich spitz.

Sie lachte.

»Worauf du dich verlassen kannst. Du aber auch nicht, wie man hört.«

Joel blickte mich finster an.

»Stimmt es, was Miro erzählt?«

»Was meinst du?«

Ich setzte eine Unschuldsmiene auf.

»Dass die Verbindung von Calum und Amia nicht stattfinden wird.«

Zum Glück wurde ich einer Antwort enthoben, denn in diesem Augenblick kam Calum herein, an seiner Seite schritt eine strahlende Amia. Als die beiden den Saal betraten, stand Miro auf und zog den Stuhl neben sich vom Tisch, so dass Amia sich setzen konnte. Calum klopfte ihm auf die Schulter und ging zu seinem Platz.

Joel und Vince sahen dem Schauspiel sprachlos zu.

»Das ist dein Werk, oder?«, knurrte Joel feindselig.

Amelie legte ihm eine Hand auf den Arm, worauf er sich ihr zuwandte und versuchte zu lächeln.

»Emma hat damit nichts zu tun. Amia hat Calum gebeten, das Versprechen zu lösen. Sie liebt Miro und ihr habt das die ganze Zeit gewusst.«

»Liebe, Liebe. Sie kann ihn meinetwegen lieben. Aber sie soll sich gefälligst mit Calum verbinden, so wie das Gesetz es verlangt«, mischte sich Vince ein.

»Mensch, Jungs, ihr macht mir Spaß. Versteht ihr Calum so wenig?«

Vince und Joel wurden der Antwort auf Amelies Frage enthoben, da in diesem Moment Calum aufstand und mit einem Löffel an sein Glas klopfte.

»Nicht, dass ich schon viele Männer gesehen hätte, die vor dem Altar sitzengelassen wurden«, raunte Amelie mir zu. »Aber Calum sieht dafür unverschämt gut aus. Wie von einem zentnerschweren Gewicht befreit, würde ich sagen.«

Wo sie recht hat, hat sie recht, dachte ich bei mir und versuchte, mich außer auf sein Äußeres auch auf seine Worte zu konzentrieren.

»Wie einige von euch sicher schon gehört haben, haben Amia und ich beschlossen, die geplante Verbindung nicht einzugehen.«

Dem Raunen und den erstaunten Ausrufen zufolge hatte sich die Neuigkeit weniger herumgesprochen, als ich gedacht hatte.

Ich sah, dass Myron Calum aufmunternd zunickte.

»Amia und ich sind uns zwar als Kinder versprochen worden und nach der Tradition unseres Volkes ist dieses Versprechen für beide Seiten bindend. Aber die Ereignisse der letzten Monate haben viel in unserem Volk verändert, dass ich glaube, eine neue Entscheidung treffen zu können. Amia hat mir heute anvertraut, dass sie und Miro sich in der Zeit, in der sie meine Befreiung geplant haben, ineinander verliebt haben, und dass ihr sehnlichster Wunsch nicht die Verbindung mit mir, sondern die mit Miro ist. Ich glaube, dass ich die Schuld, in der ich bei Miro stehe, niemals werde abtragen können, aber ich kann eins tun. Ich kann sie freigeben, damit sie den zum Mann nehmen kann, den sie liebt. Ich werde diese Entscheidung vor dem Ältestenrat vertreten. Sollte es mich meine Krone kosten, kann ich für mein Volk nur hoffen, dass es zukünftig besser aus seinen Fehlern lernt.«

Ich blickte zu Amia und sah, dass ihr die Tränen übers Gesicht liefen. Fürsorglich hielt Miro sie im Arm und tröstete sie.

Joel brummte etwas Unverständliches vor sich hin, lächelte mich aber kurz darauf schuldbewusst an.

»Ich würde dir wünschen, dass du dich auch mal so verliebst wie Miro.«

»Das hoffe ich auch«, flüsterte er zurück. »Das Mädchen, mit dem ich mich verbinden soll, ist nämlich eine echte Plage und unansehnlich dazu.«

Vince musste sich ein Lachen verbeißen und presste seine Serviette vor den Mund.

»Eine unansehnliche Shellycoat, so was gibt es?«, fragte ich ihn erstaunt.

Vince nickte. »Oh ja, aber ihr Vater ist der reichste Händler in Berengar. Nur deshalb hat Joels Vater Miriam für ihn ausgewählt. Und jetzt hofft Joel, so lange wie möglich in Avallach bleiben zu können, damit die Verbindung in den nächsten Jahren nicht stattfinden kann.«

»Ist das etwa der Grund, weshalb du dich im Unterricht so blöd anstellst?« Raven sah Joel entgeistert an.

Der nickte verlegen, während Vince laut losprustete.

»Shellycoats.« Raven schüttelte ungläubig ihren Kopf. »Die werde ich wohl nie verstehen.«

»Damit die Vorbereitungen für das Fest nicht gänzlich umsonst waren, schlage ich vor, dass Miro meinen Platz als Bräutigam einnimmt, und wir so doch zu unserer Feier kommen«, hörte ich da Calums Stimme. »Es sei denn, das geht euch beiden zu schnell?«

Miro lief knallrot an, während alle anderen am Tisch zu klatschen und lachen begonnen hatten.

»Vielleicht sollte ich Amia erst einen Antrag machen und hören, was sie dazu sagt«, bemerkte Miro kleinlaut, nachdem der Krach verebbt war.

Amia sah ihn erwartungsvoll an.

Miro räusperte sich.

»Hmm, also, Amia, würdest du mich denn wollen?«, kam es stockend über seine Lippen.

Amia strahlte ihn an, und sah in diesem Moment hübscher aus als jemals zuvor.

»Niemand anderen«, flüsterte sie.

Miro nahm ihre Hand und drückte sie.

Myron nahm es auf sich, das Schweigen zu brechen, das sich ausbreitete.

Ich hörte nicht zu, was er sagte, sondern wandte meinen Kopf zu Calum, der in sich gekehrt an seinem Platz saß. Er sah auf und blickte mich an.

»Danke«, flüsterte ich, nicht sicher, ob er es verstand.

Als Antwort verzog sich sein Mund zu einem traurigen Lächeln. Er wirkte einsam zwischen uns allen, obwohl viele seine engsten Freunde waren.

Die folgenden Tage verstrichen in der Hektik der Vorbereitungen wie im Fluge. Ich war gespannt auf die Zeremonie und die Feier. Wie sehr würde sie sich von den Hochzeiten der Menschen unterscheiden?

Amelie war ganz aus dem Häuschen, als Raven uns zwei Tage vor den Feierlichkeiten ans andere Ende des Schlosses schleppte. Der Raum, in den sie uns schob, war unschwer als das Atelier einer Schneiderin zu identifizieren.

»Das wurde aber auch Zeit«, meldete sich eine helle Stimme. Ich drehte und wendete mich, konnte aber zwischen den meterlangen Kleiderständern, auf denen dicht an dicht Hüllen mit - wie ich vermutete - Kleidern hingen, niemanden entdecken.

»Feline, wo bist du?«, rief Raven ungeduldig. »Mach nicht so ein Drama. Wir wollen unsere Kleider anprobieren.«

»Kleider?«, quietschten Amelie und ich aus einem Munde. Amelie vor Vergnügen, ich vor Verzweiflung. Ein Kleid hatte ich nicht mehr getragen, seit ich mit vier darauf bestanden hatte, selbst zu entscheiden, was ich anzog.

Ich schüttelte den Kopf, während Amelie neugierig zwischen den Kleiderpuppen herumlief, die, wie selbst ich gestehen musste, unglaublich hübsche Kleider trugen. In keins von denen würde ich reinpassen. Ich fragte mich, wer solche Wespentaillen haben sollte und in diese Kleider passte, ohne dass sie platzten.

»Willst du in Jeans und T-Shirt als Brautjungfer auftauchen?«, fragte Raven in leicht gereiztem Ton.

»Kommt gar nicht in Frage«, wuselte eine Elfe endlich aus den Tiefen des Raumes hervor.

Ich musterte sie und musste neidvoll eingestehen, dass sie durchaus in eins der Kleider passen würde.

Sie betrachtete uns ihrerseits erst skeptisch, dann hellte ihre Miene sich auf.

»Ich denke, dass die Kleider euch allen dreien wunderbar stehen werden.«

Mit diesen geheimnisvollen Worten auf den Lippen verschwand sie wieder, um kurze Zeit später mit drei Kleiderhüllen aufzutauchen. Sie zog sich einen leeren Kleiderständer heran und hängte die Hüllen auf. Vorsichtig öffnete sie den Reißverschluss der ersten Hülle. Als diese zu Boden fiel, hielt ich die Luft an.

So ein wunderschönes Kleid hatte ich noch nie gesehen.

Es hatte die Farbe von klarem Quellwasser, ein sehr helles Grün mit einem Stich ins Blaue. Ich kannte keinen Namen für diese Farbe. Gefertigt war es aus leichtem fallenden Chiffon.

Feline zog es vom Bügel und reichte es Amelie. Diese zitterte förmlich, als sie es entgegennahm und damit in einer Umkleidekabine verschwand.

»Woher wusstest du, welche Größen wir haben?«

Feline winkte ab. »Von Raven weiß ich die Größe natürlich und euch beide hat sie mir in ihrem Kopf gezeigt. Danach war es ganz leicht.«

Klar, dachte ich bei mir. Ganz leicht.

Entzücktes Quietschen drang aus der Kabine, bevor Amelie heraustrat.

Es war ein Traum, das musste ich zugeben. Das Kleid war trägerlos und wurde unter der Brust von einem schmalen Band zusammengehalten. Der Stoff umschmeichelte Amelies Körper und fiel vorne in sanften Wellen bis fast zu ihren Füßen.

Feline reichte ihr ein Paar farblich passende hochhackige Schuhe, bei deren Anblick mir schlecht wurde, in die Amelie aber ohne mit der Wimper zu zucken hineinschlüpfte.

Sie drehte und wendete sich vor den vielen Spiegeln und ich befürchtete, dass sie das Kleid nie wieder ausziehen würde.

Dann wandte Feline sich mir zu und reichte mir mein Kleid. Stöhnend erhob ich mich und verschwand in der Kabine, während ich neben mir Raven rumoren hörte. Neben den beiden würde ich aussehen wie das hässliche Entlein.

Wider Erwarten passte das Kleid wie angegossen. Der Stoff fühlte sich seidenweich an und die Farbe des Kleides unterstrich meine silbernen Augen. Wenn ich nicht stolperte oder hinfiel, würde es wohl nicht ganz so peinlich werden.

Ich trat aus der Kabine und Amelie klatschte übermütig in die Hände. Feline musterte mich kritisch und drehte mich hin und her, zupfte da und dort etwas zurecht. Dann reichte sie mir meine Schuhe. Vorsichtshalber setzte ich mich auf einen Sessel, bevor ich sie anzog. Dann kam ich wackelig auf die Füße. Es war ein merkwürdiges Gefühl, auf einmal ungefähr zehn Zentimeter größer zu sein. Doch zu meinem Erstaunen waren die Schuhe sehr bequem.

»Sie sind handgefertigt«, erklärte Feline, die meine Verwunderung bemerkt hatte. »Wir wollen doch nicht, dass die Gäste bei der Zeremonie Blasen bekommen und dann nicht mehr tanzen können.«

Sie lächelte verschmitzt.

Auf was hatte ich mich da eingelassen, fragte ich mich im Stillen. Ich tanzte ja nicht ungern, in Jeans und T-Shirt, aber sicher nicht in Kleid und High Heels.

Aber auch das würde ich überleben. Stöhnend ergab ich mich meinem Schicksal. Wenigstens sah Amelie überglücklich aus.

»Das ist so abgefahren«, hörte ich sie, während ich wieder in der Kabine verschwand, um das Kleid auszuziehen.

Amelie trennte sich, wie befürchtet, nur ungern davon.

15. Kapitel

Den ganzen Vormittag verbrachten Raven, Amelie und ich damit, uns zurechtzumachen. Spätestens jetzt wusste ich, weshalb ich auf Äußerlichkeiten keinen gesteigerten Wert legte. Die Prozedur verschlang Stunden meiner kostbaren Lebenszeit. Zuerst mussten wir unsere Kleider und Schuhe bei Feline in Empfang nehmen. Dann ging es zurück in unser Zimmer, wo zwei andere Elfen uns erwarteten, um uns die Haare hochzustecken und zu schminken. Eine gefühlte Ewigkeit später waren wir herausgeputzt wie drei Prinzessinnen.

Gemeinsam mit Amia standen wir am Nachmittag vor dem Portal des Schlosses und warteten. Niemand von uns sagte ein Wort. Schweigend sahen wir zu der großen Menge von Gästen hinunter, die sich am Ufer des Sees versammelt hatten. Nur ab und an wehte der Wind Gesprächsfetzen und Lachen zu uns herüber. Ein besseres Wetter war Amia an diesem Tag nicht zu wünschen gewesen. Die Sonne strahlte von einem blassblauen, fast wolkenlosen Himmel auf uns hinunter.

»Ich glaub, mir wird schlecht«, sagte Amia plötzlich in die Stille hinein.

Wir drei sahen sie an. Eine schönere Braut war kaum vorstellbar. Feline hatte an Amia ein Wunder vollbracht. Natürlich war sie von Natur aus wunderschön. Aber dieses schlichte schneeweiße Kleid, das sie trug, unterstrich ihre sanfte, ruhige Schönheit noch mehr. Ich wusste nicht, aus welchem Stoff das Kleid genäht war. Klar war auf den ersten Blick, dass er aus keiner menschlichen Werkstatt stammte. Der Stoff umschmeichelte Amias Körper und floss an ihrer schlanken Gestalt hinunter wie ein Wasserfall. Wenngleich das Kleid weiß war, funkelte es in den verschiedensten Glitzertönen. Jedes Mal, wenn Amia sich bewegte, stahl sich ein Leuchten aus dem Stoff. Ihr Haar fiel offen über ihren Rücken und kleine blaue Blumen waren von den Feen hineingeflochten worden.

»Du brauchst dich nicht zu fürchten«, versuchte Raven sie zu beruhigen. »Alle sind nur wegen dir und Miro gekommen.«

»Meinst du, es hat sich so schnell rumgesprochen, dass ich mich nicht mit Calum verbinden werde?«

»Da bin ich ganz sicher«, lächelte Raven sie an. »Myron hat die Feen noch am Abend von Calums Entscheidung gebeten, die Nachricht jedem Volk zu übermitteln.«

»Und?« Amias Stimme klang kläglich.

»Was und?« Raven schüttelte ungeduldig ihren Kopf. »Die meisten Völker werden gedacht haben, dass endlich mal ein Shellycoat zur Vernunft gekommen ist.«

Amelie und ich grinsten angesichts der rüden Art, in der Raven versuchte, Amia das Offensichtliche zu vermitteln.

Jede weitere Diskussion wurde unterbrochen, als über den Rasen hinweg eine kleine Prozession auf uns zukam.

Ich erkannte Calum an deren Spitze. Neben ihm schritt ein älterer Mann, den ich noch nie gesehen hatte.

Die Gruppe blieb vor uns stehen und ich sah, dass auch Joel und Vince darunter waren. Es war unübersehbar, dass es sich bei der ganzen Gruppe um Shellycoats handelte. Mein Herz begann vor Aufregung zu schlagen.

Calum hatte nur Augen für Amia. Wahrscheinlich bereute er schon, sie freigegeben zu haben.

»Amia«, begann er. »Jumis möchte dich gern an Ares' Stelle Miro übergeben.«

Über Amias Gesicht legte sich ein Lächeln, das sie, wenn das möglich war, noch schöner aussehen ließ. Sie fiel dem alten Mann um den Hals und dieser lächelte so liebevoll, während er sie im Arm hielt, dass mir bei dem Anblick Tränen in die Augen stiegen.

»Ich weiß nicht, wie ich dir danken soll, Jumis«, sagte Amia, nachdem sie sich von ihm gelöst hatte. »Ich kann mir niemand besseren vorstellen, der meinen Vater vertreten könnte.«

Der alte Mann nahm Amias Arm. »Du bist immer wie eine Tochter für mich gewesen«, sagte er mit warmer Stimme. »Das ist der letzte Dienst, den ich meinem Freund und Bruder Ares erweisen kann. Ich hoffe, dass diese Entscheidung dich sehr, sehr glücklich machen wird.«

Amia nickte und lächelte Calum dankbar an.

Dieser machte mit einer winzigen Verbeugung den Weg frei.

Jumis und Amia gingen voran. Calum reichte mir seinen Arm und Vince trat an Ravens Seite. Joel grinste Amelie zu und verbeugte sich knapp vor ihr. Lächelnd überließ Amelie ihm ihren Arm.

Calum schob seinen Arm unter meinen, und als ob es das Selbstverständlichste wäre, verflochten sich unsere Finger ineinander. Ich wagte nicht, ihn anzublicken, während das Kribbeln in meiner Handfläche sich mehr und mehr verstärkte. Ich war sicher, dass auch er es spürte. Es wäre vernünftiger, ihn loszulassen, dachte ich und brachte es nicht über mich. Zu lange vermisste ich schon seine Nähe.

»Weißt du, wer das ist?«, fragte er mit belegter Stimme und deutete mit einer Kopfbewegung auf Amias Brautführer.

Ich schüttelte den Kopf und wagte nicht, meine Stimme zu benutzen, da ich nicht sicher war, ob ich einen Ton herausbringen würde.

»Das ist Jumis, Joels Vater. Er war Ares' bester Freund und Ziehbruder. Elin hatte ihn eingesperrt und jetzt ist er furchtbar stolz auf seinen Sohn, dass er es fertiggebracht hat, uns alle zu befreien. Amia war seit ihrer Kindheit wie eine Tochter für ihn, da Mali, seine Frau, nach Joel kein weiteres Kind bekommen hat.«

Ich nickte und wurde einer Antwort enthoben, da unsere Gruppe das Seeufer und die Reihen der Gäste erreichte.

Beifall brandete auf, als wir uns näherten.

Neugierig musterte ich die Anwesenden. Alle Völker waren vertreten. Die Elfen in ihren silbernen Gewändern standen neben Vampiren in schwarzen Anzügen. Ich beneidete sie nicht um die blutroten Umhänge die sie trugen. Ich war sicher, dass auch sie die Hitze spürten, denn immerhin zerfielen sie weder zu Staub noch glitzerten sie. Niemals wieder würde ich einer Legende Glauben schenken.

Vor uns öffnete sich ein breiter Gang, der bis zum See führte.

Ferin lächelte mir zu. Er stand inmitten anderer Faune, die alle grün-braune Kleidung trugen. Sie wirkten wie ein warmer Wald, wie sie dort zusammenstanden, tuschelten und winkten.

Am Ufer öffnete sich der Gang weiter und als ich auf den See hinausblickte, stockte mir der Atem.

Direkt aus dem Wasser erhoben sich wie eine Treppe meterlange Bänke. Diese erstreckten sich von einem Ufer zum anderen und dichtgedrängt standen darauf unzählige Shellycoats. Alle waren in die funkelnden blassgrünen Gewänder gehüllt, die ich schon an Calum und den anderen bestaunt hatte.

Als die Shellycoats Amia erblickten, senkte sich Stille über den See. Auch die anderen Gäste verstummten. Jetzt vernahm ich Musik, die über das Wasser zu uns herüber wehte. Es waren Klänge, denen ich kein Instrument zuordnen konnte und die direkt aus dem Wasser zu kommen schienen. Ich konnte bei keinem Shellycoat ein Instrument entdecken. Die Musik drang in kleinen Wellen durch die

Zuschauer, immer weiter pflanzte sie sich fort, bis sie die Menge eingehüllt hatte und alle sich dem ungewöhnlichen Klang hingaben.

Als auch der letzte Gast verstummt war und seine Aufmerksamkeit der Zeremonie widmete, wurde die Musik leiser.

Dann waren wir endgültig am Seeufer angelangt. Amia strahlte Miro an, der von Merlin und Myron flankiert wurde und auf sie wartete.

Calum ließ mich los und stellte sich neben Miro. Jumis stieg auf ein kleines Podest, das für ihn bereitstand.

»Bevor wir beginnen«, begann er mit einer Stimme, die mühelos jeden in der Menge erreichte, »möchte ich euch bitten, das wir eine Minute Ares gedenken. Es hätte für meinen Freund keinen schöneren Moment gegeben als diesen. Seine Tochter in liebevolle Hände zu geben, war sein wichtigstes Anliegen. Nun, da das Schicksal ihm dies nicht vergönnt hat, bitte ich euch um einen Moment der Andacht.«

Die Musik verstummte und das Schweigen vertiefte sich. Ich hätte schwören können, dass selbst die Vögel aufhörten zu zwitschern und dass die kleinen Wellen sich leiser am Ufer brachen als vorher.

Nur von Amia klang leises Schluchzen. Ich streckte meinen Arm aus, um sie zu trösten.

»Ich danke euch, meine Freunde«, unterbrach Joel die Stille.

»Amia, Miro, tretet nun vor.«

Miro reichte Amia seine Hand, die sie ergriff. Gemeinsam traten sie vor das Pult.

Amelie, Raven und ich stellten uns an Amias Seite.

Calum, Joel und Vince traten an Miros.

»Es ist eine der schönsten Aufgaben eines Vaters, seine Tochter dem Mann zu geben, den sie liebt. So bin ich heute froh, stolz und glücklich, dass ich Amia, die ich immer als meine Ziehtochter betrachtet habe, heute dem Mann übergeben darf, den sie aus tiefstem Herzen liebt. Selten war es für ein Paar so schwierig, die Hindernisse zu überwinden, die einer Vereinigung im Wege standen. Ihr habt beide an euer Glück geglaubt und dafür gekämpft. Trotz allem habt ihr nicht das Wohl unseres Volkes aus den Augen verloren. Im Namen von uns allen möchte ich mich bei euch bedanken und daran erinnern, dass das Glück und das Überleben unseres Volkes vor allem vom Glück jedes einzelnen Mitgliedes abhängt.«

Beifall brandete auf und zustimmende Rufe flogen über das Wasser.

Mir war klar, dass Jumis die Tatsachen ein wenig verdreht hatte. Aber ihm war es wohl wichtiger gewesen, seinem Volk eine Botschaft zukommen zu lassen. Vielleicht würde sich bei den Shellycoats bald etwas Grundlegendes ändern. Der Boden war jedenfalls vorbereitet. Jetzt musste die Saat noch aufgehen.

Ich spürte, dass Calum mich ansah, wagte aber nicht, zu ihm hinüberzublicken.

Jumis erhob seine Stimme und seine Arme und verkündete feierlich: »Und so verbinde ich hier und für immer Amia und Miro. Auf dass euer Glück ewig anhalte und auf eure Kinder und Kindeskinder übergehe. Ich erhoffe für euch ein Leben in Friede und Eintracht und dass Zeit eures Lebens eure Liebe so stark sein möge wie am heutigen Tag.«

Nach diesen Worten traten Calum und ich zu den beiden. Calum steckte Amia einen Ring an den Finger und ich Miro. Es war Brauch bei den Shellycoats, dass das Paar seine besten Freunde und Vertrauten für diesen Dienst auswählte. Danach schoben Amia und Miro Calum und mir identische Ringe auf die Ringfinger der linken Hand. Diese vier Ringe sollten einen ewigen Bund zwischen uns schließen. Es war Brauch bei den Shellycoats, dass sich ein Paar bei der Hochzeit Paten wählte. Ich hatte mich weigern wollen, aber Amia hatte so lange gebettelt, dass ich nachgegeben hatte. Mir kam es merkwürdig vor, dass ich durch diesen Ring an Calum gebunden war. Meines Erachtens wäre es klüger gewesen, hierfür eine echte Shellycoat auszuwählen, die die damit verbundenen Aufgaben im Notfall auch erfüllen konnte. Aber Amia hatte sich nicht umstimmen lassen. Nun würde ich den Rest meines Lebens für die beiden und für ihre Kinder verantwortlich sein. Diese Aufgabe würde ich im Ernstfall gemeinsam mit Calum erfüllen müssen. Ich ahnte, dass das Amias vordringlichstes Anliegen gewesen war.

Ich trat zur Seite und Jumis lächelte auf die beiden hinunter und flüsterte: »Du darfst Amia jetzt küssen, Miro.«

Miro, der vor Glück strahlte, lief bei diesen Worten rot an. Dann nahm er Amia in die Arme und küsste sie so zart und ehrfürchtig, als wäre sie aus Glas.

Vince und Joel kicherten und stupsten sich an, worauf Jumis seinem Sohn einen ermahnenden Blick zuwarf.

Der Beifall schien kein Ende nehmen zu wollen, aus allen Richtungen wurden Glückwünsche gerufen und es schien, als ob jeder der Anwesenden dem Brautpaar persönlich gratulieren wollte.

Amelie, die von den Gratulanten zur Seite gedrängt worden war, schob sich durch die Menge zu mir durch.

»Meinst du, es gibt irgendwo etwas zu trinken? Ein Glas Sekt wäre jetzt nett. Zu Schampus sage ich auch nicht nein.«

Erst da merkte ich, wie ausgetrocknet mein Gaumen war. Ich warf einen Blick zu Amia, die vollauf damit beschäftigt war, ihre Glückwünsche entgegenzunehmen und dabei von Arm zu Arm wanderte. Dann versuchte ich, Amelie und Raven zu folgen, die sich in die entgegengesetzte Richtung durch die Menge drängelten. Ich sah gerade noch, wie sich aus dem See schmale Brücken schoben, über die die Shellycoats an Land liefen.

Auf einmal war Calum an meiner Seite, nahm meinen Arm und machte mir den Weg frei.

»Danke«, murmelte ich, als wir es geschafft hatten und weiter hinten auf der Wiese standen. Die Feen hatten während der Zeremonie ganze Arbeit geleistet. Die Wiese war vollgestellt mit Tischen und Bänken, allesamt in weiße Hussen gehüllt und mit Tellern beladen, von denen ein köstlicher Duft ausging. Unzählige Feen flatterten mit Tabletts herum, die mit Getränken beladen waren. Morgaine kam zu uns geflattert und bot Raven, Amelie und mir Getränke an, bevor sie sich den Jungs zuwandte.

Ich lächelte sie an.

»Es war eine gute Entscheidung von dir, dass du gekommen bist«, flüsterte sie mir ins Ohr, bevor sie weiterflog.

»Was hat sie gesagt?«

Calum sah mich neugierig an, doch ich schüttelte den Kopf.

Wir suchten uns einen Tisch, an den wir alle passten. Das Essen war vorzüglich und da ich zum Frühstück vor Aufregung keinen Happen hinunterbekommen hatte, kostete ich von allem nach Herzenslust.

Immer wieder kamen Shellycoats an unseren Tisch, um Calum zu begrüßen. Viele musterten mich, was ich versuchte zu ignorieren. Ich hatte mich an das andere Ende des Tisches gesetzt, in der Hoffnung, Calums Präsenz nicht zu sehr zu spüren. Das Ablenkungsmanöver gelang mir nur mäßig und ich war froh, als Amelie mich bat, mit ihr und Raven ein bisschen herumzulaufen.

Ein leichter Wind wehte kühlere Luft vom See zu uns. Die Sonne stand deutlich niedriger als zu Beginn der Zeremonie. Die Stimmung war nicht mehr so steif und überall mischten sich die Mitglieder der einzelnen Völker an den Tischen. Das verwunderte Amelie und mich.

»Durch den gemeinsamen Schulbesuch werden enge Bande zwischen den Völkern geknüpft. Und solch eine große Hochzeit ist eine gute Gelegenheit, alte Freunde zu treffen«, erklärte Raven. Gleichzeitig winkte sie ein paar Faunen zu, die mit Ferin zusammenstanden.

Als es dunkler wurde, begannen in den Bäumen kleine Lichter zu glühen und auch auf dem See schwammen hunderte bunter Lichtpunkte.

Zur Feier des Tages sollten die talentiertesten Springer im See ihre Künste vorführen. Ich konnte es kaum erwarten, das Spektakel zu sehen. Zwar war unser eigener Wettkampf spektakulär gewesen, aber welche Kunststücke würden erst die echten Champions vorführen können?

Als es so weit war, strömten die Besucher an das Ufer des Sees, auf der Suche nach den besten Plätzen. Raven, Amelie und ich standen etwas abseits auf einem kleinen Hügel und konnten alles bestens beobachten.

Riesige Fackeln erschienen mitten im Wasser. Goldgelb schimmerndes Licht ergoss sich über die spiegelglatte Oberfläche des Sees.

Die fünf Shellycoats, die ihr Können zum Besten gaben, sprangen in absolut synchroner Formation. Diese Kunstfertigkeit beeindruckte nicht nur mich. Die Sprünge wurden mit donnerndem Beifall quittiert.

Jeder Sprung war höher und ausgefallener als der vorherige. Entweder drehten die Springer sich in atemberaubenden Höhen oder sie sprangen in einer dermaßen hohen Geschwindigkeit durcheinander, dass ich Mühe hatte, die einzelnen Körper voneinander zu unterscheiden.

Um diese Perfektion zu erreichen, würde ich sehr lange üben müssen. Den krönenden Abschluss bildeten die Sprünge durch brennende Reifen, die in der Dunkelheit entzündet worden waren. Fünf riesengroße Reifen auf meterlangen Stangen ragten dafür aus dem Wasser. Zeitgleich schwammen die Shellycoats von einer unsichtbaren Ziellinie los, schraubten sich in den Himmel, drehten sich um ihre eigene Achse, um dann rückwärts durch den brennenden Reifen zu gleiten und Sekunden später lautlos ins Wasser einzutauchen.

Mein Unfall fiel mir ein und ich sah zum anderen Ende des Sees. Dunkelheit hüllte die Stelle ein, an der Elin mit seinen Anhängern während des Wettkampfes aufgetaucht war. Raven hatte mir erzählt, dass die Zauberer und die Elfen für den Schutz des Festes sorgten. Sie war überzeugt, dass es Elin, mit welch dunkler Magie auch immer, nicht gelingen würde, die Feier zu stören. Ich fragte mich, wie sie so sicher sein konnte. Niemand von uns wusste, über welche Fähigkeiten die Undinen verfügten und welches Wissen sie mit Elin geteilt hatten. Immerhin hatte er heute keinen Versuch unternommen, die Verbindung zu stören. Vermutlich wusste selbst er, dass er Amia das schuldig war.

Applaus toste durch das Dunkel der Nacht. Die fünf Springer kamen zum Ufer geschwommen und verneigten sich vor ihrem Publikum. Amia eilte zu ihnen, um sich für die Vorführung zu bedanken. Viel Zeit blieb nicht dafür, denn es ertönte die Musik, die den Tanz eröffnen sollte.

Während Amia und Miro sich auf der Tanzfläche drehten und sich ihnen immer mehr Paare anschlossen, suchte ich mir einen Platz, wo ich mich hinsetzen und ausruhen konnte. Ich streifte die Schuhe von den Füßen. Bequem und handgefertigt oder nicht, das Herumgelaufe in Stöckelschuhen war auf die Dauer recht anstrengend. Ein kleiner Feenmann, der trotz der Schwerstarbeit noch ganz munter aussah, kam an mir vorüber und bot mir ein Glas köstliche Limonade an.

In dem spärlichen Licht betrachtete ich den Ring, der an meinem Finger glitzerte. Es war eine wunderschöne Arbeit. Ich wusste, dass es einer der Ringe war, die Calum für die

Verbindung mit Amia angefertigt hatte. Er hatte sie Miro großzügig überlassen. Der Ring, den ich trug, war identisch mit den drei anderen. Er war aus Gold und um den Ring wand sich ein zweites schmales Band. In der Mitte war ein winziger silberner Stein eingelassen. So silbern wie meine Augen. Das war der einzige Unterschied. Jeder Ring hatte einen Stein in der Augenfarbe seines Trägers – azurblau bei Calum, karamellbraun bei Amia und grün bei Miro.

Wenn es nach mir gegangen wäre, hätte ich mich genau jetzt in mein Bett gelegt, etwas gelesen und wäre dann eingeschlafen. Leider ging selten etwas nach mir. Fast freute ich mich auf mein Zimmer in Portree.

Ich nippte an der Limonade, beobachtete die Tänzer und wartete, dass meine Lebensgeister wiederkehrten.

Raven glitt mit Peter über die Tanzfläche und Amelie mit Joel. Ich konnte schwören, dass die beiden sich ineinander verguckt hatten. Doch Amelie würde nicht so dumm sein und sich ernsthaft in einen Shellycoat verlieben.

Dann sah ich Calum mit einem dieser wunderschönen Shellycoatmädchen. Sicher war er jetzt, da er frei war, die beste Partie in seinem Volk. Die zukünftigen Schwiegerväter würden schon in den nächsten Tagen Schlange stehen.

Es war an der Zeit zu verschwinden, allerdings wollte ich nicht allein ins Schloss zurückgehen. Wachen hin oder her. Der Weg zurück war dunkel und lang. Also beobachtete ich die wechselnden Tanzpartner meiner Freundinnen und betrachtete neidisch, wie liebevoll Miro Amia im Arm hielt.

Dann war es an der Zeit, dass die beiden ihre Verbindung im Wasser besiegeln sollten.

Unter dem Gejohle der mittlerweile recht beschwipsten Gäste – weiß der Teufel, was in der Limonade war; auch meine Beine fühlten sich wacklig an und als ich aufstand musste ich mich zu meinem Erschrecken an der Tischkante festhalten - liefen Amia und Miro Hand in Hand zum See. Beide streiften ihre Schuhe ab und zogen ihre Kleider aus. Darunter kamen ihre Anzüge aus Mysgir zum Vorschein. Jeder Shellycoat bekam von seinem Clan am Tag seiner Verbindung seinen eigenen Anzug geschenkt. Diese hier waren so neu, dass ihr Funkeln uns blendete. Miro und Amia drehten sie sich um und winkten uns zu. Dann nahm Miro Amia auf den Arm und trug sie ins Wasser, das zu glühen begann.

Amias Licht, das immer noch etwas stärker war als das von Miro, begann zuerst zu leuchten, doch von Schritt zu Schritt wurde Miros Licht stärker. Als beide Silhouetten im Wasser nicht mehr auszumachen waren, verwob sich das Leuchten miteinander und in diesem Moment begannen die Shellycoats am Ufer zu singen. Die tiefen Töne, die sich in den Himmel erhoben, erinnerten mich an alte Choräle, die meine Mutter früher gehört hatte. Eine kaum zu beschreibende Wehmut lag in den Tönen.

Tränen liefen mir die Wangen hinunter, und selbst nachdem das Licht erloschen und der Gesang verstummt war, ließ sich die Trauer nicht verscheuchen.

»Alles in Ordnung, Emma?«

Calum stand hinter mir. Ich nickte und blinzelte die restlichen Tränen weg.

»Du hast nicht einmal getanzt«, sagte er.

»Niemand hat mich um einen Tanz gebeten«, erwiderte ich.

»Du hast dich versteckt.«

Er klang vorwurfsvoll.

»Schon möglich«, rang ich mir eine Antwort ab.

»Würdest du mit mir tanzen?«

»Denkst du, das ist eine gute Idee?«

Fragend hob er seine Augenbrauen in die Höhe.

»Ich verstehe dich nicht.«

Ich machte eine ausschweifende Geste in die Runde. Man konnte den Eindruck gewinnen, dass kein einziger Gast das Fest verlassen hatte, obwohl es mittlerweile längst nach Mitternacht war.

»Denkst du, deinem Volk gefällt es, wenn du mit mir tanzt? Solltest du dich nicht an deine potenziellen Bräute halten?«

»Wie viel Feenwein hast du getrunken, Emma?«, fragte er so leise, dass mir der wütende Unterton fast entgangen wäre.

Ich überlegte einen Moment.

»Feenwein?«, fragte ich, mir durchaus bewusst, dass ich nicht gerade selbstbewusst und lässig rüberkam. »Ich nahm an, das wäre Limonade.«

»Wie viel?« Jetzt klang er drohend.

Ich versuchte mich zu erinnern, wie oft dieser kleine Feenmann an meinem Tisch vorbeigekommen war, aber ich brachte es beim besten Willen nicht zusammen.

»Fünf oder vielleicht sechs Gläser«, vermutete ich drauflos, in der Hoffnung, dass er nicht noch wütender wurde.

Er schüttelte fassungslos den Kopf.

»Kann man dich keine Sekunde aus den Augen lassen?«

Ich verzichtete, ihn darauf hinzuweisen, dass er sich seit Stunden nicht um mich gekümmert hatte, was ich natürlich nicht erwartet hatte.

Er musterte mich kritisch von oben bis unten.

»Meinst du, du kannst wenigstens einmal mit mir tanzen, ohne umzufallen und ohne dass dir übel wird?«

Ich hob mein Kleid und wackelte mit meinen nackten Zehen.

»Wenn es dir nichts ausmacht, dass ich barfuß bin. In die Schuhe kriegt mich nämlich heute keiner mehr.«

Calum schüttelte den Kopf und griff nach meiner Hand und zog mich fast grob zu den anderen Tänzern.

Auf der Tanzfläche zog er mich so nah an sich heran, dass kein Blatt zwischen uns gepasst hätte. Ich vermutete, dass das unangebracht war, hoffte aber, dass mittlerweile alle anderen mindestens genauso beschwipst waren wie ich. Außerdem fühlte ich mich außerstande, auch nur einen Millimeter von ihm abzurücken. Das Gegenteil war eher der Fall. Ich legte meinen Kopf an seine Brust und schloss die Augen. Das unangenehme Kreiseln in meinem Kopf versuchte ich zu verdrängen. Diese Nähe war unerträglich schön, und ich hätte gern gewusst, ob er genauso fühlte. Früher hatte sich jedes meiner Gefühle in ihm gespiegelt und jetzt war es so, als ob es diese Momente nur in meiner Fantasie gegeben hätte. Die körperliche Anziehung würde bleiben, egal wie unser Verstand uns voneinander fernhielt. Dieses Kribbeln im Bauch, das Rauschen meines Blutes in meinen Ohren, dieser Herzschmerz und das permanente Verlangen, ihn zu berühren, würden immer da sein.

Ohne ein Wort nahm er nach dem Tanz meine Hand und brachte mich zu dem Tisch, an dem Raven und Amia mit den Jungs saßen und herumalberten.

»Raven, kannst du Emma bitte in ihr Zimmer bringen? Ich befürchte, sie hat mehr Feenwein getrunken, als gut für sie war.«

Raven sah auf und runzelte ihre Stirn.

»Calum, ich bin sicher, dass Emma mich dafür nicht braucht. Und wenn du meinst, dass sie es nicht allein zum Schloss schafft, dann bring du sie doch.«

Sie wandte sich ab und nahm ihr Gespräch mit Peter wieder auf.

Calum sah einen Moment zu ihr hinunter, unschlüssig, was er tun sollte. Dann nahm er meine Hand und zog mich fort. Meine Proteste ignorierte er.

Er lief so schnell, dass ich in meinem Zustand Schwierigkeiten hatte, nicht zu fallen. Offensichtlich konnte er es nicht erwarten, mich loszuwerden, wollte mich aber nicht in der Finsternis stehen lassen. Ganz Gentleman, dachte ich.

Ich stolperte, als ob der liebe Gott meine gehässigen Gedanken bestrafen wollte.

Ich riss mich von Calum los und kam zum Glück zum Stehen, ohne vor seine Füße zu kullern.

»Hast du dir wehgetan?«, fragte er kühl.

Ich schüttelte den Kopf.

»Es wäre trotzdem nett, wenn du nicht so an mir zerren würdest. Ich bin kein störrischer Maulesel.«

»Nein?«, fragte er mit einem unverschämten Unterton in der Stimme.

Ich blickte in sein vom Mondlicht beschienenes Gesicht. Bei dem Anblick musste ich schlucken. Er sah genauso makellos aus wie zu Beginn der Feier. Wohingegen ich inzwischen sicher völlig zerknittert war. Ich machte einen Schritt auf ihn zu. Unmögliche Gedanken wuselten durch meinen weinvernebelten Kopf. Was würde er tun, wenn ich ihn küsste? Würde er mich wegstoßen? Oder mir freundlich, aber bestimmt eine Abfuhr erteilen? Die zweite Möglichkeit erschien mir schlimmer.

Bevor meine Gedanken sich in eine bestimmte Richtung formieren konnten, machte Calum ebenfalls einen Schritt auf mich zu und legte mir einen Arm um die Schulter.

»Dich hat es schlimmer erwischt, als ich befürchtet habe«, bemerkte er mit rauer Stimme.

Ich schlang einen Arm um seine Taille und schmiegte mich an ihn. In meinem Zustand war das bestimmt verzeihlich.

Viel zu langsam und andererseits viel zu schnell gingen wir zum Schloss. Zielstrebig lief er zu dem Zimmer, das ich mit Amelie teilte.

Dort angekommen zog Calum mich in seine Arme und gab mir einen Kuss auf die Stirn. Bevor ich wusste, wie mir geschah, hatte er mich durch die Tür geschoben und war verschwunden.

Stöhnend fiel ich in mein Bett und zog mir ein Kissen über den Kopf.

Konnte er nicht unausstehlich, böse und gemein zu mir sein? Das wäre tausendmal besser. Mit diesen Gedanken schlief ich ein.

Der folgende Tag kündigte sich mit Regen und Kopfschmerzen an. Niemals würde ich wieder diesen verdammten Feenwein trinken. Jemand hätte mich warnen müssen.

Meine Gedanken flogen zurück zum vorherigen Abend und zu Calum.

Ich stöhnte und zog die Decke über mein Gesicht.

»Ich hatte gehofft, dass der Feenwein dich etwas lockerer macht«, hörte ich Ravens Stimme.

»Wie bitte?«

Ich setzte mich auf und starrte sie an. Frisch und munter saß sie in einem Sessel am Fenster.

Amelie winkte aus ihrem Bett und rief: »Ich weiß von nichts.«

»Ich habe Morgaine gebeten, dich reichlich mit Feenwein zu versorgen. Du bist in Calums Gegenwart immer so angespannt«, erklärte sie gleichmütig.

»Bist du verrückt geworden?« Ich glaubte nicht, was ich da hörte. »Ich hätte mich fast auf ihn gestürzt und in Grund und Boden geküsst.«

»Dann wäre mein Plan wenigstens aufgegangen.«

Amelie begann unter ihren Decken zu kichern, dass das ganze Bett bebte, und auch Raven verzog ihren Mund zu einem Grinsen.

»Das glaub ich nicht. Ihr wollt meine besten Freundinnen sein?«

Dann konnte auch ich das Lachen nicht mehr zurückhalten und ich hörte erst auf, als mein Kopf so dröhnte, dass ich glaubte, er würde zerspringen.

Als Morgaine kurze Zeit später mit dem Frühstück hereinflatterte, hatten wir uns halbwegs beruhigt.

»Hat es geklappt?«, fragte das kleine Ding neugierig.

»Morgaine, dass du dich zu so einer Hinterhältigkeit überreden lässt, hätte ich nicht gedacht«, warf ich ihr vor.

»Wir haben es alle nur gut mit dir gemeint«, antwortete die Kleine und registrierte bekümmert Ravens Kopfschütteln.

»Du siehst schrecklich aus«, kommentierte sie mein Aussehen.

Raven nickte.

»Feline wird ausrasten, wenn sie das Kleid sieht.«

Ich sah an mir herunter und bemerkte erst jetzt, dass ich in diesem Traum von Kleid eingeschlafen war.

»Oh, oh«, mehr brachte ich nicht heraus.

»Kopfschmerzen?«, fragte Morgaine besorgt.

Ich nickte, worauf sie mir ein grünes Getränk reichte, das ich misstrauisch beäugte.

»Was soll das sein? Ein Liebestrank?«

Empört schüttelte die Kleine den Kopf. »Mit so etwas gibt sich eine ordentliche Fee nicht ab. Das ist Medizin«, erklärte sie stolz.

Vorsichtig nippte ich daran. Sie musste recht haben, so schrecklich schmeckte nur Medizin. Tapfer schluckte ich das Gebräu in einem Zug hinunter und registrierte das sofortige Wohlbefinden, das sich in meinem Körper ausbreitete. Mit dem Zeug würde man in meiner Welt ein Vermögen machen, dachte ich und begann zu frühstücken.

Kurze Zeit später klopfte es an unserer Tür. Als Peter uns zu viert auf meinem Bett sitzen und frühstücken sah, fiel er aus allen Wolken.

»Euch ist schon klar, dass wir in einer Stunde abreisen wollen?«

Synchron schüttelten wir unsere Köpfe.

»Weshalb hast du es so eilig, Peter?«, fragte Amelie und ich spürte, dass sie ebenso wenig fortwollte wie ich.

»Es ist ein langer Weg zurück. Und ich muss noch nach Edinburgh. Ich habe morgen einen wichtigen Termin mit einem meiner Professoren. Ich gebe euch zwei Stunden, dann fahre ich los.«

Im Hinausgehen knallte er mit der Tür.

»Das war es dann wohl«, murmelte Amelie mit vollem Mund.

Ich nickte und stand auf, um mich reisefertig zu machen und meine Sachen zu packen.

Calum stand mit Peter am Auto und sah uns entgegen, als wir mit unseren Reisetaschen angerannt kamen.

»Gleich wäre ich losgefahren«, sagte Peter zu unserer zehnminütigen Verspätung.

»Dann hätte Dad dich gelyncht«, erwiderte Amelie schnippisch.

Calum zog mich zur Seite. Ich wurde rot bei dem Gedanken daran, wie ich mich letzte Nacht aufgeführt hatte.

»Es tut mir leid wegen gestern Abend. Ich dachte wirklich, es wäre Limonade«, stammelte ich.

Er winkte ungeduldig ab.

»Wenn ich dich bitten würde zu bleiben ...«, fragte er ernst. »Würdest du es tun?«

»Was gäbe es für einen Grund?« Ich war verwirrt.

»Ich glaube, dass du hier sicherer bist.«

Ich schüttelte den Kopf.

»Ich bin sicher, Calum. Elin kann unmöglich noch ein Interesse an mir haben und ich bin nicht gewillt, mich den Rest meines Lebens in Avallach zu verstecken.«

Calum nickte und widersprach nicht.

»Darf ich dich um etwas bitten?«, fragte ich ihn und wusste gleichzeitig, dass es ein Fehler war.

»Sicher.«

»Vergiss mich nicht.«

Calum sah mich mit seinen azurblauen Augen an und es war, als würde er direkt auf den Grund meiner Seele blicken. Dann zog er mich in seine Arme und hielt mich fest.

»Niemals. Ich wünsche dir, dass du in deiner Welt glücklicher wirst als in meiner. Glücklicher, als ich dich machen konnte.«

Seine Stimme umschmeichelte mich wie ein Flügelschlag, doch deutlicher hätte kein Abschied sein können.

Ohne ihn noch einmal anzusehen, stieg ich in den Wagen. Peter startete das Auto und fuhr los.

Amelie neben mir sah mich an und bemerkte dann in ihrer gewohnt mitfühlenden Art: »Du wirst nie über ihn hinwegkommen, Emma.«

»Ich weiß.«

»Ich kann mir beim besten Willen nicht vorstellen, wie du damit leben willst.«

Ich zuckte mit den Schultern und sah aus dem Fenster.

»Du weißt doch, ich werde aufstehen, ich werde essen, ich werde lernen und im Übrigen alles tun, was nötig ist. Ich habe Übung darin, das darfst du nicht vergessen.«

Ich hoffte inständig, dass meine Stimme nicht so verzweifelt klang, wie ich mich fühlte.

Amelie drückte meine Hand und ich wusste, dass ich nie allein sein würde.

»Ich werde das schaffen, Amelie.«

»Ja, aber nur, weil dir keine Wahl bleibt«, meinte sie.

16. Kapitel

Als wir Portree erreichten, dämmerte es bereits.

Am liebsten wäre ich direkt zu Sophie gefahren. Ethan und Bree bestanden jedoch darauf, dass wir ihnen zuerst berichteten, was in Avallach geschehen war.

Zwar wussten sie längst, dass Calum und Amia sich nicht verbunden hatten, aber trotzdem wollten sie jede Einzelheit noch einmal genau erfahren.

Ich hatte keine Lust, alle Erinnerungen aufzuwärmen, also überließ ich Amelie das Reden.

Ich schmiegte mich in die Sofakissen und lauschte ihrem Geplapper, das wie ein rauschender Bach an mir vorbeizog.

Meine Gedanken wanderten zu Calum.

Was er jetzt gerade tat? Ob er an mich dachte?

Diesen Gedanken verwarf ich, kaum dass er in meinen Kopf geschlüpft war.

Mit wem würde er sich nun verbinden? Würde sein Volk ihn zu seinem König machen? War er in Avallach geblieben oder nach Berengar geschwommen? Würde er seinen Abschluss in Avallach machen oder in Berengar bleiben? Was, wenn er sich dazu entschied, in Berengar zu bleiben, und später nie mehr an Land leben konnte? Es gab viele Shellycoats, die nach ihrer Zeit in Avallach kein Land mehr betraten.

Würde es Calum gelingen, Muril zurückzubekommen? Was heckte Elin gerade aus?

Die Fragen türmten sich in meinem Kopf auf wie ein riesiges Gebirge.

Ob ich Calum jemals wiedersehen würde? Seine letzten Worte hatten endgültig geklungen.

Morgen würde ich zu Sophie gehen und mich trösten lassen.

Von den vielen Fragen schwirrte mir der Kopf.

Ich stand auf und wünschte Ethan, Bree und Amelie gute Nacht. Dann fiel ich in mein Bett und schlief auf der Stelle ein.

Am nächsten Morgen beschloss ich, bevor ich in den Laden ging, einige Dinge für meine Abreise in die Staaten vorzubereiten.

Für die Formalitäten musste ich nach Edinburgh fahren. Ethan hatte sich angeboten, Amelie und mich zu begleiten. Bei dieser Gelegenheit würde Amelie sich in Edinburgh ein Zimmer in einer WG suchen.

Sie geriet vor Freude ganz aus dem Häuschen und begann für die drei Tage, die wir in Edinburgh verbringen wollten, einen Koffer zu packen, der für drei Monate reichen würde.

Ich versuchte, Ordnung in meine Sachen zu bringen. Ich musste mich entscheiden, welche Klamotten und Andenken ich mit nach Washington nehmen wollte. Mein Zimmer hier im Haus würde ich behalten, hatte Bree versprochen. Ethan und sie rechneten fest damit, dass ich jede Semesterferien bei ihnen verbringen würde. Selbst ich konnte es mir nicht anders vorstellen. Meine Familie und Schottland zu verlassen, fiel mir schwerer, als ich mir eingestehen wollte. Mehr als einmal hatte ich überlegt, mit Amelie nach Edinburgh zu gehen. Jedes Mal hatte ich den Gedanken verworfen, da ich hoffte, dass mich ein, zwei Jahre in der Ferne von meinem Liebeskummer heilen würden. Meine Mutter hatte das auch gehofft, geklappt hatte es nicht.

Am Nachmittag machte ich mich auf den Weg zu Sophie. Ich hatte das meiste, was ich mir vorgenommen hatte, erledigt. Für den Rest blieb noch Zeit.

Sophie und ich vermieden es, über Calum zu sprechen. Ich vermutete, dass Peter ihr bereits alles Wichtige erzählt hatte.

Sie war mehr an meiner Übersiedelung interessiert und wie weit ich mit meinen Vorbereitungen war.

»Ich werde erst mal bei Jenna und ihrer Familie wohnen«, erklärte ich ihr.

Jenna war in den Staaten meine beste Freundin gewesen. Ihre Familie hatte mich bei sich aufgenommen, nachdem meine Mutter verunglückt war.

Jetzt würden wir beide zum Studium nach New York gehen und uns gemeinsam ein Appartement teilen. Ich freute mich, sie wiederzusehen.

»Reicht dein Geld für die Studiengebühren?«, fragte Sophie.

»Meine Mutter hat mir genug hinterlassen, damit ich mindestens vier Semester in den Staaten bleiben kann.«

»Ich habe kein gutes Gefühl dabei, dich allein dorthin fliegen zu lassen. Elin hat deine Mutter auch dort gefunden.«

Ich nickte. Das Gespräch führten wir nicht zum ersten Mal.

»Aber ich weiß Bescheid. Elin wird mich nicht bekommen. Ich glaube nicht, dass er mich so hasst wie meine Mutter. Er hat sicher das Interesse an mir verloren. Wir haben seit Wochen nichts von ihm gehört. Er ist wie vom Erdboden verschluckt.«

»Gerade das macht mir Sorgen.«

Sophie stand auf, um das Geschirr in die Küche zu tragen, und ich zog meine Jacke über.

»Willst du uns nicht heute Abend zum Essen besuchen?«

Sophie steckte ihren Kopf durch den klimpernden Vorhang. »Dr. Erickson würde sich freuen. Ihm ist es manchmal ein bisschen langweilig, fürchte ich, jetzt da Peter immer mehr seiner Aufgaben übernimmt.«

»Ja, klar. Kann Amelie mitkommen?«

»Sicher, wenn sie Lust auf uns zwei hat.«

Sophie lächelte und küsste mich auf die Wange. Sie würde ich fast am meisten vermissen, dachte ich.

Ich suchte mir noch ein Buch heraus und schlenderte nach Hause. Im Garten setzte ich mich auf eine Bank und begann zu lesen. Es war die alte Ausgabe eines Miss-Marple-Krimis.

Ein paar Seiten später war ich in der gemütlichen Welt strickender und teetrinkender alter Jungfern verschwunden.

Erst Bree holte mich zurück und erinnerte mich an meine Verabredung mit den Ericksons.

Amelie war nicht nach Hause gekommen, sondern war mit ein paar Freunden auf das Festland gefahren. So machte ich mich allein auf den Weg.

Je näher ich dem Pfarrhaus kam, umso unruhiger wurde ich. Ich konnte mir nicht erklären, woher dieses Gefühl rührte. Ob Amelie etwas zugestoßen war? Ich versuchte, sie anzurufen, erreichte aber nur die Mailbox. Komisch, normalerweise war Amelie immer erreichbar.

Am Pfarrhaus angekommen, beschloss ich, mir diesen Abend mit den Ericksons nicht durch ein diffuses Gefühl verderben zu lassen. Ich zog meinen Zopf fester und wollte anklopfen, als ich die offene Tür sah.

Zwar wurde in Portree nicht übermäßig Wert auf Sicherheit gelegt, seine Tür ließ trotzdem niemand offen stehen.

Sicher war es ein Versehen, versuchte ich mich zu beruhigen. Ich trat ein und achtete darauf, dass die Tür richtig ins Schloss fiel.

Dann ging ich den Flur entlang in Richtung Küche. Es war seltsam still im Haus. Normalerweise hörte ich Töpfe klappern, oder Sophie, die falsch vor sich hin summte, wenn sie kochte. Doch heute? Nichts.

Das ungute Gefühl verstärkte sich.

Hatte sie mich vergessen? Nein, das war undenkbar. In der Küche blubberten auf dem Herd verschiedene Töpfe vor sich hin. Ich stieß die Tür zum Garten auf.

»Sophie?«, rief ich. »Dr. Erickson? Ich bin es, Emma.«

Niemand antwortete mir. Nur die Vögel zwitscherten und als ich in den Garten trat, strich eine Katze um meine Beine.

»Na, Cleo. Wo sind die beiden?«, fragte ich sie. Als Antwort erhielt ich nur ein Schnurren und weg war sie.

Ich ging durch den Garten in Richtung Werkstatt. Dr. Erickson verbrachte hier beinahe jeden Nachmittag. Meistens malte oder reparierte er irgendetwas. Sophie sagte immer, dass sie froh war, wenn er sich dort beschäftigte und ihr nicht in die Töpfe guckte.

Dabei wusste ich, wie sehr sie es mochte, wenn er ihr beim Kochen aus der Zeitung vorlas.

Ich stieß die Tür des fast völlig von Efeu zugewachsenen Häuschens auf.

An der Werkbank gegenüber der Tür lehnte Sophie neben Dr. Erickson. Ich musste mich erst an das Halbdunkel in der Hütte gewöhnen.

Dann sah ich Sophies Augen. Panik glitzerte in ihrem Blick.

Ich sollte fortlaufen.

Bevor dieser Gedanke in meinen Beinen angekommen war, hatte mich eine Gestalt gepackt, die neben der Tür stand.

»Komm doch rein«, sagte eine Stimme, die ich unter tausenden wiedererkannt hätte.

Ich sah in die Richtung, aus der die Stimme kam.

Elin stand neben Dr. Erickson und spielte gedankenverloren mit einem Dreizack.

»Emma, schön, dass du kommst. Dann können wir uns die Mühe, dich zu suchen, ja sparen.«

Seine Augen musterten mich. Ich konnte den Hass darin nicht leugnen. Er hatte mich also nicht vergessen.

Ich musste all meinen Mut zusammennehmen, um etwas zu erwidern.

»Was willst du?«

Mehr brachte ich, mit der Hand, die mich am Arm viel zu fest umklammerte, nicht zustande.

»Was ich von dir will, möchtest du wissen? Was denkst du? Du bist meine Schwester. Ich wollte dich kennenlernen.«

Sein hinterhältiges Lächeln strafte seine sanfte Stimme Lügen.

Ich riss mich los und stellte mich neben Sophie. Sie legte einen Arm um mich. Flucht war aussichtslos. Elin hatte zwei Spießgesellen mitgebracht, von denen sich einer vor der Tür postierte.

»Ich möchte dich aber nicht kennenlernen«, erwiderte ich und ignorierte Sophie, die sagte: »Mach ihn nicht wütend.«

Leider ignorierte Elin die Worte nicht.

»Genau, Emma. Mach ... mich ... nicht ... wütend«, wiederholte er.

Ich schwieg. Seine Wangen hatten eine ungesunde rote Farbe angenommen und in seinen Mundwinkeln sammelten sich kleine Spucketröpfchen. Er machte den Eindruck eines Geistesgestörten. Jetzt kam er auf mich und Sophie zu.

»Aber noch wütender kannst du mich gar nicht machen. Du hast mir meinen Vater genommen. Du hast Amia den ihr bestimmten Mann genommen. Du bist daran schuld, dass sie nicht Königin werden wird.«

Mittlerweile schrie er. Sophie und ich waren die Werkbank entlang immer weiter von ihm fortgerutscht. Er folgte uns, bis er uns in eine Ecke gedrängt hatte.

»Das ist nicht wahr.« Meine Stimme war nur ein Flüstern.

»Was ist nicht wahr?«, schrie er mich an. »Hast du nicht dafür gesorgt, dass Calum befreit wird? Niemals hätten die Völker sich dazu verbündet. Das war allein eine Sache der Shellycoats. Aber du musstest ja alle gegen uns aufhetzen. Du bist schuld, wenn mein Volk stirbt. Du ganz allein. Calum wird es niemals retten können. Er bewundert euch Menschen.« Elin spuckte vor uns auf den Boden.

Es hatte keinen Sinn, egal was ich sagte, es würde nicht bei ihm ankommen. Er war wahnsinnig geworden. Er hatte seine eigene Wahrheit. Doch was hatte er mit uns vor? Würde er uns töten? Ich suchte nach einem Ausweg, fand jedoch keinen. Er konnte uns mindestens bis morgen früh festhalten, bis jemand bemerkte, dass ich nicht heimgekommen war. Dann würde es zu spät sein. Es gab nur einen Grund für ihn, hier zu sein.

Er wollte mich töten.

Die Erkenntnis ließ mich zusammenzucken. Ich wollte nicht sterben. Nicht hier und nicht jetzt. Es musste etwas geben, was ich tun konnte.

Sophie schob mich hinter sich, vermutlich hatte auch sie gespürt, dass mit Elin nicht vernünftig zu reden war.

»Elin, das bringt doch nichts«, mischte sich Dr. Erickson ein. »Emma hat mit all dem nichts zu tun. Du kannst sie nicht dafür verantwortlich machen, was dein Vater getan hat.«

Er stand hinter Elin und konnte deshalb nicht sehen, wie sich dessen Gesicht vor Wut weiter verzerrte.

Ich schüttelte den Kopf, um ihm zu bedeuten, dass er aufhören sollte zu reden. Seine Worte waren Sand auf Elins Mühlen.

Dr. Erickson begriff nicht. Er redete weiter.

»Emma trägt keine Schuld daran, dass Amia sich mit Miro verbunden hat. Amia liebte Calum nicht. Gerade du musst doch verstehen, was es für eine Frau bedeutet, mit einem Mann verbunden zu sein, der sie nicht liebt. Denk an deine Mutter ...«

Das brachte das Fass zum Überlaufen. Elin drehte sich zu Dr. Erickson um. Sophie schrie auf. In Zeitlupe sah ich, wie Elin den Dreizack hob.

»Nein«, schrie ich gellend.

Im selben Moment schob sich Sophie zwischen Elin und ihren Mann. Ich sprang an ihre Seite, um sie fortzuziehen, doch da hatte der Dreizack sein Ziel schon gefunden.

Sophie brach zusammen. Ihre Augen schlossen sich. Ich schrie Elin an, der grinsend auf mich herablächelte.

»Nimm es als Warnung. Dich werde ich auch töten. Aber ich möchte, dass Calum dabei zusieht.«

»Ich bin Calum doch völlig egal«, brüllte ich ihn an. »Er will mich nicht mehr und daran bist du Scheusal schuld.«

Ich kniete auf dem Boden. Sophie lag in meinen Armen. Der Dreizack steckte in ihrer Seite.

Dr. Erickson streichelte ihr Gesicht.

»Sophie«, murmelte er. »Sophie, bleib bei mir.«

Elin zog mit einem Ruck den Dreizack aus Sophies Körper und griff seelenruhig nach einem Tuch von der Werkbank. Er säuberte seine Waffe und ließ das Tuch dann achtlos fallen.

»Wir sehen uns wieder.«

Die Verabschiedung klang fast höflich. Er bedeutete seinen Kumpanen zu gehen. Wie Schatten verschwanden sie in der Dunkelheit.

Stille erfüllte den Raum. Stille unterbrochen von Schluchzen. Es dauerte eine Weile, bis ich merkte, dass das Schluchzen aus meiner Kehle kam.

Sophie hatte sich nicht gerührt, nicht einmal als Elin ihr den Dreizack aus dem Körper gezogen hatte. Ich wollte den schrecklichsten aller Gedanken nicht denken.

»Dr. Erickson?« Ich schüttelte ihn am Arm. »Sie müssen einen Arzt holen. Schnell.«

Er bewegte sich nicht. Hilflos kniete er neben dem leblosen Körper der Frau, mit der er sein Leben verbracht hatte.

Behutsam legte ich Sophie auf den kalten Steinboden. Ich nahm ein Handtuch vom Haken neben dem Waschbecken und legte es ihr unter den Kopf. Dann zog ich mein Handy aus der Hosentasche.

Ich versuchte, Ethans Nummer zu wählen. Doch ich zitterte zu stark. Erst beim dritten Versuch klappte es. Es klingelte und klingelte. Endlich war Bree am anderen Ende der Leitung.

»Bree, ihr müsst kommen«, schluchzte ich und konnte nicht weitersprechen.

»Was ist passiert?«, fragte Bree. »Emma, sag schon. Geht es dir gut?«

Ich nickte, unfähig zu antworten. Ich starrte nur auf den Blutfleck, der sich auf Sophies bunter Bluse ausbreitete.

»Ethan. Ethan. Komm schnell. Irgendetwas ist mit Emma«, hörte ich Brees Stimme durch das Telefon.

Dann war er am Apparat.

»Emma, was ist los?«

»Wir brauchen einen Arzt. Sophie ist schwer verletzt«, flüsterte ich.

Es dauerte nur Minuten, dann waren Bree, Ethan und Dr. Brent zur Stelle.

Bree zog mich aus der Hütte und setzte mich in der Küche auf einen Stuhl. Dann nahm sie einen Lappen und begann mir das Blut von den Händen zu wischen. Sophies Blut. Ich war nicht in der Lage, mich zu bewegen.

Irgendwann trugen zwei Sanitäter Sophie auf einer Trage durch das Haus. Sie war in weiße Decken gehüllt und ihr Gesicht war unter der Sauerstoffmaske kaum zu sehen.

»Sie fliegen sie nach Inverness ins Hospital«, raunte Ethan Bree zu.

Dr. Brent trat hinter ihm ein. Er kniete sich vor mich.

»Emma?«

»Ich glaube, sie steht unter Schock. Sie sagt gar nichts«, hörte ich Bree.

»Ihr müsst sie nach Hause bringen und ins Bett legen. Ich komme nachher vorbei und gebe ihr eine Beruhigungsspritze. Dr. Erickson wird mit nach Inverness fliegen.«

Ethan nahm meinen Arm und brachte mich zum Auto.

Ich wollte nicht allein in meinem Zimmer sein. Was, wenn Elin es sich anders überlegte und zurückkam, um mich zu töten? Wenn er den Gedanken, Calum dabei zusehen zu lassen, verwarf? In seinem Wahnsinn war er zum allem fähig.

Bree legte mich auf die Couch ins Wohnzimmer. Doch ich schlief erst ein, nachdem Dr. Brent mir eine Beruhigungsspritze gegeben hatte.

Als ich aufwachte, brauchte ich eine Weile, um mich zu erinnern. Ich hörte Ethan, der offenbar mit jemandem telefonierte.

»Es sieht nicht gut aus. Sie haben Sophie operiert. Die Wunde war nicht so tief wie zuerst befürchtet. Es wurden keine lebenswichtigen Organe verletzt. Das ist die gute Nachricht. Die schlechte ist, dass sie nicht aufwacht. Die Narkose wirkt längst nicht mehr. Aber sie rührt sich nicht. Peter, du musst versuchen, Myron zu erreichen. Dr. Erickson weicht nicht von Sophies Seite. Vielleicht wissen Myron oder Merlin einen Rat.«

Ich fror und wickelte mich fester in meine Decke. Würde das nie aufhören? Wo waren wir da alle hineingeraten?

Erst am Nachmittag stand ich auf und aß von der Suppe, die Bree gekocht hatte.

Am nächsten Tag fuhren wir gemeinsam nach Inverness. Sophie lag in dem weißen Krankenhausbett und wenn der Apparat neben ihr nicht mit diesen bunten Kurven signalisiert hätte, dass sie lebte, hätte ich sie für tot gehalten. Ich nahm ihre Hand. Sie war eiskalt. Dr. Erickson schien um Jahre gealtert. Ethan überredete ihn, mit in die Cafeteria zu kommen, um etwas zu essen.

Bree und ich blieben bei Sophie. Schweigend saßen wir an dem Bett.

Jeden Tag warteten wir auf einen erlösenden Anruf. Doch Sophie wollte nicht aufwachen.

Mein Abflugtermin rückte näher und näher. Ich wusste nicht, was ich tun sollte. Ich konnte nicht von hier fort, ohne sicher zu sein, dass sie gesund wurde.

Dann kam Peters Anruf. Ethan sprach mit ihm und je länger das Gespräch dauerte, umso sicherer war ich, dass das Grauen noch kein Ende hatte.

Ethan legte den Telefonhörer auf die Station, hielt sich aber weiterhin daran fest.

Bree und ich warteten auf seine Erklärung.

Er atmete tief ein.

»Merlin war bei Sophie. Er hat herausgefunden, weshalb Sophie nicht aufwacht. Es ist ein Gift«, sagte er dann. »Es muss an dem Dreizack gewesen sein. Ohne ein Gegenmittel wird sie nicht aufwachen.«

Ich zog einen Stuhl unter dem Tisch hervor und setzte mich.

»Wo findet man dieses Gegenmittel?«

»Die Ärzte sind ratlos. Es ist ein unbekanntes Gift. Ich habe keine Ahnung, wie wir das erklären sollen. Sie haben uns kaum geglaubt, dass das Ganze ein Unfall war.«

Ethan hatte dem ermittelnden Polizeibeamten erzählt, dass Sophie beim Putzen in eines der exotischen Reiseandenken von Dr. Erickson gestürzt war, und ihm eine der afrikanischen Waffen präsentiert, die in der Hütte herumhingen. Der Beamte hatte diese Erklärung akzeptiert, denn niemand war davon ausgegangen, dass der hochgeachtete Dr. Erickson seine Frau absichtlich verletzt haben könnte.

»Darum können wir uns Gedanken machen, wenn wir gefragt werden. Wichtig ist jetzt ein Gegengift.«

Endlich hatten wir einen Anhaltspunkt. Wenn es ein Gift gab, dann musste es auch ein Gegengift geben. Immerhin war Sophie noch nicht gestorben. Also konnte es nicht ganz so giftig sein, dachte ich und begann zu hoffen, dass es noch ein gutes Ende geben würde.

Portree ohne Sophie erschien mir undenkbar.

»Merlin wird mit Calum sprechen. Es muss ein Gift aus dem Meer sein. Wir können nur hoffen, dass den Shellycoats ein Gegengift bekannt ist«, sagte Ethan.

Mir kam ein schrecklicher Gedanke.

»Was, wenn Elin das Gift von den Undinen hatte?«

Die Frage blieb unbeantwortet in der sonnendurchfluteten Küche hängen.

Noch einmal war ich mit Ethan nach Inverness gefahren und hatte zwei Tage an Sophies Bett verbracht. Ihr Zustand war unverändert. Die Ärzte hatten kein Gegengift gefunden. Ihre Mienen, wenn sie ins Zimmer kamen, sahen von Mal zu Mal resignierter aus.

Ich musste eine Entscheidung treffen - meinen Flug stornieren oder in drei Tagen fliegen. Ethan drängte mich zu fliegen, Bree bat mich zu bleiben. Ethan meinte, in den Staaten wäre ich sicherer, Bree meinte, hier würden sie mich besser schützen können. Ich war völlig konfus, zumal Amelie keinen Augenblick verstreichen ließ, um mich anzuflehen, mit ihr nach Edinburgh zu kommen.

Mittlerweile war es dunkel geworden. Ich war zu spät in Inverness losgefahren. Es war mir schwergefallen, Sophie zu verlassen. Vielleicht war es das letzte Mal, dass ich sie sah. Ethan hatte mir eingeschärft, dass Auto auf keinen Fall zu verlassen und geradewegs nach Portree zu fahren.

Es war eine wunderschöne Nacht. Ich kurbelte das Fenster des Wagens hinunter und atmete tief die lauwarme, klare Luft ein.

Trotzdem spürte ich, dass ich müde wurde. Die Fahrt dauerte nun schon über eine Stunde und dieselbe Zeit hatte ich noch einmal vor mir. Ich wusste, dass es vernünftiger war, eine Pause zu machen, doch ich wollte mein Versprechen nicht brechen. Doch konnte Elin mich hier überhaupt finden?

In der Ferne sah ich die Silhouette von Eilean Donan Castle. Ich fuhr daran vorbei und passierte Kyleakin. Etwas abseits des Städtchens parkte ich den Wagen.

Ich stieg aus und roch das Meer.

Ich wusste, dass es unvernünftig war, doch das Meer zog mich magisch an. Viel zu lange war ich nicht mehr im Wasser gewesen, jede Faser meines Körpers gierte danach.

Die Gefahr, in die ich mich begab, ignorierte ich, ich konnte nicht anders. Es war wie ein Zwang, der mich zum Meer zog. Auch Elin würde heute Nacht irgendwo mit seinen Anhängern tanzen. Wie wahrscheinlich war es, dass er es hier in dieser Bucht tat?

Ich ließ meine Sachen am Ufer zurück und ging langsam ins Wasser. Schwarz und glänzend lag es vor mir. Der silberne volle Mond spiegelte sich auf der Oberfläche. Kaum hatte ich einen Fuß hineingesetzt, fing dieses silbrig an zu glühen. Ich ging tiefer hinein und beobachtete fasziniert, wie sich mein Licht entfaltete. Noch nie war es mir gelungen, es so erglühen zu lassen. Es war wie ein Zauber. Ohne mein Zutun breitete es sich aus, bis es alles Wasser um mich herum in seinen Glanz getaucht hatte.

Ich glitt tiefer. Als das Wasser über mir zusammenschlug, atmete ich ein. Dann begann ich zu schwimmen. Wie ein Pfeil flog ich durchs Wasser, all meine Kräfte entfalteten sich. Ich schoss durch die Wasseroberfläche, drehte mich einmal um meine eigene Achse und tauchte sanft wieder ein. Weiter und schneller durchpflügte ich den See. Ich sprang, drehte mich, tauchte zurück. Ein Gedanke nahm in meinem Kopf Gestalt an. Was, wenn ich im Wasser bleiben würde? Ich hatte die Wahl, ich konnte an Land und im Wasser leben. Der Gedanke war verlockend. Alle Sorgen und Ängste schienen weit weg. Hier war ich heil, nicht so zerbrechlich. Stundenlang blieb ich im Wasser.

Meine Vernunft gewann die Überhand. Ich tauchte auf und schwamm ans Ufer. Mein Licht verblasste hinter mir. Es war stockfinster. Der Mond war hinter den Wolken verschwunden. Gänsehaut lief mir über den Körper, während ich aus dem Wasser stieg. Ich schüttelte mein Haar und ging zum Auto.

Als ich aufsah, erblickte ich eine Gestalt im Schatten der Büsche. Erschrocken wich ich zurück. Bilder der Erinnerung rasten durch meinen Kopf. Ich sah Elin vor mir, seinen irren Blick.

Ich wich zurück. Ich würde keine Chance haben, das wusste ich. Kampflos würde er mich jedoch nicht bekommen.

Da trat der Mond wieder hinter den Wolken hervor und gleichzeitig löste sich die Gestalt aus dem Schatten.

Es war Calum. Mein Herz blieb stehen.

Wütend funkelte er mich an.

Stockend sprang mein Herz wieder an.

»Willst du unbedingt sterben?«, zischte er. »Kannst du nicht wenigstens versuchen, dich wie ein normaler Mensch zu benehmen?«

Ich sah ihn an. Die Wut in seiner Stimme erschreckte mich.

»Ich glaube nicht, dass dich das etwas angeht«, antwortete ich, bemüht, meine Stimme nicht zu sehr zittern zu lassen.

Ich wandte mich ab, beschämt, halb nackt vor ihm zu stehen, und ging zu meinen Sachen.

Da stand er bei mir, packte mich am Arm und zwang mich, ihn anzuschauen.

Altvertraute Schauer durchströmten meinen Körper, selbst bei dieser groben Berührung. Er war ganz nah. Ich sollte ihm ausweichen, ich durfte ihn nicht anschauen.

Unvermittelt hob er seine Hand und strich mir eine feuchte Haarsträhne hinters Ohr.

Ich zitterte.

»Emma, Em«, flüsterte er leise. Niemals hatte mein Name aus seinem Mund zärtlicher geklungen. Immer noch wagte ich nicht, ihn anzusehen.

»Weißt du denn nicht, dass ich Tag und Nacht damit beschäftigt bin, dich zu schützen? Und du machst es mir verdammt noch mal nicht leicht.«

Er schüttelte den Kopf.

»Was hast du dir dabei gedacht, hier mutterseelenallein zu schwimmen? Was hast du dir dabei gedacht, Avallach zu verlassen. Muss ich dich irgendwo einsperren, damit du vernünftig wirst.«

Ungläubig sah ich ihn endlich an. Ich musste mich verhört haben. Sanft strich er mit seinen Fingern über meine Wange und zog mich weiter an sich.

Ich musste mich konzentrieren, um einen klaren Gedanken zu fassen und diesen auch zu formulieren.

»Du wolltest mich nicht mehr«, versuchte ich ihn zu erinnern.

Calum seufzte.

Seine Nähe und sein Duft verwirrten mich.

Statt einer Antwort hob er mein Kinn und zwang mich, ihn anzusehen. Er beugte sich über mich und ich schloss meine Augen.

Es war kein sanfter Kuss, sondern ein Kuss voller Verzweiflung und Leidenschaft. Genau das, was ich wollte, wonach ich mich monatelang gesehnt hatte. Ich klammerte mich an ihn, nicht bereit, ihn loszulassen. Seine Hände gruben sich in mein Haar. Ich öffnete meine Lippen und ein Seufzen entrang sich meiner Kehle. Kaum spürte ich, wie er mich aufhob und ins Wasser trug.

Seine Hände auf meinem Körper verbrannten mir die Haut. Mein Herz raste in meiner Brust.

Als das Wasser über uns zusammenschlug, begann es zu glühen. Unsere Lichter verwoben sich. Calums azurblaues und mein silbernes. Immer tiefer zog er mich und in dem Sturm, den wir im Wasser entfachten vergaßen wir jegliche Vernunft.

Ich dachte nicht darüber nach, was sein Sinneswandel bedeuten mochte. Das Einzige, was ich wollte, war er. Er war es immer gewesen und würde es immer sein. Ich wollte ihn spüren, mit jeder Faser meines Körpers. Die Verzweiflung, die ich so lange in mir getragen hatte, wurde von brennendem Verlangen fortgeschwemmt.

Unsere Gefühle entfachten im Wasser einen Orkan, der hundertmal stärker war, als der, den wir das erste Mal, als wir miteinander geschwommen waren, heraufbeschworen hatten. Und dieses Mal verlor auch Calum den Kampf gegen seine Gefühle. Endlich gab er sich geschlagen.

In der peitschenden See verbanden sich unsere Körper wie unsere Lichter. Es fühlte sich an, als ob es so immer vorher bestimmt gewesen war.

Minuten oder Stunden später, lagen wir atemlos am Ufer.

»Weshalb?«, fragte ich ihn.

»Ich konnte dich unmöglich noch einmal verlieren, und im Übrigen hat auch meine Selbstbeherrschung Grenzen.«

Er zog mich fester an sich.

»Als ich spürte, dass du ins Wasser gegangen bist, wurde ich wahnsinnig vor Angst, dass Elin dich aufspüren würde. Das war unglaublich unvernünftig von dir.«

»Ich konnte nicht anders.«

Ich spürte, dass er nickte.

»Das Meer hat dich gerufen. Es ist Vollmond. Du bist jetzt eine echte Shellycoat.«

Gemeinsam sahen wir zu der silbernen Scheibe am Himmel. Glasklar schaute der Mond auf uns herab.

»Es wird bald hell. Du solltest nach Hause fahren. Sie werden sowieso schon verrückt vor Angst sein.«

»Lass uns hierbleiben. Für den Rest unseres Lebens.«

Er lachte mein geliebtes Lachen, auf das ich so lange hatte verzichten müssen.

»Es ist besser, wenn niemand von dieser Nacht erfährt. Es ist zu deinem Schutz. Elin weiß, wie er mich am stärksten treffen könnte. Wenn du stirbst, würde ich das nicht überleben.«

»Warst du deshalb so schrecklich zu mir?«, fragte ich.

»Damit Elin mir nichts antut?«

Er schwieg.

»Du hättest dich mit Amia verbunden, obwohl du sie nicht liebtest?«

»Amia hätte es verstanden.«

»Das glaubst aber nur du.«

»Wir wissen nicht, wer in Avallach auf unserer Seite ist, und wer nicht. Wie viele Spione Elin noch hat. Es erschien mir der beste Weg, dich zu schützen.«

Jetzt klang er nicht mehr so selbstsicher.

»Ich hätte wissen müssen, dass du dich trotzdem leichtfertig in Gefahr begibst«, fügte er hinzu.

»Ich wollte noch ein Mal schwimmen und dann ein normales Menschenleben leben, na ja, es wenigstens versuchen.«

»Du konntest nicht wissen, wo Elin sich versteckt hält. Niemand weiß, wo er ist. Nicht auszudenken, was geschehen wäre, wenn er dich überrascht hätte. Wir müssen besonders vorsichtig sein. Denk an Sophie. Ich bin sicher, das Gift war für dich bestimmt.«

»Elin hat gesagt, dass er möchte, dass du dabei bist, wenn er mich tötet«, berichtete ich stockend.

»Du wirst zurück nach Avallach kommen. So schnell wie möglich«, befahl Calum mit tonloser Stimme und setzte sich auf.

Ich nickte und war bereit jede seiner Bedingungen zu erfüllen, wenn er mich bloß nie wieder verließ.

»Wenn ich mir vorstelle, Elin hätte dich hier gefunden.«

Calum vergrub sein Gesicht in seinen Händen. »Was hab ich euch allen da nur eingebrockt.«

»Es ist ja nichts passiert«, versuchte ich ihn zu besänftigen.

»Das würde ich nicht behaupten.«

Mit einem Kuss unterbrach ich ihn.

Die Sonne ging blutrot hinter den Felsen auf, als wir voneinander abließen.

Wir gingen zum Wagen.

»Wie kommst du zurück?«

Die Sehnsucht, mich nie mehr von ihm trennen zu müssen, schwang überlaut in meinen Worten.

»Ich nehme den Fluss.«

Er lächelte mich an, küsste mich ein letztes Mal. Dann schob er mich in mein Auto.

Ich blickte ihm nach, bis er am Horizont verschwunden war. Morgen würde er mich holen.

Er hatte es versprochen.

Ende 2. Teil

Danksagung

Auch dieses Mal gilt mein Dank meinen fleißigen E-Book-Leserinnen, die mir mit jeder Zuschrift Mut machen weiterzuschreiben. Ohne Euch würde es nur halb so viel Spaß machen.

Sollte Euch der zweite Teil der MondLichtSaga gefallen haben, freue ich mich auf eine Rezension bei Amazon. Gern könnt ihr die Bücher auch Euren Freundinnen und Freunden empfehlen.

Wenn ihr mehr über Emma und Calum, meine anderen Bücher oder über mich erfahren möchtet, dann besucht mich auch Facebook oder auf meiner Website www.marahwoolf.com.

Der letzte Teil der Saga ist unter dem Titel MondSilberTraum erschienen. Ich bin sicher, dass euch auch das Finale der Trilogie gefallen wird.

Für diejenigen von euch, die Lust haben, noch eine andere Geschichte von mir zu lesen.

BookLess ist eine ganz besondere Geschichte über uns und über Bücher. Lasst euch überraschen und viel Spaß damit.

13677227R00169

Printed in Great Britain
by Amazon.co.uk, Ltd.,
Marston Gate.